庫NV

マイクロワールド

〔上〕

マイクル・クライトン&リチャード・プレストン

酒井昭伸訳

早川書房

7522

MICRO

by

Michael Crichton and Richard Preston

Translated by

Akinobu Sakai

Published 2015 in Japan by

HAYAKAWA PUBLISHING, INC.

This book is published in Japan by

arrangement with

JANKLOW & NESBIT ASSOCIATES

through JAPAN UNI AGENCY, INC., TOKYO.

われわれのまわりには微小な生物がひしめいている……（中略）……地平線の彼方にまで広がる世界から視野をぐっとせばめて、腕がとどく範囲内に限定して観察すれば、それらは潜在的に無限ともいえる研究と感嘆の対象となりうる。マゼランは船で世界をめぐったが、一本の樹の幹をめぐる大航海においても、人は一生を費やすことができるのだ。

――エドワード・Ｏ・ウィルソン

『ナチュラリスト』より

ジュニアに

目次

はじめに――われわれはどのような世界に住んでいるのか?

二〇〇八年のこと、高名な博物学者デイヴィッド・アッテンボローは、このような懸念を表明した。一世代前までの学童は、まわりの自然に見かける植物や昆虫をなんなく識別できたのに、現代の学童にはそれができないというのだ。いまの子供には自然と触れあう機会がなく、自然の世界で遊ぶ経験もないからだという。その原因には、さまざまな要素があげられた。都市生活、野原の消滅、コンピュータとインターネット、大量の宿題、等々だ。原因はどうあれ、いまどきの子供たちが自然を知らず、自然とじかに接する機会がすくないことはたしかだろう。欧米社会では環境に対する意識がますます高まり、環境を保護するうえでいっそう野心的な試みが行なわれるようになっている。そんな時代に、いっぽうではこのようなことが起きているのだから、なんとも皮肉というほかはない。

子供に正しい環境保護的思想を植えつけようとするのは、環境保護運動(グリーン・ムーブメント)に顕著な特徴である。ゆえに子供たちは、自分がよく知りもしないものを保護するようにと教えこまれる。いやでも気づくのは、ここに見られる図式が、過去における〝善意が環境悪化を招いた〟図式とまったく変わらないことだ。そのよい見本が、アメリカの国立公園の劣化だろう。アメリカに見られる、〝森林火災は自然鎮火まで放置する〟方針は、その典型例といえる。本来ならば、このような施策がとられるはずはなかったのである――自分が護ろうとする環境のことを、みんながちゃんと理解していさえすれば。

問題は、当人たちが〝理解しているつもりでいる〟点にある。このままでいけば、いま以上に自然から隔絶された学童の新世代が出てきても不思議ではない。それは極論だとしても、すくなくとも学校では、〝どんな問題にもかならず答えがある〟と教わるはずだ。しかし生命には、不確実、神秘、不可知の側面が多く、子供たちがそれを発見できるのは現実の自然界をおいてない。自然のもとで遊ぶ機会がたっぷりあれば――甲虫におしっこをかけられた経験があれば――指先に蝶の翅（はね）のカラフルな鱗粉（りんぷん）がついた経験があれば――イモムシが糸を吐いて繭（まゆ）を作るのを観察したことがあれば――その子はおそらく、神秘と不確実の感覚を身につけたおとなになるはずである。観察すればするほど、自然は神秘的に見えてくるし、自分がいかにものを知らないかをまざまざと実感する。そしてその子は、自然の美しさとともに、豊穣さ、浪費性、攻撃性、残酷さ、寄生性、暴力性などを、身をもって知ることになる。そういった側面は、教科書ではとうてい伝えきれるものではない。

もっとも重要な教訓は、おそらく自然界での直接的な経験を通してのみ得られるものである。膨大で多様な要素と相互作用から成る自然界は、まさに複雑系であり、それゆえに、理解することも、そのふるまいを予測することもできない。それが可能であるかのような言辞をふるう者は見識を疑われる。もうひとつの複雑系である株式市場を予測できるかのような言動と、それではすこしも変わるところがない。株の値動きを予測できると公言しようものなら、その人間はいかれているかペテン師か、どちらかだと断じられるだろう。それなのに、環境保護第一主義者が、環境または生態系について似たようなことを公言しても、だれにもインチキ予言者や愚か者と決めつけられることはない。そこまでの常識が、まだできあがってはいないのだ。

人間は複雑系ときわめてうまく相互作用をする。それは日常的に行なわれているとおりだ。そして、われわれは複雑系に対して、そのつど適切だと判断した対処を行なっている。〝理解しているつもり〟程度の紋切型の判断では、さほどうまく対処できるものではない。そのつど臨機応変に判断しながら対処する者は、複雑系を相手に的確な相互作用を行なう。いいかえれば、そういった人間は、はじめになにかを試み、それに対する複雑系の反応を見たうえで、望ましい結果を得るためにまた別の試みを行なっているということである。反復的相互作用には無限のバリエーションがあるから、やがて当人が身をもって知るように、系がどのようにふるまうのかを完璧に読むことはできない。われわれとしては、ただ待って反応を見るしかないのだ。なにが起こるのかのおおまかな見当くらいはつけられるかもしれない。そして、多くの場合、その見当はあたるかもしれない。だが、確実に結果まで読みきることは不可能だ。

自然界と相互作用するにさいして、われわれは絶対確実という概念をあきらめる必要がある。これは今後もつねにそうだろう。

では、若い人間は、どうすれば自然界で経験を積むことができるのか？　理想をいえば、多雨林で——あの広大で居心地が悪く、危険にあふれ、それでいて美しい環境で、しばし時を過ごすことだ。そうすれば、先入観などはたちまち木端微塵に吹きとばされてしまうだろう。

（未完）

マイクル・クライトン

二〇〇八年八月二十八日

ハワイ諸島
N
W
E
S
カウアイ島
ニイハウ島
モロカイ島
オアフ島
マウイ島
ラナイ島
カフラウエ島
ハワイ島
カネオヘ・ベイ
カイルア
太平洋
タンタラス
火口跡
コオラウ山脈
ワイマナロ
マカプウ岬
モロカイ海峡
ワイパカ
自然植物園
ココヘッド
ハナウマ・ベイ
オアフ島

H2
H2フリーウェイ
パイナップル畑
ファリントン・
ハイウェイ
パールシティ
カリキマキ
工業団地
パールハーバー
H3フリーウェイ
H3
カネオへ
リケリケ・ハイウェイ
パリ・ハイウェイ
タンタラス・ドライブ
H1フリーウェイ
H1
ホノルル
国際空港
チャイナ
タウン
市警本部
マーノア・ロード
マーノア渓谷
ホノルル
ベレタニア・
ストリート
アラモアナ・
ブールヴァード
ワイキキ
ビーチ
カラカウア・
アヴェニュー
ダイヤモンド
ヘッド
太平洋

マイクロワールド〔上〕

登場人物

●七人の院生

ピーター・ジャンセン……生物毒と毒物注入の専門家
リック・ハター……………民族植物学専攻。先住民の用いた薬物を研究
カレン・キング……………クモ学（クモ、サソリ、ダニなどの研究）専攻。格闘マニア
エリカ・モル………………昆虫学、とくに甲虫学を専攻。ドイツからの留学生
アマール・シン……………植物学専攻。植物ホルモンを研究。インド系移民の子
ジェニー・リン……………生化学を専攻。動植物のコミュニケーション・フェロモンを研究
ダニー・マイノット………博士課程の院生。〝科学的言語コードとパラダイム転換〟のテーマで博士論文を執筆中

●Ｎａｎｉｇｅｎ社

ヴィン・ドレイク…………最高経営責任者（ＣＥＯ）、社長
エリック・ジャンセン……最高技術責任者（ＣＴＯ）。ピーターの兄
アリスン・ベンダー………最高財務責任者（ＣＦＯ）
ジャレル・キンスキー……〈テンソル・ジェネレーター〉の操作員
ドン・マケレ………………セキュリティ・チーフ
ジョンストン………………セキュリティ要員
ティリアス…………………セキュリティ要員
ベン・ローク………………〈テンソル・ジェネレーター〉の開発者
エドワード・カテル………ダヴロス出資コンソーシアムのアドバイザー

●ホノルル市警

ダン・ワタナベ警部補……Ｎａｎｉｇｅｎ関連の事件を捜査
マーティ・カラマ…………ワタナベの上司
ドロシー・ガート…………科学捜査研究所の主任検屍官

第一部
テンソル

プロローグ

Nanigen

10月9日

11:55 PM

ファリントン・ハイウェイに車を走らせる。パールハーバーの西、数キロのあたりだ。ハイウェイの両脇に広がるサトウキビ畑が、月光のもとではダークグリーンに見える。

この一帯はオアフ島でもむかしから農業地帯だったところだが、昨今では変化の兆しが現われていた。ずっと左のほうには、平らな金属屋根をいただいた建物が何棟も連なっている。周囲を緑の畑に囲まれて、そこだけ明るい銀色に光る区画は、造営されてまもないカリキマキ工業団地だ。

しかし、マルコス・ロドリゲスは知っている。正直な話、あれはたいした工業団地ではない。大半の建物は倉庫でしかなく、賃貸料もたかが知れている。倉庫のほかにあるのは、船舶用品の専門店が一軒、カスタム・サーフボード工房が一軒、機械販売店が二軒、金属加工工場が一軒——それくらいだ。

そしてもちろん、今夜のロドリゲスが訪ねる先もそこにあった。本土からの資本で設立された新会社、Nanigen(ナニジェン)マイクロテクノロジーズ。その本社が、工業団地のはずれに建つ大きな建物に収まっているのだ。

ロドリゲスはハイウェイを降り、ひっそりと静まり返った倉庫街に車を進めた。時刻は真夜中にちかい。工業団地はがらんとしている。ややあって、Nanigen本社の前に到着し、車を駐めた。

外から見るかぎり、Nanigen本社の社屋は、工業団地にならぶほかの建物と大差なく思える。一階建てで、外壁はそっけないスティール製、屋根も特徴のないスティール波板だ。要するに、そこらにある安普請(やすぶしん)のばかでかい倉庫となんら変わるところがない。

だが、その中身となると、そんじょそこらにはないものであることをロドリゲスは知っている。この棟を建てるのに先立って、Nanigenは熔岩大地を深く掘って地下施設を設け、そこに大量の電子機器を運びこんでいた。地上の貧相な上物(うわもの)は、地下施設完成後にカムフラージュとして建てたもので、いまでは近くの農地から飛んできた赤土でうっすらとおおわれているため、当初以上に精彩がない。

ロドリゲスはゴム手袋をはめると、ポケットからデジタルカメラと赤外線フィルターを取りだし、車を降りた。身につけているのは警備保障会社の制服だ。監視カメラが通りをモニターしている場合にそなえ、帽子を目深にかぶる。ついで、建物にはいるキーを取りだした。数週間前、Ｎａｎｉｇｅｎの受付嬢をバーに誘い、相手が三杯めのブルーハワイで酔いつぶれたとき、その隙にそっと抜きとって、もどす前に型をとっておいたのだ。

そのさい聞きだした話によれば、この地下には総面積四千平方メートルちかい実験室とハイテク設備が収められ、ロボット工学の先端的研究がなされているという。先端的研究の具体的な内容については、受付嬢は知らなかった。知っていたのは、研究しているのがきわめて小さなロボットだということだけだ。

「なんかね、化学物質と植物の研究をしてんの」受付嬢は曖昧な説明しかできなかった。

「そんな研究にロボットがいるのかい？」

「いるんだってさ」そういって、受付嬢は肩をすくめた。

しかし、研究の内容以外にも聞きだせたことがある。建物には対外的なセキュリティがいっさいないということだ。警報システムもない。動体センサーもない。警備員も夜には帰ってしまうし、監視カメラもレーザー侵入検知システムもない。

「じゃあ、警備はどうしてるんだ？」ロドリゲスはたずねた。「犬でも放し飼いにしてるのか？」

受付嬢はかぶりをふった。

「なんにもしてないの。玄関に一個、ふつうの鍵があるだけ。セキュリティはいらないんだって」

この時点で、Ｎａｎｉｇｅｎがじつは、ダミー会社か税金対策のペーパー・カンパニーではないか、とロドリゲスはにらんだ。そもそも、ハイテク企業たるもの、好んで小汚い倉庫に収まるはずがない。ハイテク企業というやつは、カリキマキから遠いダウンタウン・ホノルルやハワイ大学に集まるものだ。Ｎａｎｉｇｅｎがこれほど僻地に施設を設けたからには、なにか隠したいことがあるにちがいない。

ロドリゲスの依頼人も見解は同じだった。だからこそ、ロドリゲスが雇われたのである。じつをいうと、ハイテク企業の調査というやつは、いつも受けている仕事とだいぶ毛色がちがう。ロドリゲスはふだん、女房を顧みずにワイキキで興じる夫の写真を撮ったりしている。依頼主はたいがい、弁護士の連中だ。今回のヤマでも、連絡してきたのはホノルルの弁護士、ウィリー・フォングだった。ただし、依頼人はほかにいて、その素性は明かせないとウィリーはいう。

もちろん、ある程度までは目星がついていた。Ｎａｎｉｇｅｎは上海と大阪から大量の電子機器を購入しており、その額は数百万ドルにのぼると見られる。そのサプライヤーのどれかが、自分たちの製品をどんな用途に使っているのかと不審をいだいたのだ。

受付嬢から聞きだした話を報告しに出向いたさい、ロドリゲスは弁護士にたずねた。

「依頼人はどこの国の会社だ、ウィリー？　中国か、日本か？」

「それもいえない。わかっているはずだぞ、マルコス」

「けど、筋が通らないぜ」とロドリゲスはいった。「社屋にセキュリティがないんだぞ。玄関にひとつ、ありふれた鍵がついてるだけだ。そんなもののピッキングならだれにでもできる。だったら、依頼人は自分で夜中に出向いて、こっそりと鍵をこじあけて、屋内に忍びこんで、自分の目でようすを見ればいいじゃないか。おれを雇う必要なんてさらさらない」

「仕事をおりるといっているのか？」

「そうじゃないさ。裏を知りたいといってるだけだ」

「依頼人が望んでいるのは、現地にいって、建物の中になにがあるのかをたしかめ、写真を撮ってくること――それだけだ」

「そんなに単純なはずがないだろうが。きなくさい匂いがぷんぷんしてやがる」

「かもしれんな」

ウィリーのうんざり顔は、こういいたげだった。

〝だからといって、なんのちがいがあるんだ？〟

ウィリーはつづけた。

「すくなくとも、いつかみたいに、血相を変えてディナー・テーブルの席を蹴った調査の相手に、いきなり顔面を殴られるようなことはない」

「そりゃそうだが」

ウィリーは椅子を引き、つきでた腹の上で両手を組んだ。

「だったら、答えてくれ、マルコス。調査にいくのか、いかないのか、どっちだ？」

そして、いま――。真夜中、Ｎａｎｉｇｅｎの正面玄関に向かって歩いていきながら、ロドリゲスは急にいやな予感をおぼえた。

〝セキュリティはいらないんだって〟

これはいったい、どういう意味だろう？　昨今はだれも彼もがセキュリティを導入する。それも、過剰なほどに。ホノルル周辺ではとくに多い。そうせざるをえないからだ。

建物には窓がほとんどなくて、あっても大きなはめ殺しの窓だけだった。外部と出入りできる場所は、正面にあるスティールの扉一枚しかない。扉の横にはこんな門標があった。

ＮａｎｉｇｅｎマイクロテクノロジーズＩＮＣ.

そしてその下には、

お約束のない方はご遠慮ください

鍵穴にキーを差しこみ、まわす。カチリという音がしてドアが開いた。簡単すぎる。そう思いながら、人気(ひとけ)のない通りをふりかえり、屋内にすべりこんだ。

いくつかの常夜灯が、ガラス壁で囲まれた受付ロビー、受付デスク、長椅子がならんだ応接スペース、雑誌、会社案内などを照らしていた。ロドリゲスは懐中電灯をともすと、受付ロビーの奥につづく廊下を先へ進んだ。廊下のつきあたり近くの壁にはふたつのドアがならんでおり、手前のドアをあけると、その向こうは別の廊下になっていた。

廊下の両脇にはずらりと実験室がならんでいて、ガラスの壁ごしに中のようすが見えた。長い黒の作業テーブルにはたくさんの実験器材が置かれており、その上の棚には何本ものガラス瓶がならんでいる。約十メートルおきに置かれているのは、静かにうなりをあげるステンレスの冷蔵庫と、一見、洗濯機のように見える機械だ。

各実験室の掲示板には雑然とメモが貼られ、冷蔵庫には何枚ものポストイットが貼ってあった。ホワイトボードには多数の公式が書き殴ってある。全体に雑然としてはいるが、ロドリゲスの見るところ、この会社はまぎれもなく実体のあるものだ。Ｎａｎｉｇｅｎがこの施設でなんらかの科学研究を行なっていることはまちがいない。

しかし、なんのためにロボットが必要なのだろう？

見まわすうちに、そのロボットがいくつも見つかった。どれもこれもが、ひどく奇妙なしろものだった。共通するのは、本体の部分が四角い銀色の箱であることと、メカニカルなアームとキャタピラをそなえていること、付属物がついていることで——まるで火星の地表に送りこむ探査車でも試作しているように見える。大きさはまちまちで、共通部分を除けば、形状も多様をきわめた。シューボックスのサイズもあれば、ずっと大きなものもある。よく見ると、各ロボットの横には、形状はそのままに、ぐっと小型化したロボットが置いてあった。その横には、いっそう小型化した同形機が——さらにその横には親指の爪サイズの同形機があった。うんと小さいのに、細部までディテールが再現されている。作業台に大型の拡大鏡が置いてあるのは、研究者たちが小型ロボットを見るためだろう。しかし、どうやってあんなに小さくて精密なロボットを造れたんだ？

廊下のつきあたりまでくると、またドアがあり、こんな小さな表示がついていた。

テンソル・コア

どうやら、なにかの部屋のようだ。だが、押しても引いてもドアは開かない。

ドアの横に開閉ボタンらしきものがあったので、それをぐっと押しつけた。ドアは部屋の内側へ開き、ひんやりした空気に出迎えられた。

暗い室内を懐中電灯で照らしてみる。かなり大きな部屋らしい。

右手の壁には、フックにずらりとバックパックがかかっていた。なんだか、おおぜいでキャンプにでもいくみたいだ。そのほかにはなにもなく、室内はがらんとしている。AC電源のノイズが大きく響いているほかはなんの音も聞こえない。床には無数の溝が切ってあり、その溝で囲まれた大きな六角形が、連続した亀甲模様を描いて、床全体にぎっしりとならべられていた。あるいは、大きな六角形のタイルが敷きつめてあるんだろうか？ 懐中電灯の光だけではよくわからない。

いや、待った……床の下になにかがある。無数の六角柱形の空間と導線で構成された、巨大で複雑な配管網がかろうじて見えている。床板の素材はプラスティックで、半透明のようだ。おそらく、地下に埋めこまれた電子機器が透けて見えているのだろう。

足もとの六角形をよく見ようと身をかがめたとき、ぽとん、と床板に血がしたたるのが見えた。

そしてまた、一滴。

ロドリゲスはけげんな思いでその血を見つめ——そこではっと気づき、額に手をあてた。その血は自分のものだった。右の眉のすぐ上から出血している。

「いったい、なぜ——？」

なにがあったのだろう、いつのまにか切れたらしい。痛みはなにも感じなかったのに。手袋をはめた手には血がつき、右眉の上から血がしたたっている。

立ちあがった。血は頬に筋を引き、あごをつたって制服にしたたった。額を手で押さえ、となりの実験室に飛びこんで、クリネックスか布をさがす。ティッシュの箱があったので、それを持って手近のシンクに歩みよった。シンクの上には小さな鏡がかかっており、軽くティッシュで眉の上を押さえ、血をぬぐってから傷口を見た。血はすでにとまりかけていた。微小ながら、剃刀で切られたような傷だ。紙の縁で手を切ったときの切り口と似ている。しかし、なぜこんな傷ができたのかわからない。

腕時計を見た。十二時二十分。もう仕事にもどらないと。

つぎの瞬間、手の甲に赤い線がさっと走った。手首から中指のつけ根の関節にかけて、すっぱりとだ。傷口が開き、血がにじみだす。

思わず、ぎゃっと悲鳴をあげた。ティッシュをもう何枚か取り、シンクにかかっていたタオルをつかむ。タオルを細く裂き、手に巻きつけた。

そのとたん、右脚に痛みを感じた。見おろすと、ズボンの太腿のあたりがざっくり縦に裂け、そこから出血している。

ロドリゲスにはもう、なにも考えられなかった。シンクに背を向け、急いで部屋の外へ飛びだした。

正面玄関をめざし、痛む右脚を引きずりながら、よろめきよろめき、廊下を駆けていく。こんなに侵入の痕跡を残せば、あとで自分だと特定されてしまうだろう。そうとわかっていても、そこまで気にしている余裕がない。頭にあるのは、ひたすら逃げることだけだ。

フォングのオフィスがある木造建築の前に車を駐めたのは、午前一時をまわってすぐのことだった。二階にはいまも明かりがついている。ロドリゲスはよろよろと裏手の階段をあがっていった。失血で力が出ない。とはいえ、命に別状はなさそうだ。ノックもせず、いきなり裏口から屋内にはいった。

オフィスにはフォングのほかにひとり、見たことのない男がいた。中国系の男だった。齢格好は二十代、黒のスーツを着て、煙草を喫っている。

ロドリゲスに顔を向けて、フォングがいった。

「どうしたんだ、いったい。ひどいありさまじゃないか」フォングは立ちあがり、裏口のドアをロックしてから、デスクのそばにもどってきた。「喧嘩でもしたのか？」

ロドリゲスはデスクに手をつき、力なくもたれかかった。血はいまもしたたっている。

黒いスーツを着た中国系の男が、無言のまま、すこしあとずさった。

「いや、喧嘩なんかしてない」

「なら、なにがあった？」

「わからん。勝手に傷だらけになった」

「なにをいってるんだ？」フォングの口調に険が宿った。「さっぱりわけがわからないぞ。

どういうことなんだ、いったい？」

そのとき、中国系の若者が、咳ばらいのような音を発した。ロドリゲスが目を向けると、若者のあごの下に赤い線が弧を描いている。つぎの瞬間、その赤い線から勢いよく鮮血がほとばしった。若者は愕然とした顔になった。片手をのどに持っていく。あてがった指のあいだからどくどくと血があふれだした。そのまま、若者はうしろに倒れこんだ。

「冗談じゃないぞ……」ウィリー・フォングがつぶやき、床に倒れた若者に駆けよった。男のかかとが小刻みに床を打っている。痙攣（けいれん）しているのだ。フォングはロドリゲスにさっと顔を向けた。「おまえのしわざか？」

「ちがう」ロドリゲスは答えた。「んなわけあるか。掛け値なしにほんとうだ」

「なんというまねをしてくれたんだ。なんだってわざわざおれのオフィスにやっかいごとを持ちこんできた？　すこしは頭を使ったらどうだ！　この後始末をするのに、どれだけ――」

だしぬけに、フォングの顔の左半面に血が飛沫（しぶ）いた。頸動脈を切断され、そこから血が奔出したのだ。片手を傷口に持っていった。が、押さえた手のあいだから、鮮血はなおも勢いよく噴きだしている。

「冗談じゃないぞ……」フォングはふたたびつぶやくと、どすんと椅子にすわりこんだ。食いいるような目でロドリゲスを凝視している。「なぜだ？」

「おれにわかるか」

ただし、これからどうなるのかについては、ロドリゲスにもわかっていた。ただじっと待っているだけで、なにもかもおわる。首のうしろを切り裂かれるのを、かすかに感じた。たちまち、全身から力が脱けていき、ロドリゲスは横ざまに倒れこんだ。倒れた床の上に、自分の血が作る、ねっとりとした血だまりが広がっていった。デスクの下に、フォングの靴がきちんとそろえて置いてあるのが見えた。

ロドリゲスはぼんやりと思った。あの野郎、とうとう金を払わずじまいだったな——。

そこから先は、暗黒に呑みこまれた。

紙面には〝三人変死、集団自殺か〟の煽情的な見出しが躍っていた。ホノルル・スター＝アドヴァタイザー紙の全紙面を埋めつくすかと思えるほどの、狂騒的な報道ぶりだった。

自分のデスクについたダン・ワタナベ警部補は、新聞を脇に放りだし、目の前に立った上司のマーティ・カラマを見あげた。

「あちこちから問い合わせの嵐だぞ」カラマがいった。

カラマはワイヤーフレームの眼鏡をかけており、しきりにまばたきをするくせがある。見た目は教師のようで、あまり刑事らしくない。しかし、じっさいにはかなりの切れ者(アカマイ)だ。自分のしていることはちゃんと心得ている。

カラマはつづけた。

「いろいろと問題含みだそうじゃないか、ダン」

「集団自殺の件かい？」ダン・ワタナベはうなずいた。「そりゃあもう、大問題だらけさ。正直いって、まるっきり筋が通らない」

「ブン屋はどこからネタを拾ってきてるんだ？」

「あたるをさいわい、手あたりしだいだよ」とワタナベは答えた。「でっちあげばっかりだ」

「説明してくれ」カラマがうながした。

メモを見るまでもない。三週間後、ワタナベはこのときの会話を鮮明に思いだすことになる。

「ウィリー・フォングのオフィスがあるのは、フリーウェイの北、リリヒ・ストリートを脇にはいったプウフィイ・レーンだ。あのあたり、小さな雑居施設がならんでるだろう？そのうちの一棟の二階さ。建物は木造でみすぼらしい。そこに四つのオフィスが入居している。ウィリーは年齢六十歳、もっぱらハンパな仕事を引き受けてた。酔っぱらい運転であげられたやつの弁護とかな。格別、あこぎなまねをした記録はない。ところがだ、同じ建物の入居者から、ウィリーのオフィスで悪臭がすると苦情がきた。それで、おれたちが現場に出向いたところ、男の死体が三つ、転がっていたというわけさ。検屍官の話だと、死亡したのは二日から三日前——それ以上は絞りこめないそうだ。空調はオフになってたんで、室内はもう、そりゃあすさまじい匂いだったよ。三人すべて、死因はナイフによる刃創だ。ウィリーは頸動脈を切られて、椅子にすわったまま失血死していた。部屋の反対側に倒れていたのは若い中国系の男だ。身元はまだわからない。たぶん、中国籍だろう。左右ともに頸静脈を切断されていたことから、出血のペースは速かったはずだ。三人めの犠牲者は、〝カメラをかかえたポルトガル人〟ことロドリゲスだった」

「秘書とよろしくやってるヤロウどもの写真を撮ってまわってた、例のあいつか？」

「例のあいつだ。ずいぶんご活躍だったな。とにかく、あいつも現場にいた。ただ、これがまさしく、満身創痍だったんだ。顔、額、片手、両脚、うしろ首——。あんなのは見たこともない」

「死ぬ前に、自分であちこち切ったのか？」

ワタナベはかぶりをふった。

「それはない。検屍官もちがうといってる。あの傷はだれかにつけられたものだ。それも、ある程度の時間をかけて——たぶん、一時間ほどのあいだに、延々とつけられたらしい。裏手の階段にも血痕が見つかった。血混じりの足跡が点々と残っていたんだ。建物の前に駐めてあった、やつの車の中にもな。オフィスのドアからはいっていった時点で、すでにロドリゲスは血まみれだったんだろう」

「じゃあ、なにがあったんだ？」

「さっぱりだよ」とワタナベは答えた。「自殺の徴候を見せていた者はいなかった。三人が三人ともだ。そんなのはだれも聞いたことがない。それに、どこにも凶器がなかった。部屋じゅうひっくり返して、くまなく探したのにだ。加えて、内側から鍵がかかっていた。したがって、外へ出ていった者はいない。窓もみんな閉まっていて、やはり鍵がかかっていた。何者かが窓から侵入したケースも考えられるから、指紋が出ないか窓の周辺に粉をたたかせたんだが、新しい指紋はいっさいなかった。検出されたのはほこりだけだった」

「だれかがトイレに凶器を流した可能性は？」

「それもない」ダン・ワタナベは言下に否定した。「バスルームにはいっさい血液反応がなかった。流血沙汰がはじまってから、だれもバスルームにはいらなかったということだ。したがって、密室の中で三人もの男が斬殺されたことになる。それなのに、動機もない。凶器もない。手がかりはなにひとつない」

「だったら、どうする？」

「あのポルトガル系の私立探偵どのは、どこかからオフィスにやってきた。そして、そのどこかで、やつはすでに傷だらけにされていた。それがどこか調べようと思う。出発点を見つけだすんだ」

ワタナベは肩をすくめ、語をついだ。

「ロドリゲスのやつ、カレパにあるケロのモービルでガスをいれてる。レシートがあった。午後十時ごろ、満タンにしたようだ。そのあとの燃料消費量はわかっているから、ケロのスタンドから謎の目的地へいって、ウィリーのオフィスにもどってくるまでの走行距離を計算できる」

「ずいぶん範囲が広いな。島のたいていの場所にいって、もどってこられるぞ」

「こつこつ地道にやるさ。それから、タイヤの溝に真新しい小石が詰まっていた。砕けた石灰岩だ。とすれば、建築現場か、できてまもない建物か——そのたぐいの場所にいった可能性が高い。いずれにしても、きっとつきとめられる。時間はかかるだろうが、きっとその場所を特定できる」

ワタナベはデスクごしに、さっきの新聞を上司のほうへ押しやった。

「それまでは……新聞の表現どおりにお茶をにごすしかなかろう。三人による集団自殺。それで落着だ。すくなくとも、当面はな」

1

マサチューセッツ州
ケンブリッジ、
ディヴィニティー・
アヴェニュー

10月18日
1:00 PM

生物学研究棟二階のラボで、年齢二十三歳のピーター・ジャンセンは、ガラスのケージの中へそうっと金属製トングをおろしていった。ある高さまでおろした段階で、すばやくトングをつっこみ、コブラの頸（くび）のすぐうしろをはさむ。シャーッと怒声を発するコブラに向かって手を伸ばすと、後頭部をしっかりつかんで採毒ビーカーのところへ持っていった。ビーカーにかぶせたシートをアルコールで消毒し、シートごしに毒牙をガラスに押しつけ、黄色い毒液がガラス面をしたたり落ちるのを見つめる。

残念なことに、採取できた毒液は数ミリリットルだけだった。研究に必要な量の毒液を集めるには、ほんとうならコブラ六頭が必要なところだが、このラボでは一頭飼うだけでせいいっぱいだ。オールストンまでいけば爬虫類舎があるものの、あそこは動物が病気にかかりやすいという難点がある。つねに健康状態に気を配っておくため、ヘビはなるべくそばに置いておきたかった。

毒液は細菌に汚染されやすい。器具をアルコールで消毒するのも、採毒ビーカーを氷を入れた容器につっこんでおくのも、ひとえに菌の繁殖を防ぐためだ。ピーターの研究は、コブラ毒における特定ポリペプチドの生物活性に関するもので、ヘビ、カエル、クモなど、神経活性毒を生成する生物全般についての、広範な研究の一翼をになっている。

ヘビのあつかいにかけては経験が豊富なことから、ピーターは〝毒液注入の専門家〟と見なされていた。ときどき、病院から問い合わせがきて、外来種のヘビに咬まれたときの対処法をたずねられることもある。この状況は、ラボのほかの大学院生たちから、かなりやっかまれていた。院生というのはきわめて競争心の旺盛な集団で、だれかが外の注意を引くとすぐに嗅ぎつける。ラボでコブラを飼うなんてとんでもない、危なくてしかたないじゃないかとみんなが文句をいうのは、せめてものうさばらしだ。そのあげく、ピーターの研究を、〝ヘビ毒、梅毒、お気の毒〟などといってばかにする。

もっとも、当のピーターは、まるで気にしていなかった。性格が明るく、いたって公正なのに加えて、学者一家の出身なだけに、中傷のたぐいはスルーすればいいことを知っているからだ。両親は他界してもういない。カリフォルニア北部の山脈上空で、乗っていた軽飛行機が墜落したのである。生前の父親は、カリフォルニア大学デイヴィス校で地質学の教授を務め、母親はサンフランシスコ校のメディカル・スクールで教鞭をとっていた。

兄は物理学者だ。

ピーターがコブラをケージにもどしたとき、リック・ハターがはいってきた。リックは年齢二十四歳、専攻は民族植物学だ。近ごろは、多雨林の樹々の樹皮から採れる鎮痛薬の研究をやっている。例によって服装は、はき古したジーンズに、デニムのシャツ、ごついブーツという組みあわせだった。あごひげをきちんと整えた顔には、いつも不機嫌そうな表情を浮かべている。

「なんだ、手袋、してないのか」リックがいった。

「いつものことだろ」ピーターは答えた。「毒ヘビのあつかいにかけては、ちょいと自信が――」

「おれがフィールドワークに出たときは、全員かならず手袋を着用する決まりだったけどな」リック・ハターはことあるごとに、ラボのみんなに対して、自分が本物のフィールドワークに出た経験があることを吹聴する。まるで、遠くアマゾンの密林で何年も過ごしてきたかのような口ぶりだが、じっさいには、コスタリカの国立公園に四カ月滞在していたにすぎない。「うちのチームのポーターで、手袋をつけなかった男がいたんだがな。石をどかそうと手を伸ばしたとたん、ガブッ！　猛毒のヤジリヘビに咬みつかれたんだ。体長二メートルのフェルドランスだぜ。咬まれた腕は切断せざるをえなくなった。命があっただけでもめっけものだ」

「はいはい、わかったわかった」

早くよそへいってくれないかなと思いながら、ピーターは生返事をした。リックのことは好きだが、だれかれとなくすぐに講釈をたれたがるので、みんなから煙たがられている。

ラボでとくにリック・ハターを毛ぎらいしているのが、カレン・キングだった。カレンは長身でまだ若く、黒髪で怒り肩の女性だ。このラボでは主にクモ毒とクモの巣の研究を行なっている。いまのいままでラボの実験台で作業をしていたカレンは、リックが密林の蛇咬症(だこうしょう)についてたれた講釈を聞きとがめ、ついにがまんできなくなったのだろう、肩ごしに鋭い声を出した。

「リック、あんたさ、コスタリカのツーリスト向けロッジにお泊まりしただけでしょ？忘れたの？」

「なにいってんだい。おれはちゃんと、多雨林でキャンプを――」

「キャンプっていっても、二晩だけよね」カレンがさえぎった。「おまけに、大量の蚊に悩まされて、さっさとロッジへ逃げ帰ったくせに」

リックはカレンをにらみつけた。顔が真っ赤に染まっている。口を開いてなにかをいいかけたが、結局、なにもいわなかったのは、切り返そうにも返すことばがなかったためだ。なにしろ、事実なのだから。あのときの蚊の大群はほんとうにすさまじかった。蚊に媒介されるマラリアやデング出血熱も恐ろしかった。だから、そそくさとロッジへ逃げ帰った。

それは事実ではある。

カレン・キングと言いあいをするかわりに、リックはピーターに顔をもどした。

「ところで、きょう、おまえの兄貴がくるっていううわさを耳にしたんだけどな。兄貴、新規創業企業(スタートアップ)関係で儲けたって話、ほんとか？」

「本人はそういってる」

「ま、金がすべてじゃないさ。おれ自身は民間の研究に関わったことがない。民間なんて、知性の不毛地帯じゃないか。最高の頭脳は大学に残るもんだ。大学にいれば、春をひさぐようなまねをすることもないしな」

ピーターは、リックとは議論をしないことにしている。なにごとにつけても、リックはけっして意見を曲げないからだ。

しかし、最近ミュンヘンから留学してきたばかりの院生、昆虫学専攻のエリカ・モルは、そのへんの事情がまだよく呑みこめていないらしく、横から口をはさんだ。

「あなたの考え、硬直的だと思う。わたしなら民間企業で働くのは平気だもの」

リックは両手を上にふりあげた。

「ほうら、な？　やっぱり春をひさぐんだ」

エリカは生物学部の何人かと寝たことがあり、それを皮肉っているのだ。エリカのほうも、それを知られたところで気にしていないようだったが、それでも、リックに向かって中指を上につきたててみせた。

「クソくらえ（スピン・イット・オン）よ、リック」

「ははあ、アメリカのスラングはマスターしたか」リックがいった。「ほかにもいろいろマスターしたようだけどな」

「わたしがほかになにをマスターしたか、あなたなんかにわかるもんですか。教える気もないし」エリカはピーターに顔を向けた。「とにかく、民間の仕事が悪いとは思わない。それがわたしの考え」

「──しかし、そのスタートアップ企業というのは、どういう会社なんだい？」すぐうしろから、おだやかな声がいった。ピーターがふりかえると、アマール・シンが立っていた。

アマールはこのラボで植物ホルモンの研究を専門に行なっている男で、きわめて実際的な考えかたをする人物として通っている。アマールはつづけた。

「つまり、その企業のどこに、畑ちがいの研究者が身を投じる価値があるのかということだよ。それは生物学関係の会社なんだろう？　しかし、きみのおにいさんは物理学者だと聞いている。生物学関連企業のどこに働く余地があるんだい？」

そのとき、ラボの向こう側で、ジェニー・リンが大きな声を出した。

「あ、あれ！　見て！」

ピーターはそちらに目を向けた。ジェニーは窓の下の通りを見おろしていた。下の道路からは高性能エンジンの低いうなりが聞こえている。

ジェニーは語をついで、

「ピーター、ほら、あれ――あなたのおにいさんじゃない？」

ラボにいる全員が窓ぎわへ歩みよった。

ピーターも窓の下を覗く。たしかに兄のエリックだった。下の通りで子供のように顔を輝かせ、手をふっている。エリックは鮮やかな黄色のフェラーリ・コンヴァーティブルのそばに立ち、ブロンド美女の腰に手をまわしていた。黄色いフェラーリの背後に停まっているのは、こちらは光沢のある黒のフェラーリだ。

ラボのだれかがいった。

「フェラーリ二台！　あれだけで五十万ドルはするぞ」

低いエンジン音は、ディヴィニティー・アヴェニューぞいにならぶ科学実験棟にこだましている。

と、黒いフェラーリから、ひとりの男が降りてきた。からだつきは細身で、見るからに高そうな服を着ているが、顔はずいぶん気さくそうな感じの男だ。

「あれ――ヴィン・ドレイクだわ」

窓から通りを見おろしながら、カレン・キングがいった。

「どうしてわかる?」となりに立っているリック・ハターがたずねた。

「むしろ、どうしてわからないのかききたいくらいよ。ヴィンセント・ドレイクといえば、たぶん、ボストンでいちばん成功したベンチャー・キャピタリストのひとりじゃない?」

「おれにいわせりゃ、恥知らずだぜ」とリックは答えた。「あの手の車、もう何年も前に排ガス規制の対象になってる」

しかし、だれもリックのことばを聞いてはいなかった。全員が戸口へと急いでいたからである。すでに通りへ通じる階段を降りはじめている者もいる。

リックはみんなの背中に問いかけた。

「なんだ? いったいどうしたっていうんだ?」

「聞いてないのかい?」リックの横を急ぎ足で戸口に向かいながら、アマールがいった。

「ドレイクたちがここへきたのは、新人をスカウトするためなんだよ」

「スカウト? だれをスカウトするって?」

「いい人材ならだれでもさ。われわれが興味ある分野で、いい仕事をしてくれさえすればいいんだ」

まわりに群がった院生たちに向かって、ヴィン・ドレイクはいった。

「微生物学、昆虫学、化学生態学、民族植物学、植物病理学。いいかえれば、マイクロ・

レベル、またはナノ・レベルで自然界を探究するすべての研究分野について、優秀な研究者がほしい。博士号などなくてもいいんだ。あろうとなかろうと、われわれは気にしない。才能があって、われわれの役にたつ成果をあげてくれれば、だれでもかまわない。ただし、採用者にはハワイにきてもらう必要がある。研究所があるのはハワイだからな」

グループの端のほうに立ったピーターは、ドレイクの話に聞きいる一同をよそに、兄のエリックと抱きあったのち、疑問をぶつけた。

「ほんとうかい？　ドレイクの会社に就職したのって？」

答えたのは、エリックのとなりに立つブロンドの美女だった。

「ええ、ほんとうよ」

片手を差しだしながら、女性はアリスン・ベンダーだと自己紹介した。なんでも会社の最高財務責任者(CFO)だという。ずいぶんビジネスライクでそっけない握手をする女(ひと)なんだな、とピーターは思った。身につけているのは淡黄褐色のビジネススーツだ。首には天然真珠のネックレスをかけている。

「この年末までに、すくなくとも百人、第一級の研究者が必要なの」とアリスンはいった。「けれど、なかなか人材が見つからなくってね。うちが提供する研究環境は、たぶん科学の歴史を通じても最高のもののはずなんだけど」

「ふうん？　そんなにすごいんだ？」とピーターはいった。ずいぶん大きく出るものだな。

「それが、ほんとうなのさ」エリックが答えた。「くわしくはヴィンが説明してくれる」

ピーターはここで、兄の車に顔を向けて、

「あのさ、これに……」と切りだした。気づいたときには、ひとりでに口が動いていたのだ。「乗ってみてもいいかな？　ほんのちょっとでいいんだけど」

「おお、いいとも、乗れ、乗れ」

運転席にすべりこみ、ドアを閉める。バケットシートはぴったりフィットして、からだをすっぽりと包みこんでくるようだった。高級な皮革の香りがなんともいえず心地よい。計器パネルは大きくて、能率的なデザインをしており、小ぶりのハンドルには見慣れない赤ボタンがいくつかついていた。桁ちがいの艶を誇る黄色の車体は、陽光をまばゆく反射して目が痛い。なにもかもゴージャスすぎる感覚に、ピーターはすこし不安をおぼえた。この感覚が好ましいものかどうか、自分でも判然とせず、シートの上でもぞもぞとからだを動かした。

そのとたん、太腿の下になにか異物があたった。手を下につっこんで、その異物を取りだしてみる。ポップコーンに似た白い粒だった。持った感じもポップコーンなみに軽い。しかし、その手ざわりは石のようでもあった。とがった石の角で上等の革に傷をつけてはいけないと思い、ピーターはひとまず石をポケットにつっこんで、早々に車を降りた。

もうすこしうしろでは、リック・ハターが黒塗りのフェラーリをにらんでいた。感嘆の眼差しを向けるジェニー・リンとは対照的な反応だった。

「肝に銘じておけよ、ジェニー」リックがいった。「この車は貴重な化石燃料をガブ飲みする。こいつは母なる地球への冒瀆そのものだ」

「へえ、そう？　ほんとに母なる地球がそんなことといったの？」ジェニーはフェンダーを指でなでた。「あたしは美しいと思うんだけどなあ、これ」

院生たちが連れていかれた地下の一室には、耐熱・耐薬品樹脂（フォーマイカ）のシンプルなテーブルが一脚と、コーヒーメーカーが一台あった。まず、ヴィン・ドレイクがそのテーブルにつく。Nanigen社のふたりの重役であるエリック・ジャンセンとアリスン・ベンダーも、ドレイクをはさむ形で両脇についた。六人の院生は、テーブルの周囲に雑然と散らばっている。テーブルに腰かけている者もいれば、壁にもたれかかっている者もいる。

「諸君は若き科学者であり、これからさまざまな経験を積んでいく」ヴィン・ドレイクが語りはじめた。「したがって諸君には、自分の分野が置かれた現状を見すえてもらわねばならない。たとえば、なぜ科学の最先端がこれほどに重要視されるのか？　なぜだれもが最先端にいたがるのか？　なんとなれば、あらゆる見返りと名誉が新しい分野に集中するからだ。

三十年前、まだ新興の学問だった分子生物学はノーベル賞の受賞者を輩出し、つぎつぎに革新的な大発見をしてみせた。ところが、時がたつにつれて、この分野での発見は粒が小さくなっていき、革新性も失われていった。いまや分子生物学は新しい学問ではない。最優秀の研究者はいつのまにか、遺伝学やタンパク質解析学に移るか、他の専門分野——脳機能、意識、細胞分化などの研究に移るかしてしまった。それらの分野には、取り組むべき未解明の問題がいくらでもあるからさ。そういう分野に移るのは戦略として賢明か？いかにも。だが、充分に賢明とはいえない。それらの分野では数々の問題が解明されるのを待っている。したがって、新分野というだけではまだたりない。分野の新しさに加えて、新しい道具が必要になるんだ。

ガリレオの望遠鏡は宇宙に対して新しい視点をもたらした。レーウェンフックの顕微鏡は生命に対して新しい視点をもたらした。そういった新しい道具の登場は、現在にいたるまで連綿とつづいている。電波望遠鏡は天文学の知識を爆発的に増やした。無人宇宙探査機は太陽系にかかわるわれわれの知識を書き換えた。電子顕微鏡は細胞生物学を一変させた。そうした革新の例は枚挙にいとまがない。新しい道具は大いなる進歩を意味する。そこで、若い研究者として、きみたちは自問するべきなのだよ。その新しい道具を持っているのはだれなのかとね」

短い沈黙がおりた。

「わかりました、それじゃあ、ききましょう」だれかがいった。「だれが持っているんです?」

「われわれさ」とヴィンは答えた。「Nanigenマイクロテクノロジーズだ。わが社は二十一世紀における諸発見を限界まで究める道具を持っている。冗談ではないぞ。誇張でもない。わたしが語っているのは単純明快な真実だ」

「大きく出てくれるじゃないか」

リック・ハターがいった。リックは壁にもたれかかり、腕組みをして、片手にコーヒーの紙コップを持っている。

ヴィン・ドレイクは冷静な目でリックを見すえた。

「なんの根拠もなしに大きく出たりはしないよ」

「じゃあ、その道具というのは? なんだ?」リックがたずねた。

「そこは部外秘でね。それがなにかを知りたければ、秘密保持契約書にサインしたうえで、ハワイまできて、自分の目でたしかめるといい。航空機代はうちで持つ」

「いつ?」

「そちらの準備ができしだい、いつでも。ご希望とあらば、あすでもかまわんよ」

ヴィン・ドレイクは急いでいるようだった。プレゼンテーションをおえると、院生たちを連れてさっさと地下室をあとにし、ディヴィニティー・アヴェニューへ——駐めてあるフェラーリのもとへ向かった。十月の午後とあって空気はもう冷たく、街路樹はオレンジ色と赤褐色に紅葉している。ハワイはこのマサチューセッツから百万キロの彼方だ。

ピーターはエリックに話しかけた。が、すこしも声がとどいていないことに気がついた。アリスン・ベンダーの腰に手をまわし、顔に笑みを浮かべているものの、なにかよそごとに気をとられているように見える。

ピーターはアリスンに声をかけた。

「ちょっと家族だけの話をしてもいいかな？」

そして、エリックの腕をとり、みんなから離れ、通りにそって歩きだした。

エリックはピーターよりも五歳年上だ。兄のことはむかしからおおいに尊敬していたし、スポーツから女の子とのつきあい、学業にいたるまで、どんなことであれ軽々とこなせる才能をうらやんでもいた。エリックは緊張するということがない。冷や汗をかいたことも、不安をいだいたこともない。所属するラクロス・チームの決勝戦であれ、博士号取得時の口頭試問であれ、エリックはつねに、なにをどうすればいいか心得ているらしい。そしてつねに、自信にあふれ、いつでも余裕たっぷりでいる。

「美人だな、アリスンって」ピーターはいった。「いつからつきあってるんだ？」

「二カ月ってとこかな」エリックは答えた。「ああ、たしかに美人だ」

しかしその口調には、どうも熱が感じられなかった。

「なにか問題でも？」

エリックは肩をすくめた。

「いいや、問題というほどじゃない。アリスンはMBAを取得している。じつのところ、ビジネス一辺倒でね。ことと次第によっては、そうとうタフにもなれる。うちの親父、男の子がもうひとりほしいといっていたろう。親父も納得の男勝りだよ」

「男の子にしちゃ、ずいぶん愛らしいじゃないか」

「ああ、愛らしいな」

これもやはり、熱のない口調だった。

ピーターは空気を読み、話題を変えた。

「それで、ヴィンとの仕事はどんなぐあいなんだい？」

ヴィン・ドレイクは、とかくの評判がある人物だ。これまでに二度、連邦から起訴されそうになっている。ただし、どちらのケースでも検察に苦汁を嘗めさせた。どうやったのかはだれにもわからない。ヴィンはタフでスマートで、危ない橋でも平気でわたる男だと見なされているが、とりわけ、成功者のイメージが強い。そのヴィンのもとでエリックが働くと聞いたとき、ピーターは驚いたものだった。

「ヴィンはだれにもまねのできないやりかたで資金を集められる。プレゼンテーションが抜群にうまい。そして世評どおり、かならず大物を釣りあげる」エリックは肩をすくめた。

「たしかに、感心しない面は多々あるよ。契約をまとめる上で必要なら、どんなことでも平気で口にする。しかし、このごろのヴィンは、そうだな、もっと……慎重になってきている。もっと社長らしく——最高経営責任者（CEO）らしくふるまうようになってきている」

「じゃあ、彼が社長でCEOなんだ。アリスンがCFOで。すると兄貴は——？」

「最高技術責任者（CTO）だ」

「技術部門か。満足かい、それで？」

「十二分に満足だよ。担当するんなら、技術部門がいい」そういって、ほほえんでみせた。

「それに、フェラーリを運転するというのも、これがなかなか……」

「なんでフェラーリなんかに乗ってるんだ？」兄と肩をならべ、車から離れていきながら、ピーターはたずねた。「あれを乗りまわす目的はなんなんだい？」

「あれでイーストコーストじゅうを流していくのさ。道すがら、有名大学の生物学研究所に立ちよって、ちょっとしたパフォーマンスをしては、入社希望者をつのる。ひととおりかたづけば、ボルティモアで返車することになっている」

「返車？」

「レンタカーなんだよ。注目を集めるための広告塔さ、あれは」

ピーターはふりかえり、車のまわりに群がる院生たちを眺めた。

「効果ありありだな」

「ああ、計算どおりだ」

「じゃあ、人集めをしてるってのはほんとうなんだ？」

「うん、ほんとうだ」

ふたたび、エリックの口調からは熱っぽさが消えていた。

「だったら、なにが問題なんだ、兄貴？」

「べつに、なにも」

「顔はそういってないぜ」

「ほんとうに、なんにもないんだ。会社は順風満帆だよ。大いなる成果をあげつつある。テクノロジーは驚異的にすばらしい。なにもおかしなところなんかない」

ピーターはもう、それ以上はつつかないことにした。無言のままで、それからしばらく歩きつづける。エリックは両手をポケットにつっこんでいる。

「なにもかも、だいじょうぶだって。ほんとうだぞ」

「わかったよ」

「ほんとうだからな」

「信じるってば」

ふたりは通りのはずれにたどりつき、そこで向きを変え、フェラーリに群がる院生たちのほうへ引き返しだした。

「ところで――」エリックが水を向けた。「――どの娘なんだ？　あそこにいるラボの娘たちのなかで、お目あては？」

「ぼくのかい？　いないよ」

「じゃあ、どこにいる？」

「どこにもいないさ、いまんとこはね」

ピーターの声はひとりでに沈んだ。いつも女の子にかこまれていたエリックとちがって、ピーターは女性あしらいがうまくなく、いつも不遇だった。以前、文化人類学科に、そこそこ仲のいい娘がいた。通りの先にあるピーボディー博物館で研究していた娘だった。が、向こうがロンドンからきた客員教授とつきあいだしたため、それっきりになった。

「あのアジア系の娘、なかなかキュートじゃないか」エリックがいった。

「ジェニーかい？　ああ、とてもキュートだね。ほかの学部のやつとつきあってるよ」

「そうか、そいつは残念」エリックはあごをしゃくった。「それじゃあ、あのブロンドの娘は？」

「エリカ・モル。ミュンヘンからきた留学生でさ。ステディーな関係には興味がない」

「だけど――」

「そのへんにしといてくれ、エリック」

「しかし、声くらい――」

「もうかけた」

「そうか。じゃあ、あの背の高い黒髪の娘は？」

「カレン・キングっていうんだ。専攻はクモ学でね。クモの巣の造網過程を研究してる。だけど、ほら、あの有名な教科書、『生体系』ってあるだろう？　あれにいれこんでいて、なにかっていうと、あれを持ちだすんだ」

「やや高慢なタイプか？」

「ややね」

「ずいぶん引き締まってるじゃないか」

なおもカレン・キングを見つめたまま、エリックはいった。

「フィットネス・マニアなのさ。武術をかじってて、ジムに通ってる」

ふたりは車のそばまでもどってきた。アリスンがエリックに手をふった。

「もう準備はいい？　ハニー？」

エリックはOKと答え、ピーターをぐっと抱きしめてから、力強く握手をした。

「つぎはどこへいくんだい、兄貴？」

「ドサまわりをつづけるよ。MITで約束があるんだ。午後にはボストン大学(BU)にも寄って、またつぎの大学をめざす」ピーターの肩を軽くこづいた。「袖にするな。かならず会いにこい」

「うん、そうする」

「そのときは、ラボのお仲間も連れてくることだな。約束しよう——全員にだ——けしてがっかりはさせない」

2

生命科学棟

10月18日
3:00 PM

ラボにもどった院生たちの目には、見慣れている研究環境が急に平凡で時代遅れなものに思えてきた。それにここは手ぜまでもある。ラボの人間関係はずいぶん前から一触即発の状態にあった。リック・ハターとカレン・キングはここにきた当日から角つきあわせているし、エリカ・モルは恋人選びにクセがあり、しじゅうグループにトラブルを持ちこむ。これはどこでも同じだが、院生というのはライバル同士だ。そしてみんな、この環境での研究にうんざりしてもいる。思いはみな同じと見えて、各人がそれぞれの作業台にもどり、漫然と研究を再開してからも、長いあいだ沈黙がつづいた。

ピーターは採毒ビーカーを氷の容器から取りだし、ラベルを貼って、冷蔵庫の自分用の棚に収めた。そのとき――ポケットの中でなにかが小銭とぶつかり、金属音をたてたのに気づいた。なんだろうと思って取りだしてみると、兄のレンタル・フェラーリで見つけた、あの小型物体だった。それを作業台にのせて、軽くはじいてみる。物体はくるくると回転した。

たまたまそれを見ていた、植物学専攻のアマール・シンがたずねた。

「なんだい、それは？」

「ああ。兄貴の車がどこか欠けたらしくてさ。なにかの部品だと思うんだ。革を傷つけるといけないから、拾っておいた」

「ちょっといいかな？」

「いいよ」物体の大きさはピーターの親指の爪ほどだった。「ほら」くわしく見ようともせず、ピーターは物体を差しだした。

アマールは手のひらで物体を受けとり、眉根を寄せてしげしげと見つめた。

「とても車の部品には見えないな」

「車のじゃない？」

「ああ。だって、飛行機の形をしている」

ピーターは物体を見つめた。かなり小さいので、肉眼では細部までよくわからないが、目をこらしてみると、たしかに飛行機のようにも見える。そうとうに小さなプラモデルのようだ。子供のころに組んだスケールキットを思わせるところがあった。空母に搭載するジェット戦闘機かもしれない。だが、たとえそうだとしても、それはいままでに見たどのジェット戦闘機ともちがっていた。機首がずんぐりしてキャノピーがなく、コックピットがむきだしになっている。箱形の中央と後部には、小さくて太短い突起がついているが、これはおよそ翼と呼べるしろものではない。

「くわしく見せてもらってもいいかな」

そういいながら、アマールはすでに、自分の作業台の横に固定されている大型拡大鏡のもとへ向かいかけていた。そばまでいくと、アマールは拡大鏡の下に小さな物体を置き、回転させながら注意深く観察して、こういった。

「こいつはすごい」

ピーターも頭をつきだし、拡大鏡を覗きこんだ。何倍にも拡大された飛行機は――飛行機かどうかはともかく――息を呑むほど美しく、細部までもが入念に造りこまれていた。コックピットには驚くほど精密な操縦装置が組みこんである。どうしてこんなにこまかい加工ができたのか、想像もつかない。

アマールも同じことを考えていたと見えて、

「おそらく、レーザー食刻（リソグラフィー）だろうな」といった。「コンピュータ・チップを微細加工するときと同じやりかただよ」

「でも、これ、飛行機かい？」

「ちがうと思う。なぜなら、推進装置がないからさ。ではなにかといわれると、なんともいえないがね。あるいは、なんらかの試作品の模型かもしれない」

「試作品の模型？」

「おにいさんにきいてみるといい」

アマールはそういって、自分の研究にもどった。

ピーターは携帯電話でエリックを呼びだした。バックの話し声がかなり大きく聞こえている。

「いま、どこだい？」ピーターはたずねた。

「メモリアル・ドライブ。MITで大歓迎されてる。ここの連中は、ぼくらが話すことをしっかり理解してくれてるよ」

ピーターは車内で見つけた小さな物体のことを話した。

「そいつはポケットにいれたりするべきじゃなかったな」とエリックはいった。「それはうちの会社の財産だぞ」

「悪い。でも、なんだい、これ？」

「要するに、実験体さ」とエリックは答えた。「うちの会社のロボット技術で試作した、最初の実験体の一台——つまり、ロボットだ」

「だけど、コックピットがついてるように見えるぜ。小さな操縦席と計器パネルまである。

まるで、だれかがここにすわるみたいに……」

「ちがうちがう、おまえが見ているのはスロット、ハト、ボットなんだ。うちの技術は、既知のいかなるレベルをも超えてボットを小型化できる。それは挿入するためのの。それを使って遠隔操作をする。これはほんとうだぞ、ピーター。それはマイクロ電源と制御パッケージを
その能力を示すための、最初の証拠のひとつと思ってくれ。時間があれば、その小型化のすごさを見せてやりたいところだが、しかし——いいか、その小型装置のことは他言するな。すくなくとも、当面は黙っていてほしい」

「いいよ、わかった」

アマールには知られてしまったが、いまそれをいったところでしかたがない。

「うちの会社を訪ねてくるときには、かならず持ってくるんだぞ」とエリックはいった。

「じゃあ、ハワイで待ってる」


生物学ラボの部長、レイ・ハフ教授は、ラボにやってきた日はずっとオフィスにこもり、院生たちの論文をチェックして過ごす。ハフ教授がいる場所でよその仕事の話をするのはよろしくなかろうということで、院生たちはそれぞれにラボをあとにし、午後四時ごろ、マサチューセッツ・アヴェニューの〈ルーシーズ・デリ〉に集まった。小さなテーブルをふたつ囲み、額をつきあわせる格好ですわったせいもあって、議論はたちまち白熱した。

リック・ハターは、唯一大学だけが倫理にもとらない研究をできる場所だといいはったが、耳を貸す者はひとりもいなかった。ほかの院生たちは、ヴィン・ドレイクにかかわる話のほうに関心があったのである。

「たしかに、魅力的なパフォーマンスじゃあったけど」ジェニー・リンがいった。「あれ、セールストークだよね」

「同感だな」アマール・シンがうなずいた。「しかし、すくなくとも、彼がいったことの一部は事実だぞ。発見は新しい道具によってなされる。そこのところは正しい。新方式の顕微鏡や新時代のポリメラーゼ連鎖反応法（PCR）に相当するものがあの会社にあるのであれば、短期間に大量の新発見がなされるだろう」

「でもさ、世界最先端の研究環境なんて、ほんとにあるのかな」これもジェニー・リンだ。

「それは自分の目でたしかめるしかないわ」エリカ・モルがいった。「飛行機代は出してくれるそうなんだし」

「この時期のハワイって、どんな感じ？」ジェニーがたずねた。

「おれには信じられん、こんな話に食いつくなんて」リックがぼやいた。

「いつ訪ねていっても、すてきなところよ」カレン・キングがジェニーに答えた。「コナでテコンドーの練習をしたんだけどね。いいとこだったわ」

カレンは武術の愛好家で、今夕も道場で練習があるため、スウェットスーツに着替えてきている。

カレンとリックがそらした話題をもとにもどそうとして、エリカ・モルがいった。

「CFOがこんな話をしているのを耳にしたわ——年内に百人は採用するって」

「印象づけようとしてるのかしら、誘いをかけてるのかしら」

「あるいは両方かもしれない」これはアマール・シンだ。

「あの会社が持っているという新しいテクノロジーがどんなものか、見当がつけばいいんだけどね」エリカがいった。「あなた、なにか知ってる、ピーター?」

「キャリアという観点からいうのなら」リック・ハターが口をはさんだ。「先に博士号をとらないのは愚の骨頂だぜ」

「いいや、なにも聞いてない」

ピーターはエリカに答え、アマールに目をやった。アマールはなにもいわずに、無言でうなずいただけだった。

「本音をいうと、向こうの施設を見てみたい気はするわ」

「ぼくもだ」アマールがいった。

「あの会社のサイトを見てみたんだけどさ」カレン・キングがいった。「Nanigenマイクロテクのウェブサイト。それによると、超小型の特殊ロボットを造ってるんだって、マイクロスケールからナノスケールの範囲で。じっさいにあつかっているのは数ミリから数千分の一ミリ――つまり、数千マイクロメートルから数百ナノメートルの範囲らしいわ。ロボットの図面もいくつか出てたんだけど、大きいものでも、サイズは四、五ミリほどで、なかにはその半分――二ミリ程度のものもあったわね。そうとう精密にできていたわよ。どうやって製造するかの説明はなかったけど」

アマールはじっとピーターを見つめている。ピーターは黙っていた。

「この件、おにいさんからなにか聞いてないの、ピーター？」ジェニーがたずねた。

「いや。機密事項だろうから」

「ただね」カレン・キングがつづけた。「ナノスケールのロボットがどういうものなのか、いまひとつピンとこないのよ。ナノといえば、髪の毛の太さよりもずっと微細なスケールでしょう？　髪の毛一本の直径を、わかりやすく、〇・一ミリメートルとしましょうか。マイクロやナノの単位で表わせば、一〇〇マイクロメートル、つまり一〇万ナノメートル。そのさらに何十分の一のサイズでロボットを造れるって話、聞いたことがある？　そんな微小ロボットを組みたてるとなると、原子を一個一個操作する能力が必要になるけれど、その技術でロボットを組みたてる芸当なんて、まだだれにもできないでしょう」

「それでも連中、できるっていってるんだぜ？」リックがいった。「やっぱり誇大広告のまやかしだ」

「あの車はまやかしじゃなかったでしょ？」

「しょせん、レンタルじゃないか」

「まあいいわ、わたし、もう練習にいかなきゃ」カレン・キングがテーブルに手をつき、立ちあがった。「ただ、ひとついっておくとね。Ｎａｎｉｇｅｎはいまのところ表立った活動をしないようにしているけど、一年くらい前から、いくつかのビジネスサイトに会社概要を掲載してるのよ。それによると、あの会社が集めた資金、十億ドル近いんだって。出資コンソーシアムを取りまとめたのは、ダヴロス・ベンチャー・キャピタルで……」

「十億！」

「そう、十億。そのコンソーシアムは、おもに国際的製薬企業で構成されているそうよ」

「製薬企業？」ジェニー・リンが眉をひそめた。「どうして製薬企業がマイクロロボットに興味持つの？」

「いよいよ陰謀くさくなってきたぞ」リックがいった。「黒幕は巨大製薬企業(ビッグ・ファーマ)か」

「新しい薬物送達(ドラッグ・デリバリー)システム開発の可能性はないかな？」アマールがいった。

「ないわ。ナノ粒子を使ったシステムなら、すでに存在するから。そんなものに十億ドルもの投資はしないでしょう。きっと、なにか新薬を開発しようとしてるんだわ」

「でも、どうやって……」エリカが当惑顔でかぶりをふった。

「まだあるの」カレン・キングは先をつづけた。「そのビジネス・ウェブサイトによると、ＮａｎｉｇｅｎはＮａｎｉｇｅｎは資金を確保してまもなく、パロアルトのマイクロロボット工学企業からクレームをつけられたんだって。Nanigenは資金集め目的で虚偽の説明をしている、微細ロボットを製造できるといっているが、そんな技術はない、というわけ。じつはこのマイクロロボット工学企業も、同じように顕微鏡サイズのロボットを開発していたのよ」

「なるほど……」

「で、どうなった?」

「結局、パロアルトの企業がちらつかせていた訴訟はとりやめになったわ。向こうが破産宣告したから。それでジ・エンド。ただ、潰れた会社のトップは、結局、Nanigenにそれだけの技術があると認めたとされているわね」

「じゃあ、やっぱりあの会社、本物だと思うんだな?」リックがいった。

「いまわたしが思ってるのは、練習の時間に遅れそうだってことだけよ」カレンは答えた。

「あたしは本物だと思うけどな」リンがいった。「だから、ハワイにいって、自分の目でたしかめてみるつもり」

「ぼくもいこう」これはアマールだ。

「まったく、信じらんないやつらだな」とリック・ハターはいった。

ピーターはカレン・キングと肩をならべ、セントラル・スクエアがある方向に向かって、マサチューセッツ・アヴェニューを歩いていた。午後も遅いが、陽光はまだあたたかい。

カレンはジム・バッグを左手で持っている。いつでも右手を防御に使えるようにするためだ。

「リックといるとムカムカしてくるわ」カレンがいった。「なにかっていうと道義をふりかざして、ご高説をたれるんだから。じっさいには、ぐうたらなだけのくせに」

「どういう意味だい？」

「あいつが大学に残ってるのはね、ぬくぬくと安楽だからよ。快適で安穏として、安全な日々。本人は絶対に認めようとしないけどね。ああ、悪いけど——わたしの左側を歩いてくれる？」

ピーターはカレンの左側にまわった。

「なんで右側がいいんだ？」

「利き腕を動かしやすくするためよ」

ピーターはカレンの右手に目をやった。自動車のキーヘッドを握りこみ、指の隙間からキーのブレードの部分をつきだしている。そうしていると、一見、ナイフの刃のようだ。キーチェーンにはトウガラシ・スプレーの缶をぶらさげていて、その缶が手首のあたりでゆれていた。

ピーターは苦笑を禁じえなかった。

「こんなところに危険があるとでも思ってるのかい？」

「世界というのは危険なところなのよ」

「マサチューセッツ・アヴェニューが？　午後五時の？」

なにしろここは、ケンブリッジ市のどまんなかなのだ。

「大学というところは、構内や近隣で発生したレイプ事件の件数を公表しないものでね」とカレンはいった。「評判が悪くなるからよ。裕福な卒業生が娘をその大学にやりたがらなくなるでしょ？」

ピーターはカレンの右手――握りしめたこぶしと、指の隙間からつきだしているキーを見つめた。

「そんなふうにキーを持って、どう使う気なんだ？」

「のど笛を突くの。瞬時に激痛を与えて、相手の動きを封じられるから。場合によっては気管を破裂させられるしね。それでもダウンしない相手には、間近から顔面にトウガラシ・スプレーをたっぷりと噴きかけてやるのよ。ひざの皿も蹴って、できれば割ってしまいたいところね。そこまでやれば、まずダウンするし、もうどこにも逃げられないわ」

カレンは大真面目だった。殺気すらただよう口ぶりに、ピーターは笑いそうになるのを一生懸命にこらえた。行く手の通りに広がるのは、見慣れた日常の風景だ。仕事をおえた人々が、夕食の待つ家へと帰っていく。途中、しわくちゃのコーデュロイのジャケットを着た某教授とすれちがった。教授は青い試験用紙の束をかかえており、なにやらあわてたようすで先を急いでいた。そのあとは、歩行補助器にすがって散歩している小柄な老婦人とすれちがった。向こうからはジョガーの一団が駆けてくる。

カレンはセカンドバッグから小型の折りたたみナイフを取りだして、パチンと開いた。あらわになった刀身には、特殊な波刃がついていた。

「このスパイダルコ・ナイフさえあれば、いざというとき、相手の腹を抉ってやることもできるしね」そこでカレンは顔をあげ、ピーターの表情に気づいた。「ばかばかしい、と思ってるでしょ?」

「いや、べつに。ただ——ほんとにナイフで人の腹を抉るつもりかい?」

「もちろん」とカレンはいった。「わたしの腹ちがいの姉がボルティモアで弁護士をしていたんだけどさ。午後の二時、自分のガレージで車に乗ろうとしたら、暴漢に襲われてね。殴り倒されてコンクリートの床に倒れこんで、意識を失ったところを暴行されて、レイプされたの。意識を取りもどしたときには、逆行性健忘よ。暴漢のことなんか、なにひとつ憶えていなかったわ。なにがあったのかも、暴漢の顔も、なにひとつね。結局、一日だけ入院して、家へ帰されたわけ。

ところが出勤してみると、法律事務所の共同経営者弁護士のひとりが、のどにいくつも引っかき傷をこさえていて——姉はてっきり、犯人がその男だと思いこんだのよ。自分が勤めている事務所の男が自宅まであとをつけてきて、自分をレイプしたんだ、とね。でも、記憶がないし、なんの確証もない。とはいえ、どうにも不安で、居心地が悪くてしかたがないものだから、結局は、その事務所を辞めて、DCに引っ越したわ。ペイの低い仕事についで、やりなおすことになったの」

カレンは自分のこぶしをかかげてみせた。

「それもこれも、車のキーをこうやって持っていなかったせい。いい人過ぎて自分の身を護れなかったから。冗談じゃないわよ」

ピーターは考えてみた――カレン・キングに、ほんとうに他人ののどをキーで突いたり、ナイフで腹を抉ったりができるものだろうか。そんな場面を想像してみて、ぞっとした。カレンならやりかねない。大学という、口だけなら思いきったことをいう人間が多い環境のなかで、カレンはほんとうに行動する覚悟を固めている気がする。

まもなく、通りに面した武術道場にたどりついた。窓にはぜんぶ、内側から紙が張ってあった。

「ここがわたしの道場」カレンがいった。「あとでまたね。でも、ひとつ頼みがあるの。おにいさんと話をする機会があったら、どうして製薬企業がマイクロボット工学に巨額の研究資金を投じているのか、質問しておいてくれない？　いい？　その点がどうにも気になるのよ」

それだけいって、カレンはスイングドアを通りぬけ、道場にはいっていった。

その夕べ、ピーターはラボにもどった。三日おきにコブラに餌をやらねばならないし、やるときはどうしても夜になってしまう。コブラが夜行性だからだ。

時刻は午後八時、ラボの照明はほとんど落とされていた。薄暗い中で、もがくホワイトラットを飼育ケージの中へ落とし、ガラスのふたをさっと閉める。ラットはコブラがいるのとは反対の端までケージ内を駆けていき、そこで凍りついた。ひくひくと動かしているのは鼻だけだ。コブラがゆっくりと頭を動かし、とぐろをほどいて、ラットのほうに頭を向けた。

「これを見るのはいやだな」

ふいに、うしろから声がいった。リック・ハターだった。いつのまに背後へきていたのだろう。

ピーターはたずねた。

「どうして？」

「残酷だからだよ」

「でも、だれだって食わなきゃならないだろ、リック」

コブラがすばやく飛びかかり、ラットのからだに深々と毒の牙をつきたてた。ラットは痙攣し、しばし自分の脚で立っていたが、やがて横に倒れこんだ。

「だからこそ、ベジタリアンなのさ、おれは」リックがいった。

「植物にも感情があるとは思ってないわけだ？」

「よせよ。おまえとジェニーはいつもそうだ」

ジェニーの研究内容には、植物同士や昆虫同士のフェロモンによるコミュニケーションが含まれる。フェロモンとは、生物の体内で分泌され、外に放出されて、同じ種の行動や生理作用を引き起こす化学物質のことである。この分野は、過去二十年のあいだに著しい進歩をとげていた。植物も能動的で知能を持った生物と見なすべきであり、動物と大差はないというのがジェニーの意見だ。それにジェニーは、リックをからかうことを楽しんでもいた。

「だいたい、ばかばかしいだろ」リックがいった。「エンドウ豆や大豆に感情があるもんか」

「そりゃあまあ、ないだろうさ」にやにやしながら、ピーターは答えた。「だって、目の前にあるのは、すでに殺害された植物——菜食主義者の利己的な糧となるために、残酷にも殺されたあとの死体だもんな。殺されるときに植物が断末魔の悲鳴をあげても、みんな聞こえないふりをしてるだけで。自分が冷酷な植物殺しだという深刻な事実とは向きあいたくない。それが人間ってもんさ」

「アホくせえ」

「この種差別主義者！　自分でもわかってるはずだぞ！」

ピーターはなおもにやにや笑っていたが、そこに一面の真理があることも事実だろうと思っていた。ふと見ると、ラボにはいつのまにかエリカがやってきていた。ジェニーもだ。院生はふだん、そのまま徹夜をすることはあっても、夜になってからわざわざ研究をしに出なおしてきたりはしない。いったいどうなっているんだろう？

エリカ・モルは解剖板のすぐ前に立ち、黒い甲虫の腹部をたんねんに切り開いていた。エリカは甲虫学が専門だ。昆虫のなかでも、とくに甲虫を専門とする。これは前に自分でいっていたことだが、カクテル・パーティーでこの語を口にしたとたん、たちまち会話が途切れてしまうそうだ（「どういう仕事をしてるの？」「カブトムシの研究」「……」）。だが、じっさいのところ、生態系においては、甲虫はきわめて重要な立ち位置を占める。既知の種の四分の一は甲虫なのである。何十年も前、あるレポーターが、高名な生物学者、J・B・S・ホールデンに、〝創造の結果をごらんになって、造物主はどのような存在と結論なさいますか〟と質問したことがある。するとホールデンはこう答えた。

〝うん、度を越した甲虫好きみたいだね〟

「なんの解剖だい？」

横から覗きこみながら、ピーターはエリカにたずねた。

「ヘッピリムシ（ボンバーディア・ビートル）の一種の解剖」とエリカは答えた。「オーストラリアのホソクビゴミムシの仲間でね。尾端から悪臭ガスを爆発的に噴射するの」

しゃべりながら解剖をつづけ、さりげなく姿勢を変えた。そのさい、片腕がピーターのからだに触れた。いかにも偶然に触れたという感じで、触れたことに気づいたそぶりさえ見せていなかったが、じつはエリカは、男好きなことで名を馳せている人間なのである。

「このヘッピリムシ、どこか特殊なの？」とピーターはたずねた。

砲手（ボンバーディア）ビートルという名は、腹部の尾端にある旋回砲塔から、どんな方向へも高温の有毒ガスを放つ能力に由来する。噴射するガスは、捕食しようと近づいてきたヒキガエルや鳥を撃退するほど強烈な悪臭を放ち、自分よりも小さな昆虫を即死させるほどの毒性を持つ。ヘッピリムシがどのようにしてこれだけの防御力を発揮するかは、一九〇〇年代のはじめから研究されてきており、いまではその機構がくわしく解明されている。

「この種の甲虫は、摂氏一〇〇度にもなるベンゾキノンを生成して噴射するの」エリカは説明した。「ベンゾキノンは体内に蓄えられた各種の前駆物質を化合させて作る仕組み。腹部の尾端側にはふたつの前駆物質嚢があって——ほら、いま切開しているでしょう？ ここのところ、見える？ 第一嚢の中に格納されているのは、前駆物質のヒドロキノンと、酸化剤になる過酸化水素。第二嚢は硬い殻で、こちらの内部に格納されているのは酵素、過酸化水素分解酵素（カタラーゼ）、酸化還元酵素群（ペルオキシダーゼ）。攻撃を受けると、この甲虫は筋肉の力で、第一嚢の内容物を第二嚢に押しこむの。すると、そこですべての前駆物質が混合されて、高温のベンゾキノンになって、爆発的に噴射される仕組み」

「そのなかで、とくにこの種に特徴的なのはなんだい？」

「以上の標準的設備に加えて、さらにケトンを――具体的には、2－トリデカノンを――生成することね。ケトンは撥水性を持つほかに界面活性剤の働きも持っていて、この場合、展着剤となってベンゾキノンの拡散を加速する……。そのケトンがどこで作られるのかを、この目で見たいのよ」

いいながら、エリカはつかのま、ピーターの腕に軽く手をそえた。

ピーターはいった。

「ケトンがこの甲虫の体内で生成されるとは思ってないんだな？」

「かならずしも思っていないわけではないわ。バクテリアを取りこんで、そのバクテリアにケトンを作らせているとも考えられるから」

自然界では、これはふつうにあることだ。防衛のために化学物質を生成するさいには、エネルギーを消費する。動物がバクテリアを取りこみ、そのバクテリアに生成をまかせてしまえば、なにかと都合がいい。

「このケトン、ほかの昆虫にも見つかるのかい？」ピーターはたずねた。

もしそうであれば、それはこのバクテリアが体外由来であることを意味する。

「何種かのイモムシの体内にはね」

「ふうん。ところでさ、きみ、なんでこんな遅い時間になってラボにきたの？」

「みんな、きてるでしょう？」

「だから、理由は？」

「研究に遅れを出したくはないでしょう」とエリカは答えた。「なにしろ、来週はずっと出かけているんだもの。ハワイにね」


ストップウォッチ片手にジェニー・リンが凝視しているのは、なにやら複雑な実験装置だった。栓をした大きなガラス瓶の底には、葉の茂った植物の小型ポットが置いてあり、その葉を何匹ものイモムシがモシャモシャと食べている。そのガラス瓶の栓からは一本のエアホースが伸びだして、三股に分岐し、もう三つの、形も大きさもそっくり同じガラス瓶につながっていた。その三つの瓶にも、葉の茂った植物の小型ポットをいれてあるが、イモムシの姿はない。最初のガラス瓶には小型エアポンプをつないである。これで容器間の空気の流れを制御しているのだろう。

「基本的な状況はもうわかってるんだ」ジェニーが説明した。「地球上に存在する既知の植物種は三十万種。昆虫は九十万種で、植物を食べる種はすごく多い。なのに、どうして植物は昆虫に食いつくされてはいないのか？　地上から消滅してしまってはいないのか？

なぜかというと、すべての植物はずっとむかしに、自分たちを攻撃する動物への防御機構を進化させていたからよ。動物は捕食者から逃げれるけど、植物は逃げらんないでしょ？だから、防衛のために、化学戦争の手法を発達させたの。害虫の防除成分を分泌する植物もあれば、有毒物質を分泌して葉をまずくする植物もあるし、害虫を捕食する動物を誘引する揮発性の化学物質を分泌する植物もあるわ。そしてなかには、食害されたことを機に、同種の植物に対して葉の中の有毒成分を増やすように――食害されにくくするように――警告の化学物質を出す植物だってあるのよ。いまここで行なおうとしているのは、植物間コミュニケーションの実験」

最初のガラス瓶の中でイモムシに葉を食われることにより、植物は化学物質を――植物ホルモンを――放出し、それはエアホースを通じてほかのガラス瓶にも送られる。すると、ほかの植物はニコチン酸の分泌量を増やす。

「ここで量ろうとしているのは、反応率なの」とジェニーはつづけた。「サンプルを三つ調べるうえでガラス瓶を三つ用意して、相互に隔離した理由はそれ。それぞれに含まれるニコチン酸の量を測定するために、これから植物の各所から葉を切りとっていくんだけど、一枚の葉を切ったとたん……」

「……その植物は攻撃されたときと同じ反応をして揮発性物質を出すから、先に隔離しておかないと、ほかの植物個体にも新たに影響がおよぶ――そういうことか？」

「うん、そう。だから、ガラス瓶を別々に分けてあるわけ。反応は比較的速くて、ものの数分で変化が現われることもわかってるんだ」

ジェニーはいっぽうの箱を指さした。

「測定に使うのは、超高速ガスクロマトグラフィー。切った葉のニコチン酸の量が正確にわかるわ」

ストップウォッチに目をやった。

「それじゃ、はじめるわよ。悪いけど、もう集中するから……」

ジェニーは最初のガラス瓶を持ちあげると、ふたをとり、根元のほうから上に向かって、手ぎわよく植物の葉を切りとりはじめた。

「ヘイヘイ、なにがはじまってるんだ？」

両手をふりながら、ダニー・マイノットがラボに現われた。赤ら顔で太ったマイノットは、いつものごとく、エルボーパッチのついたツイードのスポーツコートを身につけて、トラッドな横畝織り（レップ）のタイにバギースラックスといういでたちをしていた。いまだ院生だというのに、一見、功なり名とげた英文学の教授のように見える。じっさいマイノットは、文学寄りの男だった。科学研究の博士課程をとってはいるが、その研究テーマは心理学と社会学を寄せ集めて、フランスのポストモダニズムを大胆に取り入れたものだからである。

生化学と比較文学の学位を持ってはいるものの、結局、比較文学方面に傾倒したらしい。なにかというと引用したがるのは、ブルーノ・ラトゥール、ジャック・デリダ、ミシェル・フーコーほかの、〝客観的な真実などは存在せず、真実は権力によって確立される〟と信じていた者たちの名言だ。マイノットがこのラボにきているのは、〝科学的言語コードとパラダイム転換〟についての論文を完成させるためだった。その目的上、ほかの院生が研究をしている最中に話しかけてきては会話を録音し、だれかれとなくわずらわせるので、いまではすっかりラボの鼻つまみ者になっている。

じっさい、このラボの院生はみんな、こぞってマイノットを毛ぎらいしていた。当人のいないところで話をしていて、いつも話題にのぼるのは、そもそもなぜレイ・ハフ教授はあんなやつをラボに入れたのか、という不満だ。

あるとき、とうとうだれかが教授にその疑問をぶつけてみた。すると教授は、こう答えた。

〝あれはなあ、家内の従兄弟なんだ。あいつの引きとり手がほかにいないんだよ〟

「ヘイヘイ、どうしたどうした、みんな。こんな夜に研究するやつなんて、このラボにはひとりかふたりがいいところなのに、今夜は全員、おそろいじゃないか」

マイノットはあいかわらず両手(ウェイヴィング・ヒズ・ハンズ)をふっている。

ジェニーが軽蔑もあらわに鼻を鳴らした。

「この受け売り屋ハンド・ウェイヴァー！」

「おっ、それ、聞いたことがあるぞ。どんな意味だっけ？」

ジェニーは相手にせず、ぷいと背を向けた。

「どういう意味だよ？　そっぽを向くなよ」

ピーターはダニー・マイノットのそばに歩みよった。

「ハンド・ウェイヴァーというのはな、自分の頭でものを考えないから、つっこまれても反論できないやつのことをいうんだよ。日常会話をしていて、自分が受け売りを仕入れていない内容が話題に出ると、しきりに両手をふりながら、急に早口になって、〝うんうん、そうそう〟とかいいだすだろう。科学の世界じゃ、〝両手をふる〟というのは、自分ではものを考えていなくて、ものごとを理解していないやつのことを指すのさ」

「それじゃあ、いまここでぼくがやってることとはちがうな」なおも両手をふりながら、マイノットはいった。「記号論もずいぶん誤解されたもんだ」

「やれやれ、そうきたか」

「だけどさ、デリダいわく、〝専門知識をわかりやすく伝えることはむずかしい〟。こういった身ぶりをまじえることで、ぼくはきみたち全員に対して話していることを明示的に伝えようとしてるんだぜ。で、なにが起こってるんだい？」

「みんな、いうんじゃないぞ」リックがいった。「いったら、こいつもいきたがる」

「もちろん、いきたがるさ」とマイノット。「ぼくの役目は、このラボの日常を記録することだからな。いかないわけにはいかないよ。で、どこにいくって？」

ピーターはあらましを話して聞かせた。

「おー、なるほど、いくいく、絶対いく。科学と商売の交点ってわけだ？　誇り高き若者の腐敗ってやつか？　そりゃあもう、いくとも——絶対いくぞ」

ピーターがラボの隅にあるコーヒーマシンからコーヒーカップをとろうとしていると、エリカが歩みよってきた。

「このあと、予定、ある？」

「予定もなにも、そこまで考えてないよ。なんで？」

「今夜、あなたのうちに寄れそうだから」

エリカはまっすぐピーターを見つめていた。その態度のひたむきさに、ピーターは腰が引けるのをおぼえた。

「だから、まだなにも考えてないんだって、エリカ。遅くまで研究していくかもしれないし」

いいながら、腹の中ではこう思った。

（そんなこといって、このまえのときから、もう三週間もごぶさたじゃないか）

「こちらはもうすぐおわるわ。時刻はまだ九時よ」

「そういわれてもなあ。まだなんともかんとも」

「そそられないの？　わたしが寄るといっても？」

依然としてピーターを見つめたまま、こちらの顔をじろじろと見まわしている。

「きみはアマールとつきあってるもんだと思ってたよ」

「アマールは好きよ、とってもね。すごく知性的だから。でも、あなたも好き。好きじゃなかったことはないわ」

「あとでまた話そう」

コーヒーにミルクをいれながら、ピーターはそう答えて、そそくさとその場を離れた。急に動いたせいで、コーヒーがすこしこぼれてしまった。

背後でエリカがいった。

「待ってるわよ」


「なんだなんだ、コーヒーをこぼしたのか？　マシンがトラブったか？」

にやにやしながらピーターを見あげて、リック・ハターがいった。まばゆいハロゲン・ランプの下で、リックはラットをさかさまに持ち、膨れあがった後肢(こうし)の幅を小さなノギスで測っている。

なったんだ」

「ちがうよ」ピーターは答えた。「これはその……思ったより熱くて、取り落としそうに

「ははあん。そりゃまた、よっぽど熱かったんだな」

「その肢、カラギーナンを投与したのか？」

話題を変えようとして、ピーターはいった。カラギーナンの投与は、実験動物の四肢に浮腫を引き起こす目的でよく使われる手段だ。これは標準的な手法として、世界じゅうの研究所で炎症研究に用いられている。

「ああ」とリックは答えた。「カラギーナンを皮下注射して後肢を腫れさせたんだ。そのあとから、学名ヒマタントゥス・スクーバという、こいつは南アメリカの多雨林に生える亜高木なんだが、その樹皮の抽出物を塗りつけた。これで消炎効果が出るのを、期待して待ってるところさ。この樹皮の乳状液には薬効があることがわかってる。ヒマタントゥスはそうとうに効能範囲の広い植物で、傷の治療にも潰瘍の治療にも使える。コスタリカの呪い師（シャーマン）は、この樹皮を使って、消毒、解熱、抗癌のほかに、虫下しまでしているそうだ。そういった効能はまだためしてないが、すくなくともこのラットの浮腫は、樹皮の抽出物を塗ったあと、かなりの速さで小さくなってきてる」

「消炎効果をもたらす化学物質がなにか、つきとめようとしてるんだな？」

「ブラジルの研究者たちは、α‐アミリン桂皮酸塩ほかの、桂皮酸化合物の効用だと見て

いるが、それはまだ検証していない」

リックはラットの浮腫の大きさを測りおえ、ケージにおろし、ノートパソコンに計測の結果と時刻を入力してから、語をついだ。

「ただ、ひとついえるのは、この樹皮の抽出物、完全に非毒性らしいんだな。そのうち、妊婦にさえ投与できる日がくるかもしれないぞ。ほら、こいつを見てみろ」そういって、ケージの中を動きまわるラットを指さしてみせた。「もうぜんぜん、肢を引きずってないだろう？」

ピーターはリックの背中をぽんとたたいた。

「気をつけろ。ぼやぼやしてたら、どこかの製薬会社に成果を盗まれちまうぞ」

「そんな心配はいらないさ。新薬開発にちゃんと目配りしてる連中なら、すでにこの樹の研究を進めていないはずがない。だいたい、製薬会社がそんなリスクを冒す必要がどこにある？　アメリカの納税者に研究費用を出させて、適当な院生に何カ月かかかりっきりで新発見をさせたら、すかさずやってきて、大学から金で購(あがな)えばいいんだぜ。そのあとで、発見の成果を薬品にして、ばかだかい値段で売りつける——まったく、いい商売もあったもんだ」リックの長広舌がはじまる兆しが見えてきた。「だいたい、あのやくたいもない製薬会社なんてところは——」

「リック」ピーターは口をはさんだ。「ぼくも研究にもどらなきゃ」

「ああ、そうかいそうかい。だれもこんな話は聞きたがらないよな、わかってるよ」

「コブラの毒を遠心分離機にかけなきゃならないんだ」

「いいって、気にすんな」そこでリックはためらい、肩ごしにちらりとエリカを見やった。

「あのな、おれには関係のないことではあるんだが――」

「ああ、そうだ、おまえには関係の――」

「おまえは気のいいやつだから、みすみす魔手に落ちるのを見過ごすに忍びない。なにせ、相手は……その、あれだからさ……。そういえば、以前、友だちのホルへにMITでコンピュータ・サイエンスをやってるやつに引き合わせたことがあったよな？　エリカの正体を知りたかったら、この番号にかけてみろ」リックはピーターに電話番号をメモしたカードを差しだした。「ホルへが出たら、エリカの携帯の通信記録にアクセスしてもらえ。音声通話とショートメール、両方だ。そうしたら、あれがどんな女かよくわかる……その、ご乱行ぶりがな」

「それ、合法か？」

「まさか。でも、すごい役にたつぞ」

「まあ、礼はいっとくよ。ただ――」

「いいからいいから、このカードはとっとけ」リックはカードを受けとろうとしなかった。

「使わないからな」

「そりゃあわかんないぜ。とにかく、電話の記録はウソをつかない」

「わかったよ」

言いあいをするより、ここは受けとっておいたほうが面倒がない。ピーターはカードをポケットにすべりこませた。

「ところでな」リックがいった。「おまえの兄貴のことだが……」

「兄貴がどうした？」

「正直に話していると思うか？」

「会社のことかい？」

「ああ。Ｎａｎｉｇｅｎのことだ」

「正直に話しているとは思う。ただ、本音をいえば、未知数のことが多すぎる」

「おまえにも打ち明けてないのか？」

「事業全体については、ほとんどベールをかぶせたままだ」

「だけどおまえも、あの話は革新的だと思った。そうだろう？」

たしかに、革新的だとは思うが——と、ラボの走査型顕微鏡を覗きながら、ピーターは考えた。改めて見ているのは例の白い小石、もしくはマイクロボット、あるいは正体不明の小型物体だ。このコックピットのように見えるものは、じっさいにはコックピットではなくて、マイクロ電源と制御ユニットを挿すスロットだ、と兄は説明した。それを再確認しようとしているのだが、しかし……これをスロットと見るのはむりがある。これはどう見ても、超小型の、おそろしく精密に造られたコントロールパネルを持つ操縦席ではないか。

なおも頭を悩ませているうちに、ふとラボの中がしーんと静まり返ったのに気がついた。どうしたんだろうと思って顔をあげると、顕微鏡のとらえている像が、壁面に設置された大型フラットパネル・スクリーンに映しだされていた。ラボの全員がピーターと同じものを見ていたのだ。

「いったい、なんなんだ、これは?」リックがたずねた。

「わからない」ピーターはモニターをオフにした。「それに、いくら考えても、なんだかわからないよ。ハワイにいかないかぎりはな」

3

ケンブリッジ、メイプル・アヴェニュー

10月27日

6:00 AM

院生たちは順次、ヴィン・ドレイクの申し出に応えることに決め、最終的に七人全員がハワイ訪問を決意した。七人はそれぞれ各自のデータを整理し、研究の概要をまとめて、Nanigenのアリスン・ベンダーあてに手紙と資料を送った。そして順次、同じ内容の返信を受けとった。その内容はこうだ。

〝ハワイへの航空券はNanigenの負担で手配する。手続き簡便化のため、七人にはグループ行動をとってもらう――〟

出発は十月二十八日と決まった。もう十月下旬にはいっていたので、七人は出発準備に忙殺された。しなければならないことが山ほどある。やりかけの実験をぜんぶおわらせておくこと、しばらくは留守にしてもいいように研究プロジェクトを調整すること、そしてもちろん、荷造りだ。予定では、二十八日、日曜の早朝、ボストンのローガン国際空港を

出発し、ダラスを経由して、同日中にホノルルへ着くことになっていた。ホノルルには、四日間滞在し、全員、週末には帰ってくる予定だ。

フライトの前日、どんよりと曇った寒い土曜日の早朝に、ピーター・ジャンセンはアパートメントでコンピュータをいじっていた。キッチンでは、エリカ・モルがABBA〈テイク・ア・チャンス〉を歌いながら、ベーコンエッグを作っている。ピーターはふと、携帯電話の電源を入れわすれていたことに気づいた。昨夜、思いがけなくエリカが訪ねてきたため、電源をオフにしておいたのだ。電源を入れ、デスクに置く。一分後、電話が鳴った。兄エリックからのショートメールだった。

くるな

ピーターはテキスト・メッセージを見つめた。これはジョークか？　それとも、なにかあったのか？　すぐに返信を送った。

なぜ？

しばし画面を見つめていたが、いっこうに返信がない。二、三分待って、ハワイにいるエリックの番号にかけてみた。出たのは留守電のメッセージだった。

サービスにメッセージを吹きこんだ。

「エリック、ピーターだ。なにがあった？　連絡してくれ」

キッチンからエリカがたずねた。

「だれと話してるの？」

「だれとも。兄貴に連絡しようとしてるだけさ」

画面をスクロールさせ、兄からのショートメールにもどす。着信は午後九時四十九分。

ということは、昨夜のうちにきていたのか！　ハワイではまだ明るい時刻だっただろう。

もういちど兄の番号にかける。やはり留守電のメッセージしか出なかったので、〈切〉

ボタンを押した。

「もうじき朝食よ」エリカがいった。

ピーターは携帯をテーブルに持っていき、自分の皿の横に置いた。エリカが眉間にしわを寄せた。食事中の電話がきらいなのだ。ピーターの皿にベーコンエッグをのせながら、

エリカはいった。

「祖母のレシピよ。ミルクと小麦粉を――」

携帯が鳴った。

ひっつかむように携帯をとる。

「もしもし？」

「ピーター？」女性の声だった。

「ピーター・ジャンセン？」

「ああ、そうだけど」

「アリスン・ベンダーよ――Naｎigenの」エリックが腰に手をまわしていた、あのブロンド美女のイメージが浮かんできた。アリスンはつづけた。「よく聞いて。ハワイへくる準備はできてる？」

「うん。予定どおり、明朝の便に乗るつもりだけど」

「きょうのうちにこられないかしら」

「さあ、なんとも。ただ――」

「重要なことなのよ」

「とにかく、席があるかどうかを調べてから――」

「勝手ながら、二時間後の出発便に席をとっておいたわ。乗れそう？」

「うん、たぶん――だけど、なんでこんな急に？」

「じつは、あまりよくない知らせがあってね、ピーター」ことばを切った。「おにいさんのことで」

「兄貴がどうしたって？」

「行方不明なの」

「行方不明？」虚をつかれた。わけがわからない。

「どういうことだ、行方不明って？」

「それが、きのうからなのよ」とアリスンは答えた。「ボートの事故が起きてね。聞いているかしら、彼がボートを持っていたこと？　ボストン・ホエラー社製のレジャーボート。とにかく、持っていたの。きのう、それに乗って、ひとりで島の北側に出かけていたんだけれど。そうしたらエンジンのトラブルでボートが立ち往生して……そこへ大波が襲ってきて、ボートを海岸へ……岸の断崖へ押しやりだしたの。でも、エンジンが停まっているから、動くに動けず……」

くらりときた。ベーコンエッグの皿を押しやる。声が聞こえているのだろう、エリカも蒼ざめた顔でこちらを見ている。

「どうしてそこまでわかったんだ？」ピーターはいった。

「崖の上から一部始終を見ていた人たちがいたのよ」

「それで、エリックは？」

「何度もエンジンをかけようとしたんですって。だけど、どうしても動かなくて。大波はかなり高かったから、そのままではボートが崖にたたきつけられてしまう。そこで彼は、海に飛びこんで泳ぎだしたの……岸に向かってよ。けれど、海流がね……結局、海岸にはたどりつけなかったわ」アリスンはためいきをついた。「ほんとうにお気の毒だけれど、ピーター……」

「エリックは泳ぎが得意だった。かなりの泳ぎ手だった」

「ええ、そうね。だからみんな、どこかへ泳ぎついてくれることに望みをつないでいるの。でも、その……警察の話では、つまり……警察はあなたと話をしたいんですって。あなたがこちらへきしだい、わかっていることをすべて話してくれるそうよ」

「わかった、すぐに出かける」

ピーターはそう答え、電話を切った。エリカはすでに寝室へいき、ピーターのバッグを持ってきていた。これはきのうのうちに荷造りしておいたものだ。

「急いで出かけたほうがいいわ。二時間後の飛行機にまにあわせるのなら」

エリカはピーターの肩に片手をかけて、力づけるようにぐっとつかんでから、車を出すために階下へ降りていった。

4

オアフ島マカプウ岬

10月27日

4:00 PM

ここは観光名所のひとつだそうだ。オアフ島の北東端に位置する、高い断崖に囲まれたマカプウ岬。ここから周囲を一望できる海原は壮観の一語につきる。だが、まさかこうも荒涼としたところだとは、現場に着くまでは思ってもみなかった。強烈な海風は足もとに生える下生えのような茂みを打ちふるわせて、衣服をからだにへばりつかせている。歩くときは前のめりにならざるをえず、話をするにも大きな声を出さねばならない。

　ピーターはたずねた。

「いつもこんなふうなんですか、ここは？」

　となりに立つ刑事、ダン・ワタナベが答えた。

「いいや。ときどき、最高の観光日和（びより）にもなるよ。ただし、ゆうべは貿易風がひどかったな」レイバンのサングラスをかけたダン・ワタナベは、右手に立つ灯台を指さし、説明をつづけた。「あれがマカプゥ灯台だ。三十年以上前に自動化された。いまはもう灯台守は住んでいない」

ふたりは断崖を見おろした。黒い熔岩の崖下六十メートルほどのあたりで、荒波が岩壁に押しよせ、音高く砕け散っている。

ピーターはたずねた。

「あそこで事故が起きたんですか？」

「ああ。ボートはあそこに打ちあげられた」ワタナベはそういって、左のほうを指さした。「けさがた、沿岸警備隊が岩場から回収してね。荒波に揉まれても分解してはいなかったよ」

「エンジン・トラブルが起きたとき、ボートは沖のどこかにいたんですね？」

ピーターは海の彼方を眺めやった。そうとうに波が荒い。うねりが大きく、あちこちに白波の波頭が立っている。

「そうなんだ。目撃者によると、しばらく波間をただよっていたという」

「そのあいだずっと、エンジンをかけようとして……」

「そのとおり。高波に押しやられだした」

「エンジン・トラブルの原因はなんだったんです？　まだ新しいボートのはずなのに」

「たしかに新しい。購入してまだ二週間だった」

「兄はボートのあつかいに慣れてるんですよ。うちの家族はロングアイランド湾にボートを持ってた。毎年、夏になると、乗りにいってたんです」

「ハワイでは海のたちがちがうんだよ。眼下に広がるのは深い太平洋だ」ワタナベは海の彼方を指さした。「ここからアメリカ本土までは、ただ海だけが広がっている。そして、本土までの距離は四千キロもある。だが、その点は問題じゃない。おにいさんのトラブルの原因はエタノールだ。そう見てまちがいないだろう」

「エタノール？」

「ハワイ州では、州内で販売されるすべてのガソリンについて、一〇パーセントのバイオエタノール混合を義務づけている。ところが、安売り業者のなかには、エタノール混合比を高めにするところがあってな。三〇パーセントほどに増やしてしまうんだ。そうすると、天然ゴムや合成ゴム（ネオプレン）が劣化しやすくなって、燃料ホースが詰まりやすくなる。ボート持ちはそれでずいぶんワリを食った。燃料タンクや燃料ホースをスティール製に交換しないといけなくなるからさ。とにかく、おにいさんのボートに起こったことはそれだったと警察は考えている。キャブレターが詰まったか、燃料ポンプが動かなくなったか。実態はどうあれ、エンジンの再始動がまにあわなかったのはたしかだ」

ピーターははるか下の海面を見つめた。岸にちかいあたりは緑色をしているが、沖合は深い青だ。強風にあおられて、いたるところに白波が立っている。

「ここの海流、泳ぎきれるものですか？」ピーターはたずねた。

「運しだいだな。すぐれた泳ぎ手なら、たいていの日は泳ぎきれる。問題は、熔岩で怪我することなく、この水域を抜けられるルートを見つけられるかどうかだよ。ふつうは西へ泳いで、あそこのマカプウ・ビーチをめざす」

ワタナベは、一キロ弱離れた細い砂浜を指さした。

「兄は泳ぎが得意でした」

「そう聞いてはいる。しかし、目撃者によると、海に飛びこんでからは、もう二度と姿が見えなかったそうだ。金曜日は波が高くて、白泡の陰に隠れたあとは、たちまち姿が見えなくなった」

「目撃者は何人くらいいたんです？」

「ふたりだよ。ピクニックにきていた夫婦で、ちょうどそのとき、崖の縁まできていた。別のハイカーをはじめとして、ほかにも何人か現場にいたことはわかっているが、いまだ特定できていない。ところで――そろそろこんな吹きっさらしの場所からは撤退しないかね」

そういって、ワタナベは岬の斜面を道路のほうへくだりはじめた。ピーターはそのあとにつづいた。

「これで、この件に関する警察の仕事はおわった」ワタナベがいった。「きみがビデオを見たいというなら別だがね」

「ビデオ？」

「ピクニックの夫婦がビデオを撮影していたんだよ、ボートのトラブルに気づいてすぐに。十五分ほどの映像だ。おにいさんがボートから海中に飛びこむ場面も映っている。きみがそんな場面を見たいかどうかはさておき」

「見せてください」とピーターはいった。


ふたりはいま、警察本部の二階にいる。見ているのはビデオカメラの小型画面だ。署内は騒々しくて、職員たちが忙しげに行き交っているため、ピーターはなかなか映像に集中できなかった。


はじめに、三十代とおぼしき男が現われた。緑の草におおわれた岬の斜面にすわって、サンドイッチを食べている。つづいて、ほぼ同じ齢(とし)格好の女に切り替わった。女はコークを飲んでおり、笑いながらカメラに向かって、〝撮らないで〟というしぐさをした。

「これが目撃者の夫婦だよ」ワタナベがいった。「チョイ夫妻。グレースとボビー。最初の部分には、仲睦まじい場面が映っているだけだ。六分ほど進める」


ワタナベは早送りボタンを押し、ある場所でポーズをかけた。

「時刻が記録されているだろう」画面の時刻表示は、〈3：50：12ＰＭ〉になっていた。

「ここだな。ボビーが沖を指さしている。トラブルを起こしたボートを見つけたんだ」

カメラがパンして海上を映しだした。青い海原をバックに、ボストン・ホエラー社製の白い船体が波に上下している。ボートは百メートルほど沖合にあり、遠すぎて兄かどうか識別できない。カメラがボビー・チョイにもどった。沖に双眼鏡を向けている。

ふたたび、画面にボートが現われた。ずいぶんと岸に近づいている。こんどは兄の姿が識別できた。腰をかがめていて、断続的に姿が見えたり隠れたりしていたが、やがてまた見えなくなった。

「どうも、詰まった燃料ホースを掃除しようとしているみたいだな」ワタナベがいった。

「そのように見える」

「たしかに」

カメラはグレース・チョイを映しだした。携帯電話を耳にあててはいるが、通じないとでもいいたげにかぶりをふっている。

ついで、ふたたび画面がボートにもどった。船体は白波砕ける岩壁にいっそう近づいている。

またしても画面にグレース・チョイが映った。携帯電話に話しかけているが、かぶりをふっている点は変わらない。

「あのへんは携帯のつながりが悪いんだ」ワタナベが説明した。「ああして911番にかけているんだが、もうしばらくはつながらない。つながってもすぐに切れてしまう。ちゃんと911番につながってさえいれば、すぐに沿岸警備隊を急行させられただろうに」

カメラワークが悪くて、画面が安定しないが……そのときピーターは、あるものの姿をとらえた。

「停めて！」

「え？」

「ポーズしてください、ポーズ！」ピーターは口早にいった。ビデオが一時停止すると、画面の一カ所を指先でつつく。「ここ。背景にいるのはだれです？」

画面には女が映っていた。白いドレスを着ており、斜面の上の、チョイ夫妻から二、三メートル上のあたりに立っている。女はじっと沖を凝視していた。ボートを指さしているようだ。

「別の目撃者のひとりだな」ワタナベは答えた。「このほかには、ジョガーが三人。まだだれも身元を特定できていない。しかし、すでに入手した以上の情報を与えてくれるとは思えないがね」

「この女――手になにか持っていませんか？」

「ボートを指さしているだけだと思うが」

「そうかな……手になにか持っているように見えるんですが」

「鑑識の映像分析班にたしかめさせる。きみのいうとおりかもしれない」

「この女、このあとでどうしたんです？」

ビデオが動きだした。

「すぐに立ち去った」ワタナベが説明した。「岬を上のほうへ登っていって、姿が見えなくなる。ほら──もう歩きだした。急ぎ足だな。助けを呼びにいこうとしてるんだろう。しかし、その後、この女の姿を見た者はいない。それに、911番の受付記録も、夫妻からのコール以外にはなかった」


エリックがボストン・ホエラーから逆巻く海に飛びこんだのは、その直後のことだった。確認はむずかしいが、この時点で、岩壁までの距離は三十メートルほどに見える。頭からダイブしたのではない。足から先に飛びおりて、荒れる白波のあいだに消えたのだ。

エリックが浮かびあがってこないかと、ピーターは食いいるように画面を見つめたが、そんな気配はなかった。ただし──エリックの行動には、ひとつ気になるところがあった。不可解といってもいい。飛びこむ直前にライフジャケットをつけなかったのだ。緊急時にさいしてはライフジャケットを着用すべきことを、エリックはちゃんと心得ている。

「兄は──ライフジャケットをつけませんでしたね」

「うん、気がついた」とワタナベがいった。「ボートに積みわすれていたのかもしれない。

まれにそういうことも――」

「兄は無線で救難信号を出しましたか？」ピーターはたずねた。

エリックのボートに国際VHFの船舶無線が積まれていなかったはずはない。エリックは経験豊富なレジャーボート乗りだ。緊急の場合はチャンネル16で救難要請の呼びだしを行なっていただろう。このチャンネルはつねに、沿岸警備隊によってモニターされている。

「いや、沿岸警備隊は受信していない」

ずいぶん妙な話だ。ライフジャケットもつけず、救難信号も出さないなんて。エリックの無線は故障していたのか？ピーターは画面で逆巻き、うねりつづける、無人の海原を見つめた。海にはまったく兄が浮かびあがってくるようすがない。

もうしばらく見つめてから、ピーターはいった。

「停めてください」

ワタナベは再生を停止し、いった。

「彼は〝墓場(ボーンヤード)〟に消えたんだよ」

「どこにですって？」

「ボーンヤード。サーファーたちのスラングで、大波が砕けたあとの乱流をそう呼ぶんだ。大量の泡が立つ一帯のことさ。おにいさんはボーンヤードで岩にたたきつけられたのかもしれない。あのあたりには、海面の一メートル半から二メートルの深さのあたりに岩礁があるから。じっさいのところはわからないがね」ワタナベはいったん、ことばを切った。

「もういちど、最初から見てみるかい？」

「いえ。もう充分です」

ワタナベはビデオカメラの液晶パネルを閉じ、電源をオフにしてから、

「ときに、岬の上にいたあの女性だが」と、さりげなくたずねた。「だれだか知っているのかな？」

「ぼくが？　いいえ。どこのだれであってもおかしくないですよ」

「なるほど、わたしはてっきり、また……やけに反応が大きかったものでね」

「すいません。ただびっくりしただけです。いきなり画面に出てきたように見えたので。それだけです。あれがだれだか、見当もつきません」

ワタナベはじっとピーターを見つめていたが、ややあって、こういった。

「そうか。もしも心当たりがあったら、ちゃんと教えてくれるな？」

「ええ、もちろんです、はい」

「きょうはご足労だったね」ワタナベは名刺を差しだした。「うちのだれかにホテルへ送らせよう」

ホテルに送りとどけられるまでのあいだ、ピーターは終始無言だった。とても口をきく気にはなれなかった。送ってくれた刑事も、むりに話をさせようとはしなかった。

たしかに、兄が荒波に消える光景には動揺させられた。しかし、もっと動揺させられる要素があった。岬の上にいたあの女の——白いドレスを着て、手にしたなんらかの物体をボートに向けていた、あの女の姿だ。

なぜなら、女はアリスン・ベンダー——ＮａｎｉｇｅｎのＣＦＯだったからである。

アリスンがあそこにいたとなると、あの場面の意味はまったく変わってしまう。

5

ワイキキ

10月27日
5:45 PM

ホテルの部屋に収まったピーター・ジャンセンは、ひとりベッドに横たわり、非現実感を味わっていた。

これからどうすればいいのか、さっぱりわからない。そもそも、自分はなぜ、ワタナベ刑事に〝あの女はアリスン・ベンダーだ〟と話さなかったのだろう？　へとへとなのに、眠れない。心の中では、あのビデオが何度も何度も再生されつづけている。片手になにかを持ち、エリックが死ぬことなど問題ではないかのように、じっと沖を見つめるアリスン。そしてアリスンは、途中でそそくさと立ち去った。なぜだ？

そこでふと思いだしたのは、リック・ハターがエリカ・モルについていったこと――人の身辺を調査する方法だった。財布を取りだし、中身をつぎつぎに見ていく。いろいろなカード、名刺、ドル札。

あった。一週間以上前、ラボでリックに押しつけられたあのカードだ。リック・ハターの字でメモが書きつけてある。書いてあるのは、ホルへの名前と電話番号だった。携帯の通話記録にアクセスできる男。MITの携帯電話クラッカー。

市外局番はマサチューセッツ州のものだった。その番号に電話してみた。呼びだし音が数回。だれも出ない。それからさらに数回。留守番電話サービスの応答がなかったので、ピーターはそのまま鳴らしつづけた。

やっとのことで、先方が出た。といっても、うめくような声だったが。

「あ？」

ピーターは名を名乗り、してほしいことを説明した。

「リック・ハターの友だちなんだが。きみとは前に会ったことがある。じつは、ある携帯番号について、かけた相手とかかってきた相手のリストを手にいれてほしいんだ。できるかい？」

「ん。目的は？」

「リックから、きみならできると聞いてね。謝礼は言い値でいいよ」

「金じゃ動かない。おれが動くのは……興味をそそられたときだけだ」

わずかにヒスパニックなまりのある、おだやかな声だった。

ピーターは事情を説明した。

「ある女が、兄の……ぼくの兄の……死にかかわってるかもしれないんだ」

死。

エリックについてこのことばを使ったのは、これがはじめてだった。

ホルへの反応はない。かなり長く待ってから、ピーターはつづけた。

「それで……その女がぼくにかけてきた携帯の番号はわかってる。その携帯で、女がほかにだれと話をしたのかを調べられるか？　携帯の所有者はその女だと思うんだが」

ピーターはアリスンの携帯番号を読みあげた。

電話の向こうに、だれもいないかのような沈黙がおりた。沈黙はますます長びいていく。ピーターは息を殺して待った。

やっとのことで、ホルへは答えた。

「そうだな――」短い間。「――二時間くれ」

ピーターはまたベッドに横たわった。心臓がどきどきいっていた。下からカラカウア・アヴェニューを行き交う車の音が聞こえている。ホテルの前をアヴェニューが走っており、この部屋が通り側に面しているからだ。街は風上(コオラウ)の山脈の内陸側(マウカ・サイド)にあり、ホテルの窓からは、通りや街並みをはさんで、遠く東の山脈が見えた。夕暮れは間近い。じきに陽が沈む。室内の影も濃くなってきていた。

エリックは海岸にたどりつけたかもしれない。記憶喪失になって、どこかの病院に収容されているのかもしれない。なにか大きな手ちがいがあって、それで連絡がとれないだけなのかも。なんらかの形で、どこかにひょっこりとエリックが現われてくれることを期待するしかなかった。信じるしかなかった。どんなことにでも、かすかな望みはある。

それともエリックは……殺されたのか？

とうとう室内で鬱々と考えているのに耐えられなくなり、ピーターは外へ出た。

ピーターはホテル前のビーチにすわりこみ、海を眺めていた。沈みゆく夕陽の赤い光条が力を失って、海上の暗いとばりが深まってゆく。

自分はなぜ、あの刑事に〝ビデオに映っているのがアリスンだ〟と話さなかったのか？本能的に、これは話さないほうがいい、とあのときは思った。だが、なぜだ？　なぜそう思った？　子供のころ、自分とエリックはたがいにフォローしあったものだった。自分に欠けている部分はエリックが補った。エリックに欠けている部分は自分が補った……。

「――ここにいたのね！」

ふりかえると、いまにも消えそうな夕べの陽光のもとで、アリスン・ベンダーが歩いてくるのが見えた。ハワイアンの青いプリントドレスを着て、足にはサンダルを履いている。ケンブリッジで見たときとは別人のような姿だった。あのときは、ビジネススーツを身につけて、真珠のネックレスをかけていた。ここでのアリスンは、無邪気な若い娘のように見える。

「どうして電話してくれなかったの？　警察のほうがすんだら、すぐに連絡してくれると思っていたのに。それで、どんなぐあいだった？」

「とどこおりなくね」ピーターは答えた。「あの岬に――マカプゥ岬に連れていかれた。あそこであったことの説明を受けたよ」

「ふうん、そう。それで、わかったことは？　つまり、エリックのことで」

「まだ見つかっていない。救出されていないし……遺体も見つかっていない」

「ボートは？」

「ボートがなにか？」

「警察はボートを調べたの？」

「そのことか。いや、知らない」ピーターは肩をすくめた。「警察はなにもいわなかったから」

アリスンはとなりにきて砂浜に腰をおろし、ピーターの肩にそっと手をかけた。温かい手だった。

「ほんとうに気の毒だと思うわ、こんな思いをしなきゃならないなんて。さぞつらかったでしょうね、ピーター」

「ああ、つらかった。警察には事故当時のビデオもあったし」

「ビデオが？　ほんとうに？　映像は見たの？」

「見た」

「それで？　なにかわかった？」

丘の斜面で、自分のすぐ下にすわった夫婦がビデオカメラで撮影していたというのに、気づかないなどということがあるだろうか？　ボートに気をとられていて気づかなかったのか？

黄昏の中で、アリスンの目はピーターの顔をさぐっている。

ピーターはいった。

「エリックが飛びこむところは見た……でも、とうとう浮かびあがってこなかった」

「まあ……そうなの」おだやかな声だった。

アリスンの手がピーターの肩をそっとつかみ、やさしくさすりだした。やめてくれ、といいたかったが、口を開くと、よけいなことまでいってしまいそうなのが怖くて、なにもいえなかった。事態はおそろしく異様な様相を呈しはじめている。

「で、警察はどう見ているの？」

「どう見ているって？」

「なにが起こったのかよ。つまり、ボートの上で」

「エンジン・トラブルの原因は、燃料ホースが詰まったからで――」

携帯電話が鳴った。シャツのポケットから取りだし、フリップして開く。

「もしもし」

「ホルへだ」

「ちょっと待って」ピーターは立ちあがり、アリスンにいった。「悪いけど、すこし席をはずさせてもらうよ。あとまわしにできない電話なんで」

ピーターはやや離れた場所までビーチを歩いていった。暮色を深めゆく頭上の夕空には、星々が顔を出しはじめている。

「もういいぞ、ホルへ」

「知りたがってた携帯番号の情報だけどな、手にはいった。番号の名義人は、ホノルルの〈Ｎａｎｉｇｅｎマイクロテクノロジーズ・コーポレーション〉だ。使用する被用者名も登録されてた。アリスン・Ｆ・ベンダーになってる」

ピーターはビーチをふりかえった。アリスンは砂の上の黒いシルエットになっている。

「つづけてくれ」ピーターはうながした。

「きのう、ハワイ時間で午後三時四十七分に——つづけて三回、同じ番号と通話してる。番号は、６４６‐６７３‐２６８２」

「だれの番号だ？」

「登録者なしの番号だな。プリペイドのぶんだけ使えるジャンク携帯だ」

「三回つづけて通話したって？」

「ああ、通話時間はごく短い――一度めが三秒、二度めが二秒、三度めが三秒」

「そうか……ということは、つながってないと思って切ったのか？」

「ちがうな。三回とも回線は通じてる。留守録サービスはセットされてなかったし、相手は呼出音に応えてすぐ出てるから。女のほうもつながったことはわかったろう。とすると、可能性はふたつ。相手の注意を電話に引きつけようとしたのか、でなけりゃ、なんらかの装置を起動させたのか――どちらかだ」

「装置……？」

「ああ。呼出音で付近の装置を起動させるよう、相手の携帯電話に細工しておいたのかもしれない」

「なるほど。それをたてつづけに三回。で？」

「午後三時五十五分には、Ｎａｎｉｇｅｎの別の携帯電話にコールしてる。こっちの使用登録者名は、ヴィンセント・Ａ・ドレイクだ。通話内容を聞いてみたいか？　音声通話のデータが残ってたんだ」

「ぜひ」


電話の呼出音。つづいて、回線がつながるプツッという音。

ヴィン：はい？
アリスン：（息を切らして）わたし。
ヴィン：どうした？
アリスン：心配で、心配で。うまくいったかどうか、わからない。せめて煙かなにか出ていたら——
ヴィン：ちょっと待て。
アリスン：でもわたし、もう心配で——
ヴィン：そこまでにしておけ。
アリスン：あなたにはわからないのよ——
ヴィン：いいや、よくわかってる。いいから、聞け。これは電話だぞ。もうすこし……正確に話してもらわなくてはこまる。
アリスン：ああ——
ヴィン：おれがいう意味、わかるな？
アリスン：（間）ええ。
ヴィン：よし。あれはどこだ？
アリスン：（間）手もとにないの。消えてしまって。

ヴィン：わかった。なら、なにも問題はない。
アリスン：でも、心配だわ。
ヴィン：しかし、あれが現われることは二度とないんだろう？
アリスン：ええ。
ヴィン：だったら、なにひとつ問題はない。この件は、あとでじかに話しあおう。
いまはだめだ。こちらにもどってくる途中か？
アリスン：ええ。
ヴィン：わかった。じゃあ、もうじき会えるな。

ブツッ。


ホルヘがいった。

「もう二回、別の相手とやりとりしてる。そっちも聞いてみるか？」

「あとにしておこう」

「わかった。やりとりの内容はサウンド・ファイルにしてeメールに添付する。そっちのコンピュータで再生できるようにな。wavファイルだ」

「助かる」ピーターはアリスンをふりかえり、身ぶるいした。「その音声データ、警察に持っていってもいいかな?」

「ばかいうな」ホルヘは即座に否定した。「この手の情報にアクセスするには裁判所命令がいるんだ。そんなものを警察に持ちこんだら告発の芽はつぶれるぞ。それ以前に、違法アクセスと情報窃盗で逮捕されちまうし――おれもヤバいことになる」

「じゃあ、どうすればいい?」

「うーん――さてな」ホルヘはうなるようにいった。「おれにもわからん。なんとかしてやつらにゲロさせろ」

「どうやって?」

「すまんが、そこまでは力になれんよ。ただ、もっと通信記録がほしいときは、いつでも電話しろ」

そういって、ホルヘは通話を切った。

ピーターはアリスンのもとへ歩いてもどった。全身に冷や汗が噴きだしているのが自分でもわかった。あたりはもうだいぶ暗くなっている。アリスンの表情は読めない。わかるのは、凝固したごとく、砂浜にすわっているということだけだ。

アリスンの声がいった。

「だいじょうぶだった?」

「ああ、なんとかね」

じっさいには、つぎつぎに押しよせるできごとの荒波に翻弄されて、自分が溺れかけているような感覚をおぼえていた。いままでピーターは、学生以外の生活というものを経験したことがない。そして、ついさっきまで、自分のその人生経験から、同胞である人類がどういう存在であるのか、人類になにができるのか、明白に――それも、シニカルに――わかっているつもりでいた。何年ものあいだに見てきたのは、ズルをする学生たち、成績と引き替えにからだを差しだす学生たち、研究を捏造する学生、学生の研究成果を横どりする教授たちだ。胸の悪くなることに、なかには立場を利用してヘロインの密売をやっているやつもいる。したがって、まだ二十三歳だというのに、ピーターはもう人生の酸いも甘いも嚙みわけたつもりになっていた。

しかし、もはやそうではない。殺人という概念が身近にせまり、何者かが計画的に兄を殺そうとしたらしいと思うと、震えがきた。冷や汗がとまらない。寒くてしかたなかった。とてもこの女と冷静に話をできる自信はない。この女は兄のガールフレンドのはずなのに、明らかに兄を殺す陰謀に加担していた。事実、その目にはすこしも涙がにじんでいない。動揺しているふしはまったくない。

アリスンがいった。

「ずっと黙りこんでいるのね、ピーター」

「長い一日だったからね」

「一杯、おごってあげましょうか?」

「いや、いいよ、ありがとう」

「ハワイではマイタイが有名なの」

「今夜はもう、部屋に引きあげる」

「お酒がいやなら、夕食はどう?」

「腹はへってない」

アリスンは砂浜から立ちあがり、砂をはたいた。

「わかっているわ、動揺していることは。わたしもよ」

「だろうね」

「どうしてそう冷たいの? わたしはただ、あなたを――」

「ごめん」急いで詫びた。いまは疑いを持たれないほうがいい。賢明ではないどころか、危険ですらある。「とにかく、ショックが大きくて」

アリスンは片手を持ちあげ、ピーターの頰をなでた。

「わたしにしてあげられることがあったら、いつでも電話をちょうだい」

「ありがとう。そうするよ」

ふたりは浜辺を歩いてもどり、ホテルにはいった。

「あなたのお友だちは、全員、あした到着するわ」アリスンがいった。「エリックの身に起きたことを知ったら、みんな、動揺するでしょうね。でも、施設の見学は手配ずみなの。あなたもくる？」

「もちろん、いくとも。ホテルでじっとすわってるだけなんて……こんな気持ちのままでいるなんて、ごめんだ。ひとりで待っているのはつらい」

「見学ツアーは、マーノア渓谷にあるワイパカ自然植物園を皮切りにする予定なの。その渓谷というのは、このホノルルからほど近い山の中にあってね。うちでは多雨林産の研究素材を、かなりの程度、そこから調達しているのよ。開始はあすの午後四時から。迎えにきましょうか？」

「その必要はないよ。タクシーでいく」ピーターはいやがる自分にいい聞かせ、アリスンの頬に軽くキスをした。「寄ってくれてありがとう、アリスン。とても支えになった」

「わたしはすこしでも力になりたいだけなの」

アリスンはそういって、ピーターを見つめた。これは疑念をいだいている目だ。

「ほんとうに、支えになってる」とピーターは答えた。「ほんとうだ。助かってるよ」

どうにも寝つけず、食事する気も起きず、ホルヘからの情報に心は乱れて、ピーター・ジャンセンは部屋のバルコニーに立ちつくしていた。部屋は風上（コオラウ）の山脈の内陸側（マウカ・サイド）向きで、街をはさんで向こうには、鋸歯状の峰々が形作る長大な壁の、原初的な黒いシルエットが見えている。山中にはいっさいの明かりがなく、夜空にその輪郭を浮かびあがらせているのは、ただ星明かりのみだ。

アリスン・ベンダーは、ある携帯番号に三回連続してコールをし、そのたびに秒単位の通話をした。午後三時四十七分という通話時刻は、心にしっかりと刻みこんである。だいたい昼さがりと夕方の中間の時間だ。そういえば、あの夫婦が撮影したビデオにも録画の時刻が記録されていた。あれは何時だっただろう。思いだそうとした。ピーターは数字をあつかうのに長けている。データセットの中でも、つねに大量の数字を用いる。集中してみた結果、心の目に時刻表示が浮かんできた。たしか三時五十分過ぎだ。ビデオの時刻が正しいとすれば、アリスンが連続コールをして三分後に、エリックのボートはトラブルを起こしたことになる。

待てよ？　エリックからのテキスト・メッセージは？　あのショートメールがきたのはいつだった？　バルコニーから中にはいり、携帯電話を手にとって着信履歴をスクロールさせた。

例のテキストは――〈くるな〉――金曜の午後九時四十九分に受信されていた。これは東部時間だ。イーストコーストとハワイでは六時間の時差がある。

ということは……ということは、エリックがあのメッセージを送ってきたのは、ハワイ時間で午後三時四十九分ということになる。アリスン・ベンダーが使い捨ての携帯電話に三回連続のコールをしてから、わずか二分後だ。

テキストの内容は、たったひとこと、〈くるな〉。

メッセージがこんなにも短いのは、エリックが生きるか死ぬかの瀬戸際にあり、もっと長い文を打つひまがなかったからではないのか。エリックはエンジンを再始動させようと苦闘しつつ、ボートからこのメッセージを送ってきたにちがいない。船縁から荒海に飛びこむ、ほんのすこし前に。

ピーターの両手は冷や汗でじっとりと濡れて、携帯電話が指からすべり落ちそうになった。

画面の文字をじっと見つめる。

くるな

これは兄の、最後のことばだったのだ。

6

ホノルル、アラワイ運河

10月28日
8:00 AM

小型船専用の造船・修理ドック、〈アカマイ・ボート・サービシーズ〉は、アラモアナ・ブールヴァードに面しており、ワイキキビーチのはずれに位置するアラワイ・マリーナのすぐとなりにある。ピーターがタクシーを降りたのは午前八時だったが、すでに作業がはじまっていた。大きな修理ドックではない。浜辺に引きあげられている船は、十隻から十二隻というところだ。例のボストン・ホエラーのボートはすぐに見つかった。

ここへやってきたのは、昨夜アリスンが口にした疑問をたしかめるためだった。

〝警察はこのボートを調べたのか？〟

なぜアリスンはこんな主旨のことをきいたのだろう。なによりもボーイフレンドの身を心配するべき場面だったのに、アリスンはむしろ、ボートのほうを気にかけていた。

ピーターはボートの周囲をまわりながら、しげしげと観察した。

高波で岩壁にたたきつけられたわりに、ボストン・ホエラーは驚くほど傷みがなかった。たしかに、白いファイバーグラスの船体は、巨大な鉤爪で引っかかれたように、あちこち傷だらけになっている。右舷には長さ一メートル以上におよぶぎざぎざの裂け目が走っているし、船首も大きく欠けている。しかし、ホエラーは船体がばらばらになっても浮いていられることで有名だ。兄エリックは何年も前から、いろいろなホエラーに乗ってきた。だから、このボートが沈む危険が小さいことは承知していただろう。げんにボートの損傷ぐあいは、船を捨てる必要などなかったことを物語っている。エリックはボートに残っているべきだったのだ。ボートに残っているほうが安全だったのだから。

それなら、なぜ海に飛びこんだ？　パニックか？　混乱したのか？　それとも、ほかになにか理由があったのか？

ボートの船尾側には木の梯子（はしご）があったので、それをつたって船尾にあがった。すべてのハッチとドアは、〝事故現場〟と記された黄色いテープで立入を禁止されていた。船外機（エンジン）も見にいったが、やはりこれも近づけないようになっていた。

「なにか用か？」

下から大声で叫ぶ声がした。見ると、船の横手にがっしりとした半白の髪の男が立っている。作業服は油の条（すじ）だらけだ。汚れた野球帽をかぶっているため、目は陰になっていて見えない。

「ピーター・ジャンセンといいます。これ、兄のボートなんです」とピーターは答えた。

「やあれやれ。そこでなにやってんだ？」

「ええと、船のようすを見に――」

「あんたな、字が読めねえのか？」

「いや、そんなことは――」

「うそつけ。そんだけでかでかと警告が書いてあんのに、そこにいんだから。読めねえとしか思えねえ。だいたい、客は事務所の受付で記帳してもらう決まりなんだよ。あんた、客かい？」

「たぶん」

「なんで事務所に寄んなかったんだ？」

「ちょっと見せてもらうくらいならいいかなと――」

「だめだめ、記名しなきゃだめだ。で、そこでなにやってるって？」

「これは兄の――」

「そいつはもう聞いた、あんたの兄貴のボートってことはな。そこにべたべた張ってある黄色いテープ、見えるだろ？　見えねえはずねえよな？　テープに書いてある字も読めるだろ？　いまさっき、字が読めなかねえと自分でいったんだから。そうだろ？」

「はい」

「だったら、そこが事故現場だってこともわかるはずだよな。そんなとこにいられっと、こまるんだよ。とっとと降りてきて、事務所にいって、受付で記帳してこいや。身分証、ちゃんと見せるんだぞ。あんた、身分証は持ってんのか？」

「はい」

「だったら、いい。さっさと降りて事務所にいけ、おれの時間をむだにすんな」

男は歩み去った。

ピーターは船尾側の梯子を降りはじめた。が、地面に足がつこうというとき、いまの男の不機嫌そうな声が聞こえた。

「なにか用かい、ミス？」

女の声が答えた。

「ええ、沿岸警備隊が持ちこんできたボストン・ホエラーをさがしているの」

アリスンの声だった。

ピーターはぴたりと動きをとめた。船体の陰になっているので、向こうからはこちらの姿が見えない。

「なんだってんだよ」男がいった。「なんだってあんなポンコツがこうも大人気なんだ？金持ちのじいさんが臨終のときだって、こんなに客がきやしなかったぜ」

「どういうことかしら」

「それがな、きのう、男がやってきてな。このボートは自分のだっていうんだ。ところが、身分証は持っていないってえじゃねえか。だもんで、さっさと失せろといってやったのよ。まったく、油断も隙もあったもんじゃねえ！　そしたら、けさはけさで、どこかの若僧が勝手にこのボートにあがりこんで、これは兄貴のだとぬかしやがる。そいつをやっとこさ降ろさせたと思ったら、こんどはあんただ。いったいなにがあるんだ、このボート？」

「事情は話せないけれどね。わたしの場合は、あるものをこのボートに置きわすれていて、それを引きとりたいだけなの」

「そりゃあむりだな、引きとってもいいっていう警察の許可証がなけりゃ。持ってんのかい？」

「いえ、それは……」

「悪いがな。これにゃ事故現場のテープが張ってあるんだよ、さっきの若いのにもいったとおりにな」

「その若い男はどこ？」

「さっき梯子を降りてくるとこだった。たぶん、まだこのボートの向こうにいるだろうさ。いなくたって、そう遠くまではいってないと思うぜ。で、あんた、事務所にはくるのか、こないのか？」

「どうして事務所にいかなきゃならないの？」

「事務所で警察に電話して、きいてみりゃいいじゃねえか。ほしいものを持ち帰っていいかどうかよ」

「いろいろめんどうなのね。忘れものというのは、その、腕時計なの。腕時計をはずして、ボートに置いたまま帰ってしまったものだから……」

「そんなにめんどうじゃねえよ」

「新しいのを買ったほうが早いみたいね。けっこう高かったものだから、つい——」

「ふうん」

「すぐに返してもらえると思ったの」

「ま、好きにしな。ただし、受付で記帳だけはしてってくれや」

「記帳する理由がわからないわ」

「そういう決まりなんだよ」

「受付にいったら、警察に電話しろといわれるんでしょう？　それはちょっと。あんまり警察とはかかわりたくないの」

それっきり、女の声は聞こえなくなった。ピーターはその場で待った。二、三分して、さっきの男の声がいった。

「もう出てきてもいいぞ、坊主」

船体の陰から出てみると、修理ドックにはもう、アリスンの姿は見えなくなっていた。がっしりした男は小首をかしげ、いぶかしげな顔でピーターを見ている。

「あの女と顔を合わせたくなかったんだな？」

「そりが悪くてね」

「そんなこったろうと思った」

「やっぱり、事務所で記帳したほうがいいですか？」

男はゆっくりとうなずいた。

「ああ。そうしてくんな」

ピーターは事務所へ赴き、受付名簿に記帳した。こんなことをしてなんになるのだろう。よくわからない。それに、アリスン・ベンダーには、このボートを訪ねた事実を知られてしまった。これでもうなにかに疑いを持っていることに気づかれただろう。ここから先は迅速に行動しないといけない。

きょうのうちには——とピーターは思った——やることをぜんぶやってしまわなくては。

いったんホテルの部屋に引きあげ、ノートパソコンを開くと、ホルへからのｅメールが届いていた。メールには本文がなく、ｗａｖファイルが三点添付されており、各ファイルの中身はいずれも携帯電話の通話内容を記録したものだった。うちひとつは、きのう砂浜で聞いた会話――アリスン・ベンダーがヴィン・ドレイクにかけた電話の内容だったが、ほかのふたつはまだ聞いていない通話だったので、さっそく再生してみた。ふたつとも、エリックが行方不明になって数時間以内に、アリスンが自分の携帯電話からかけた通話で、一見、なんの変哲もない業務連絡のように聞こえる内容だった。最初の通話でかけた相手は、Ｎａｎｉｇｅｎ資材購買部の男らしく、アリスンは新たな予算執行を要請していた。もうひとつは短いやりとりで、通話の相手はヴィン・ドレイクとも前の電話とも別人の、どうやら経理担当の男らしく、アリスンは支出の処理方法をこんなふうに指定していた。

アリスン：〈オミクロン〉の実験でなくなってしまったの、もう二機の――その――プロトタイプが。

通話相手：なにがあった？

アリスン：教えてくれないのよ。その損害ぶん、通常の研究費として計上してほしいとヴィン・ドレイクはいっているわ。損失処理としてではなくね。

通話相手：ヘルストーム二機ぶんをか？　莫大な金額になるぞ。そんなことをしたら、ダヴロスの出資者連中が――

アリスン：とにかく、研究費にしておいて。いいわね？

通話相手：わかったよ。

ピーターは通話内容を聞いたのち、データを保存した。新たな二件は、両方とも意味が判然とせず、利用できそうな要素も見当たらない。いっぽう、アリスンとヴィンの通話も保存したが、こちらはおおいに役にたちそうだった。保存したデータはUSBメモリーにコピーし、ポケットにすべりこませ、それとは別に、同じ会話をCD-Rにも焼いておく。焼いたCD-Rはホテルのビジネスセンターへ持っていき、業務用のラベル・プリンタでこんなラベルを印刷してもらった。

〝Nanigenデータ5・0　10/28〟

それがすむと、腕時計を見た。いまは午前十一時をすこしまわったところだ。テラスに降りていき、強い陽射しのもと、遅めの朝食をとった。卵を食べ、コーヒーを飲みながら、いろいろと考える。そのうち、自分のプランがかなり多くの仮定の上に成立していることに気がついた。もっとも重要なのは、Nanigen社内に、一般的な音響機器をそなえた会議室があるという仮定だ。これはとくに問題ないだろう。ハイテク企業というものは、例外なく、その手の会議室を用意しているものだから。

第二の重要な仮定は、きょうの午後四時から行なわれる見学ツアーにおいて、院生側がグループ行動をとらされるだろうというものだった。二、三人ずつ、あるいは個別に案内されることはまずないはずだ。案内役を務めるのはヴィン・ドレイク本人だろうし、あの男はまとまった観衆を相手にするのを好む。人数は多ければ多いほどいい。それに、全員をまとめて行動させれば、Ｎａｎｉｇｅｎとしても、院生にどの程度の情報を与えるかを厳密にコントロールできる。

ピーターにとっても、みんながひとかたまりになって行動してくれたほうがありがたい。自分がしようとしていることには、できるだけおおぜいの証人が必要になる。そんな気がした。

問題の性質を考慮すれば、証人はひとりかふたりにとどめておくべきだろうか？　いや……ピーターの頭はめまぐるしく回転した……いや、やはり、できるだけおおぜいの前で悪事を暴く努力をするべきだ。ドレイクの化けの皮をはぎ、できることなら、ドレイクとアリスンが兄にしたことまで暴く。それがベストだろう。といっても、結局、揺さぶりをかけることにより、ドレイクが冷静さを失うことを――すくなくともアリスンが冷静さを失うことを――あてにするしかないんだが。

そのための手段は考えてあった。うまくいけば、ドレイクとアリスンは、院生の面前ではなはだ動揺する。

それこそは、ピーターが期待していたことだった。

7

ワイパカ自然植物園

10月28日
3:00 PM

ピーターの乗ったタクシーは、沿岸部をあとにし、まもなく丘陵のあいだの坂道を登りだした。大きく枝葉を広げたアカシアが道路に日陰を作っている。

「これが大学。道路の両脇」

男の運転手がなまりの強い英語でいって、左右に連なるのっぺりとした灰色の建物群を指し示した。建物はどれもマンション（コンドミニアム）のように見える。学生の姿は見当たらない。

「みんな、どこにいるんです?」

「このへんの建物、寮だから。みんな授業に出てるよ」

タクシーは野球場の前を通りすぎ、大学を取りまく住宅街に差しかかった。バンガロー・スタイルの小さな住居がたくさんならんでいる。だが、坂道を登るにつれて、家の姿はすくなくなり、かわりに樹々が大きくなりだした。やがて行く手に、緑で埋めつくされた山壁が現われた。全体を密林におおわれて、北西から南東にかけて楯状に長々と連なった山脈が、地上六百メートルの高さにそそりたっていたのだ。

「あれが風上(コオラウ)の山脈。山脈全体が古い火口壁の名残」運転手が説明した。

「住居はないんですか」

「ないない。あの地形、なにも建たないよ。切りたった岩壁に、崩れやすい火山岩、登れないね、なにもできない。ここは山奥。お客さん、都会からきた。ここは原始の森の中。コオラウ山脈のこのあたりには、内陸側(マウカ・サイド)、つまり風下側でも、雨、たくさん降るよ、山のそばに。だれもここには住まないね」

「植物園は？」

「この山道の先、一キロちかくいったところね」運転手がいった。道路はいつしか一車線となり、左右にそびえる密生した樹々の天蓋におおわれて、薄暗くなっていた。「だれもこない、ここの植物園も同じ。みんな、フォスターとか、ほかのきれいな植物園にいくよ。ほんとうにここでいいのか？」

「ええ」

　道路はせばまり、密林におおわれた険しい山腹をつづら折りに這い登っていく。

　ほどなく、蛇行する道路の後方に一台のオープンカーが現われ、はでにクラクションを鳴らしながら、エンジン音を轟かせ、速度をあげて追い越しにかかった。車に乗った若者たちは盛んに手をふり、歓声をあげている。ピーターは目をしばたたいた。ミッドナイト・ブルーのベントレー・コンヴァーティブルにぎゅうづめの状態で乗っているのは、同じラボの院生たちだったのだ。

タクシーの運転手が〝いかれたロブスターめ〟という罵倒をつぶやいた。

「ロブスター？」ピーターはたずねた。

「観光客のことよ。ロブスターを焼くと跳ねるね。同じように、跳ねてはしゃぐ」

ややあって、道路の前方に大きなゲートが現われた。スティール製のようだ。ごつくて真新しい。そのすぐ向こうにはトンネルがあった。ゲートはトンネルの入口を塞ぐように設けられている。

ゲートの案内板には、〝許可なき者の立入を禁ず〟と書かれていた。

運転手はタクシーを減速させ、ゲートとトンネルの目の前で停止した。

「これができて、ずいぶん変わったね、ここも。こんなところに、なんの用か？」

「仕事ですよ」とピーターは答えた。

だが、トンネルの奥を覗くにつけ、頭をもたげだした不安を抑えることはできなかった。入口をスティールのゲートで塞がれたトンネルは、はいったら二度と出られないのではという印象を与えずにはおかない。そもそもこのゲート、外部の人間を閉めだすためのものなんだろうか。それとも、中の人間を閉じこめておくためのものなのか。

どこからかカメラで監視していると見えて、ゲートがひとりでに開いた。運転手は嘆息し、サングラスをはずすと、タクシーをトンネルの中へ乗りいれさせた。幅が一車線ぶんしかない、せまいトンネルは、山の肩を貫き、カーブしながら奥へつづいている。

やがて車は袋小路谷に出た。谷は鬱蒼とした樹々でおおわれていて、まわりをコオラウ山脈の、楯状の山壁と絶壁で囲まれていた。山腹をおおう密林のあちこちには靄がかかり、数カ所から滝が流れ落ちている。トンネルを出てすぐ、道は下り勾配になり、やがて渓谷内のせまい盆地に達した。盆地で目を引くのは、屋根も壁もガラス張りの、二棟の大きな建物だ。温室らしい。その前には、車数台ぶんの駐車場がある。舗装はされていない。

ヴィン・ドレイクとアリスン・ベンダーはすでに到着しており、赤いBMWのスポーツカーのそばに立っていた。ふたりともブーツを履いて、ハイキング用の服装をしている。院生たちはベントレーからぞろぞろと出てきているところだったが、ピーターがタクシーを降りていくと、それまでの騒々しさがうそのように静かになった。

「今回は気の毒だったな、ピーター……」

「おにいさんのこと、なんといっていいか……」

「とても残念だ」

「その後、なにかわかった？」エリカがピーターの頰にキスをし、腕をとった。「本当に気の毒だと思うわ」

「まだ警察が捜査中でね」とピーターは答えた。

ヴィン・ドレイクが歩みよってきて、力強い手でピーターと握手をした。

「今回のきわめて悲しいできごとについては、なんといっていいものか……。もしも危惧が事実になるようなことがあれば――そうはならないよう、神に祈っているが――わが社のひとりひとりにとって、こんなに悲しいことはない。わが社にとっても大きな損失だ。エリックはかけがえのない人材だった。心から気の毒に思う、ピーター」

「ありがとうございます」

「警察がまだ捜査中というのは心強いかぎりだな」

「そうですね」

「あきらめていないということは、まだ生存の望みが……」

「いえ、それで捜査してるんじゃなさそうです」とピーターはいった。「どうもエリックのボートになにか気になるところがあるみたいなんですよ。消えた携帯電話がどうのとかいってました。エンジン・ルームで壊れた可能性があるとかなんとか。なにをいっているのかよくわかりませんでしたが」

「エンジン・ルームで携帯電話が？」ヴィンは眉をひそめた。「いったいどういう意味があるのか――」

「ぼくもです。いまいったように、意味がよくわかりませんでした」とピーターはいった。

「どうしてボートに携帯電話があるはずだと思っているのか。もしかすると、兄が携帯をボートに落としたのかも……いえ、わかりません。ただ、携帯電話の音声通話記録を調べようとはしていました」

「音声通話記録──。ああ、そうか。うん、それはいい。徹底的に調査の手をつくすのはいいことだ」

ヴィンはいま、顔色が変わったか？　よくわからない。

アリスンが落ちつかなげなようすで唇をなめた。

「ゆうべはよく眠れた、ピーター？」

「うん、ありがとう。睡眠薬を服んだからね」

「そう、眠れたのならよかったわ」

「さて──」ヴィン・ドレイクが両手をすりあわせながら、ほかの者たちに向きなおった。「ともあれ、マーノア渓谷へようこそ。では、目前の仕事にとりかかってもいいかな？　集まってくれ、みんな。Ｎａｎｉｇｅｎがどのような事業を展開しているのか披露しよう。これから見せるのが、われわれの所有するワイパカ自然植物園だ」

ドレイクは一行を導いて、駐車場から森へと歩きだした。が、そのまぎわ、低い車庫のような建物の前を通りかかったさい、そこで足をとめ、その中身について説明しだした。

車庫に収容されていたのは、土木工事用の機械だった。

「きみたち、この手の機械を見るのははじめてだろう。見たまえ、この小ささを」

ピーターの目には、格納された機械群が小さなゴルフカートのように見えた。ただし、前部には小さなパワーショベルがついており、屋根からは前方にアンテナがつきだして、たれさがっている。

「これは掘削機なんだよ」とドレイクはつづけた。「シーメンス精密機器製造株式会社（AG）に特注で造らせた。ミリ単位の精密さで土を掘れる。掘った土を入れるのは、車庫の裏手にならぶあの平箱だ。箱はそれぞれ三〇センチ四方で、深さは三センチと六センチの二種類がある」

「あのアンテナはなんのためのものです?」

「見てのとおり、アンテナはショベル部分の真上にたれているだろう。このアンテナは、どこを掘ったのか正確に把握して、土壌サンプルの採取地点をデータファイルに記録するためのものなんだ。その意味はきょうのうちにわかる。いまは見学を進めようか」

一行は森の小径（こみち）に足を踏みいれた。足場が急に悪くなった。頭上に高くそびえた高木のあいだを貫く小径は幅がせまく、下り勾配で、曲がりくねっている。太い樹々の幹は幅の広い葉を持つ蔦（ツタ）にからみつかれていた。地面はひざまである小灌木や下生えでおおわれており、見まわせば同じ緑なのに、千もの色合いがあるような印象を与える。頭上をおおう樹々の天蓋から漏れてくる陽光は、淡い黄緑だ。森の入口からさほど遠くないところには小さな池があり、カモの一家が泳いでいるのが見えた。

ドレイクが立ちどまり、一同にふりかえって話しはじめた。

「これは自然の多雨林に見えるかもしれないが……」

「見えないね」リック・ハターがいった。「事実、そうじゃないし」

「そのとおりさ。自然の多雨林ではない。この一帯は、一九二〇年代に樹々を移植された場所なんだ。オアフ島民の実験農地だったころにね。その後はハワイ大学の演習林として、生態系の研究に使われていた。しかし、近年はわざわざここへこようという人間もいないので、より自然な状態に回帰したところを、わが社が購入したというわけさ。われわれは森のこの一帯を、〈シダの小谷(おだに)〉と呼んでいる」

ドレイクは前に向きなおり、小径を進みだした。院生たちもそのあとにつづいた。進みがゆっくりとしているのは、ときおり足をとめ、植物や花を観察するからだ。

「さて、このあたりから」進みながら、ドレイクが快活な口調で説明した。「さまざまなシダが繁茂しだす。とくに目だつのは、大型の木性シダ類――タカワラビ類やサドレリアだな。地面近くに視線を落とせば、小型の木性シダ類がある――シシガシラ類やヒカゲノカズラ類などだ。そしてもちろん――」ドレイクは手を大きく動かし、付近の山腹を指し示して、「――あのあたりには小シダ類(ウルヘ)がびっしりと生えている。このウルヘは、ハワイの山腹では広範囲に繁茂している種類なんだ」

「そら、あんたの足もとにもウルヘがあるぞ」リック・ハターが口をはさんだ。「学名はディクラノプテリス・リネアリス。ニセシカノツノ（フォールス・スタグホーン）という俗名でも知られる」

「そのとおりだよ」ヴィン・ドレイクはうなずいたが、いらだちを隠しきれていなかった。いったん口をつぐみ、地面に片ひざをつく。「小径の両脇に生えたシダ類（ファーン）は、小さいのがペアヒ・ファーン、大きいのがマクエ・ファーン。後者には好んでクモが棲む。ここにはものすごい数のクモが棲息しているんだ。種類はぜんぶで二十三種。このせまい谷だけでだぞ」

ドレイクは森の中にぽっかりと開けた草地で立ちどまった。樹々が途切れているので、ここからは谷を囲む山々の山腹を見まわせる。

ドレイクは谷を見おろす尾根の頂（いただき）を指さし、いった。

「あの頂はタンタラスと呼ばれている。この谷を見おろす休火山の火口だよ。われわれはタンタラスの火口跡でも研究を行なってきた。この谷のほかにもね」

ドレイクが説明しているうちに、アリスン・ベンダーがピーター・ジャンセンのそばへ歩みよってきた。

「ねえ。きょう、警察から連絡があった？」

「いいや。どうして？」

「なぜ知っているのかしらと思ってね。警察がボートを捜査中なことを……それに、携帯電話の通話記録のことも」

「ああ、あれ」じつのところ、あれは作り話だ。「ニュースでやってたんだ」

「ニュース？　聞いていないわ。何チャンネル？」

「憶えてないな。5チャンネルだったかな」

いいタイミングで、リック・ハターがそばにやってきた。

「ピーター。ほんとうに気の毒だったな。なんといっていいか……」

そのあいだもずっと、ドレイクの説明はつづいていた。院生の先頭に立って歩いていたジェニー・リンが、ドレイクにこうたずねた。

「火口跡？　よくわからないな。火口跡でどういう研究プログラムを進めてるんです？　わからないのは、この森でどんな研究をしているのかもだけど」

ドレイクはジェニーにほほえみかけた。

「それはそうだろうとも、まだ説明してないんだから。ひとくちでいえば、タンタラスの火口跡からはじめて、われわれが立っているここ、マーノア渓谷までの範囲で、わが社はハワイの生態系の代表的サンプルを採取する計画を進めている。そういうことだよ」

「なんのサンプルを採取してるんだ？」腰に手をあてて、リック・ハターがきいた。

リックはジーンズにアウトドア・シャツという、いつもと変わらない服装をしている。腕まくりしたシャツは汗でじっとりと濡れ、まるで深い密林の枝を切り払いながら進んできたかのようだ。表情も例のごとく挑戦的で、口を引き結び、目を怒らせていた。

ドレイクはほほえみ、こう答えた。

「最終的には、ここの生態系の、ありとあらゆる生物種のサンプル採取が目標だ」

「その目的は？」リックはヴィン・ドレイクに険しい視線をすえている。

ヴィン・ドレイクはリックを正面から見つめ返した。氷のような眼差しだった。ついで、ふっと顔をほころばせてみせた。

「多雨林というのは、人体に有益な化合物の、自然界における最大の宝庫だ。われわれはいま、新薬の可能性をたっぷりと秘めた大金脈のまっただなかに立っている。その新薬は無数の人命を救うことになるだろう。そしてその新薬は、何十億ドルもの収益をもたらすことが予想される。この森には、ミスター——ええと——」

「ハターだ」リックは答えた。

「このみずみずしい森には、ミスター・ハター、この惑星に住まうすべての個人に健康と安寧をもたらす鍵が眠っているんだ。だが、この森はまだほとんど調査がなされておらず、ここに——ここの植物、ここの動物、ここの微生物の中に——どういう化合物が含まれているのか、まったくわかっていない。この森はテラ・インコグニタ——まったく未知の地なんだよ。広大さ、潜在する富の豊かさ、未踏査という点で、ここの森はクリストファー・コロンブスが見いだした新世界にも匹敵する。われわれの目標は、ミスター・ハター、シンプルこのうえない。すなわち新薬の発見だ。われわれはいま、いかなる想像も超える壮大な規模で新薬の探究にいそしんでいる。われわれは有用な生物活性化合物をもとめて、タンタラスからこの渓谷の盆地にかけ、森全体を徹底的に調査するところから着手した。その見返りは莫大なものになるだろう」

「〝見返り〟ときたか」リックがおうむがえしにいった。「そして〝金脈〟に〝新世界〟。ということは、あんたの念頭にあるのはゴールドラッシュだな、ミスター・ドレイク？すべてはカネってわけだ」

「その表現はあまりにも短絡的にすぎる」ドレイクは答えた。「なによりも重要なのは、薬品は命を救うということだよ。すべての人々を苦しみから救い、人の持つ潜在的な治癒力を引きだすということだ」

ドレイクはほかの院生たちに注意を向け、小径にそって歩きだした。明らかに、リック・ハターから離れようとしている。いいかげん、うんざりしてきたのだろう。

腕組みをしてその場につっ立ったまま、リックはそばのカレン・キングにささやきかけた。

「あの男、スペインの征服者(コンキスタドール)の現代版だぜ。黄金のためにここの生態系を簒奪(さんだつ)しようとしてやがる」

カレンはリックに軽蔑の視線を向けた。

「あんたの大好きな天然抽出物はどうなのさ、リック？　新薬をもとめて、樹皮を煮たりしてるじゃない。それとどこがちがうっていうの？」

「ちがいはな、大金がかかわってるかどうかだ。連中がどこからその大金をひねりだすか、知ってるだろ？　特許だよ。Ｎａｎｉｇｅｎは、ここで見つける化合物から、何千という特許をとるつもりなんだ。しかも、その特許を利用して、巨大製薬企業が何十億ドルもの――」

「あんたはやっかんでるだけよ、なんの特許も持ってないから」

カレンはそういって、リックに背を向けた。

リックはカレンの背中をにらみ、うしろからいった。

「おれは金持ちになるために科学をやってるんじゃない。おまえはちがうかもしれないが……」

いいかけて、リックは口をつぐんだ。頭から無視されていることに気づいたからだ。

いっぽうダニー・マイノットは、グループの最後尾で汗みずくになっていた。ハワイを訪問するというのに、ツイードのジャケットを持ってきており、ここでもそれを着ていたからだ。汗がだらだらと首筋を流れ落ち、ボタンダウンのシャツを濡れそぼらせている。

履いているのはトラッドな房飾りつきローファーで、そのため、足を引きずるようにして小径を歩いているありさまだ。それでも、胸ポケット用の飾りハンカチで押さえるように汗を拭きながら、自分の惨状には気づいていないふりを装っていた。

「ミスター・ドレイク？」肩で息をしながら、ダニーは話しかけた。「ポスト構造主義をごぞんじなら――ふうふう――たぶんお気づきでしょうが――はあはあ――おえっ！――ぼくらはこの森のことを、なにひとつ知りえません……なぜなら、われわれは、ミスター・ドレイク、意味を作るからです……自然になんの意味も見いだせないときに……」

ドレイクはダニーのことばにまったく動じていないようだった。

「自然に対するわたしの立場はな、ミスター・マイノット、自然を利用するにあたって、その意味を知る必要はないというものだよ」

「なるほど……でも……」ダニーは反論しかけた。

ピーターはドレイクたちのややうしろを歩いている。アリスン・ベンダーが数歩あとにさがったので、ピーターはリックとならんで歩くことになった。

ドレイクにあごをしゃくって、リックはいった。

「あんな男、信用できるか？　ありゃあ、ミスター生物資源略奪者だぞ」

「ご高説はさきほどから拝聴してきたがね、ミスター・ハター」ダニーを相手にしていたドレイクが急にふりむき、リックにいった。「その呼び名はおかどちがいだといわざるをえないな。バイオパイラシーとは、その国になんの補償もすることなしに、固有種である植物その他を奪い去ることだ。この概念は、ちゃんとした知識を持たない社会活動家には魅力的に見えるかもしれないが、いざ補償するとなると、さまざまな困難がつきまとう。たとえば、クラーレの例を考えてみるといい。

本来、南アメリカで矢毒に使われていたクラーレは、数種類の植物を配合して作るもので、いまでは貴重な薬物であり、現代医学でも用いられている。それなら、南アメリカの先住民が補償を受けて当然だと思うだろう？　ところがだよ、クラーレには何十種類もの異なる調合法がある。中央アメリカから南アメリカにまたがる広い地域において、多数の部族がそれぞれ独自に発達させた調合法がな。各々のクラーレは、成分もちがえば調合に要する時間もちがう。狩る獲物によってもちがうし、その部族の好みによってもちがう。その場合、どうやって現地の呪医に補償するのか？　ブラジルのシャーマンは、パナマやコロンビアのシャーマンよりも価値ある仕事をしているのか？　コロンビアで用いられる植物は、パナマから自然に自生範囲が広がったもの、または人為的に移植されたものだが、それも考慮されるべきか？　成分配合のノウハウは？　馬銭(マチン)属植物の配合は重要なのか否か？　錆釘を加えることが重要なのか否か？　公共知であるかどうかは検討されたのか？現在の法律の仕組みでは、製薬会社が新薬を開発した場合、二十年が経過した時点で特許が切れて公共知となる。一説によれば、イギリスの探険家サー・ウォルター・ローリーがクラーレをヨーロッパに持ちこんだのは一五九六年だそうだ。すくなくとも一七〇〇年代には広く知られていた。バロウズ・ウェルカム社は一八八〇年代に、医療目的でクラーレの錠剤を販売している。そういったことを考慮にいれれば、クラーレはどう見ても公共知だろう。かてて加えて、現代医学はクラーレを作るのに、もはや現地の植物を必要としていない。合成クラーレを使うんだ。以上から、問題の複雑さがよくわかったのではないかね？」

「そういうのはみんな、企業の使う言い逃れでしかない」リックがいった。

「ミスター・ハター——きみはわたしの論点に対して、いちいち反対の立場をとることを楽しんでいるようだな。まあ、べつにかまわんよ。おかげでわたしの主張に、より説得力を持たせることができる。現実を見れば、医薬に自然の化合物を使うのは世界的流れだ。各文化における発明・発見は貴重であり、あらゆる文化はほかの文化から、相互に発明・発見を借用している。ときどき、それらが取り引きされることもあるが、つねにそうとはかぎらない。われわれは鐙を発明したモンゴルにライセンス料を払うべきなのか？　養蚕技術を確立した中国にライセンス料を払うべきなのか？　阿片についてはどうだ？　また、一万年前、オリエントの肥沃な三日月地帯において、はじめて穀物の農作を行なったのは新石器時代の農夫だが、われわれは現代に生きるその子孫をつきとめて、ライセンス料を払うべきなのか？　製鉄技術を発展させた中世ブリテンについてはどうだ？」

「話を進めてください」エリカ・モルがうながした。「リックはともかく、わたしたちはみんな、あなたの主張に耳をかたむけています」

「いいだろう。わたしが強調したいのは、ことハワイでは、植物のバイオパイラシーなど起こりえないという点なんだ。なぜなら、厳密にいうと、ハワイには固有種の植物というものが存在しないからさ。ハワイは太平洋のまっただなかに位置する火山性の諸島であり、海上に隆起した不毛で熱い熔岩大地の連なりであって、ここに自生する植物は、例外なくよそから運ばれてきたものばかり。運んできたのは、鳥であり、風であり、海流であり、カヌーに乗ったポリネシアの戦士たちだ。ことば本来の意味では、この地に固有の植物はない。特有の植物なら多少は存在するがね。この地ならではの縛りのなさ――それこそは、われわれがハワイに会社を設立した理由のひとつにほかならない」

「脱法の論理だな」リックがつぶやいた。

「順法の論理だよ」ドレイクは切り返した。「ポイントはそこにある」

一行は、緑の葉が胸の高さまで生い茂る一帯に差しかかった。ドレイクが説明した。

「このあたり一帯を、われわれは〈生姜の小径〉と呼んでいる。ホワイト・ジンジャー、イエロー・ジンジャー、カヒリ・ジンジャーと、各種のジンジャーがそろっているからだ。そこの長さ三〇センチほどの赤い茎の植物、それがカヒリだよ。この一帯で高くそびえる樹々の大半は白檀（ビャクダン）で、独特の深い赤色の花を咲かせる。ほかには無患子（ムクロジ）や、ハワイでいうマイロ——先島黄槿（サキシマハマボウ）も生えている。大きなダークグリーンの葉をつけているのがそうだ」

院生たちはあちこちを見まわし、樹々を観察した。

「きみたちならみんな知っていると思うが、そこに生えている、縁がトゲトゲで縞模様のはいった葉の植物は、オレアンダー——西洋夾竹桃（セイヨウキョウチクトウ）だ。経口毒性があり、へたをすると人も死ぬ。地元の人間で、これの枝を串にして炙った肉を食べた結果、死亡した例がある。ときどき、子供たちが実を食べて死ぬこともある。

それから、きみたちの左にそびえる高木は、インド原産の馬銭（マチン）だ。どの部分も猛毒で、とりわけ種子の毒性が強い。

そのとなりに、星形の葉をつけた高めの灌木があるだろう。それは蓖麻（ヒマ）といって、この種子も毒性が強い。しかし、種子の脂肪油を搾（しぼ）って精製すれば、薬用にもなる。つまり、蓖麻子油（ヒマシ）だな。葉などからの抽出物をごく少量用いても、やはり薬効がある。もちろん、きみならこういうことは知っているだろう、ミスター・ハター？」

「もちろんさ」リックが答えた。「ヒマの抽出物は、潜在的に記憶を強化する働きがある。抗生物質としての性質も持っている」

ドレイクはうなずき、先へと進んだ。やがて二股の分かれ道に到達すると、そこで右の小径に折れ、一行にこう説明した。

「最後にここが〈ブロメリアの小径〉だ。ここには約八十種のブロメリア類が育っている。ひらたくいえば、パイナップルの仲間だな。ブロメリア類はきわめて多彩な昆虫の住み処となっているんだよ。高木についていえば、いま周囲に見えているのは、おもにユーカリやアカシアだが、先へ進むにつれて、ハワイにおける典型的な多雨林の樹が増えてくる。オーヒアやコアなどだ。湾曲した葉が小径に落ちているので、近くにいけばすぐにそれとわかるだろう」

「どうしてこんなにいろいろな植物を見せられるんです？」ジェニー・リンがたずねた。

アマール・シンも質問に加わった。

「それも疑問ではありますが、もっと興味があるのはテクノロジーのほうです、ミスター・ドレイク。どうやってこれほど多様な生物種のサンプルを採取しているんです？ここの生物の大半はきわめて小さいと考えておられるのでしょう？たとえば、バクテリア、蠕虫（ぜんちゅう）、昆虫などです。一時間あたりに採取できる生物サンプルはどれくらいです？一日あたりでは？」

「研究所がある本社からは、一日に一台、この多雨林まで回収用の連絡トラックを出している」ドレイクは答えた。「精密に採取された土壌サンプルの平箱と、植物その他、うちの研究者が請求したサンプルを持ち帰るためだ。したがって、採れたての研究材料が毎日とどけられると思っていい。よほどのことがないかぎり、請求されたサンプルはかならず提供する」

「毎日ここへ回収にくるのか？」リックがたずねた。

「そのとおり。午後二時ごろにくる。きょうはついさっき、引きあげたところだ」

そのとき、ジェニー・リンが地面にしゃがみこんだ。

「これ、なに？」そういって指さしたのは、地面に立てられた、ごく小さなテントだった。サイズはジェニーの手のひらくらいしかない。それが小さなコンクリートの箱をおおっている。「すこし前に、これとそっくりのものを見ましたけど」

「ああ、それか」ドレイクがいった。「非常に観察力が鋭いぞ、ミズ・リン。そのテントはこの多雨林各所に点在している。いわば補給ステーションだな。それについては、きみたち全員に、あとでもっとくわしく説明しよう。じっさい、きみたちの準備さえよければ、そろそろＮａｎｉｇｅｎがなにを企図しているのか、説明するころあいだと思うんだがね」

一行はまわれ右をし、小径を駐車場のほうへ引き返しだした。歩くうちに、さっき見た入口付近の小さな池にたどりついた。茶色い水をたたえた池には周囲からヤシの葉がたれかかっており、水辺には小さなブロメリアがびっしりならんで生えている。

「これは〈パウ・ハナの池〉というんだよ」ドレイクがいった。「パウ・ハナとはハワイのことばで、〝仕事はおわった〟を意味する。ここの場合は〈終わりの池〉というところかな」

「カモの池にしては妙な名前ですね」ダニーがいった。「だってこれ、カモの池でしょ? ついさっき、三つ四つ、カモの家族を見たから。どれも仔ガモを連れていたけど」

「その仔ガモがどうなったか、見とどけたかね?」ドレイクがたずねた。

見ていない、とダニーはかぶりをふり、問い返した。

「見ないほうがよかったようなことになってたんですか?」

「それはそのときどきによる。ほら、水面から一メートル上——ヤシの葉のあいだを見てごらん」

一行は足をとめ、いわれた場所に目をこらした。最初に気がついたのはカレン・キングだった。

「アオサギだわ」

小声になって、一同にあごをしゃくる。見ると、なるほど、そこにくすんだ灰色の鳥の姿があった。体高は一メートルほどだ。鋭くとがった嘴(くちばし)とガラス玉のような目を持った鳥が水底に細い脚をつき、じっとたたずんでいる。羽毛の状態はあまりよくない。全体に生気もなく、凍りついたかのように凝固しており、ヤシの葉陰にみごとなほど融けこんで見える。

「ああしてね、何時間でもじっとしていられるのよ」カレンがいった。

それから何分間か、一同はアオサギを見まもっていた。しかし、いっこうに変化がない。あきらめてその場を立ち去ろうとしたとき、カモの家族のひとつが池の縁を泳ぎはじめた。水際にたれかかるブロメリアの葉の陰に、なかば身を隠すようにして移動していく。だが、それはむだな努力だった。

というのは、アオサギがいきなり翼を羽ばたかせ、電光のようにヤシの葉陰を離れると、水しぶきをあげてカモのあいだに降り立ったからである。そしてまた、それまでと同じく、その場にたたずんだ。さっきまでとちがうのは、その鋭い嘴のあいだから、小さな仔ガモの脚がつきだしていたことだった。

「げっ！」ダニーが小さく叫んだ。

「そんな！」これはジェニーだ。

アオサギは高々と頭をかかげ、真上を見あげる格好になり、一瞬だけ嘴を開いてすぐにパクンと閉じ、仔ガモを完全に呑みこんだ。そして、頭をいままでと同じ位置にもどし、葉陰でじっと動かない彫像と化した。時間にして、ほんの二、三秒のできごとだったろう。いまのできごとが起こったこと自体、信じられないほどだった。

「胸が悪くなる」ダニーがつぶやいた。

「これが自然というものなんだ」ドレイクがいった。「この植物園はカモに荒らされてはいないだろう？　その理由がこれさ。さて！　わたしの勘ちがいでなければ、森の出口はもうすぐそこだ。きみたちを文明世界へ連れて帰るために、われわれの車が待っている」

8

カリキマキ工業団地

10月28日

6:00 PM

一行はNanigen本社へ向けて出発した。ベントレー・コンヴァーティブルを運転しているのはカレン・キングだ。院生はみんな、ぎゅうづめになった状態で、幌を全開にしたベントレーに乗っている。アリスン・ベンダーとヴィン・ドレイクはスポーツカーに乗り、ベントレーを先導していた。

走りだしてまだいくらもいかないうちに、科学論を研究しているダニー・マイノットが咳ばらいをし、風切り音に負けないよう、声を張りあげた。

「思うに――有毒植物に関するドレイクの論点には、議論の余地があるな」

〝議論の余地がある〟は、マイノットが好んで使うフレーズのひとつだ。

「ふうん？　どこに？」

アマールが辛辣な口調でたずねた。アマールはとくにマイノットをきらっているのだ。

「だいたい、毒物の概念がはっきりしてないよな。そうだろう?」マイノットはいった。「毒物というのは、人体に害をおよぼす化合物の総称だ。だけどそれは、害をおよぼす、とぼくらが思いこんでいるだけの場合もあってさ。じっさいにはそれほど毒性がない場合だってある。たとえばストリキニーネには、ごく微量を用いれば薬効もあるじゃないか。一八〇〇年代には特許医薬品として流通していたほどで、強壮剤の効果があると見られていたんだ。たしかいまも、急性アルコール中毒者の気つけかなにかに使われていたと思う。そもそも馬銭(マチン)だって、なんの意味もなくストリキニーネを生成するわけじゃない。基本的には自己防衛だろうが、ほかにも意味はあるだろう。ほかにもベラドンナみたいに猛毒を作る植物がある。そこにはなにか意味があるはずなんだ」

「それはそうだよね」ジェニーがいった。「意味というのは、やっぱ食われないためなんじゃない?」

「植物側の視点ではそうだな」

「充分、有効じゃないかな。動物も食べようとしないんだもん」

「ただし、人間だけは利用しようとするがね」アマールがマイノットにいった。「きみはストリキニーネがかならずしも有害なばかりではないといっているんだろう?　たんなる毒物というだけではないと?」

「そうそう。毒物という概念はあやふやなんだ。不確定とすらいってもいいかもしれない。

〝毒物〟ということばは、厳密で確定された意味を持つもんじゃないのさ」

車内の何人かが、うんざりした声を出した。

「話題、変えない？」エリカがうながした。

「ぼくはただ、毒物という概念自体に議論の余地があるといってるだけだ」

「きみにかかったら、ダニー、なんでもかんでも議論の余地だらけだな」

「本質的にはそのとおりさ」マイノットはまじめくさった顔でうなずいた。「確定された事実、不変の真実という科学の世界観を、ぼくは受け入れちゃいないからね」

「わたしたち科学の徒だって、かならずしも、不変の真実という世界観を持っているわけではないわ」エリカがいった。「ただ、何度となく検証されていることがらについては、事実と見て問題ないだろうと考えているだけ」

「そんな考えかたをして楽しいかい？　それはたいていの科学者がいだいてる自己肯定のための幻想でしかない。現実には、なにが真実かは、権力機構の腹ひとつで決まるんだ。わかってるだろ？　社会においては、権力を持つ者が、〝なにを研究するか、なにを観察するか、なにを考えるか〟を決める。科学者は支配的な権力機構のいいなりだ。いいなりにならざるをえないのさ。科学者に研究資金を提供するのは、その権力機構なんだから。権力相手に駆け引きはできない。さからえば研究費が出なくなる。取りあってもらえなくなる。論文だって発表できなくなる。要するに、相手にされなくなるんだ。存在しないのと同じになる。それでは死んだも同然じゃないか」

車内に沈黙がおりた。

「ぼくが正しいことは、みんなもわかってるはずだろ」マイノットがいった。「ただ気にいらないってだけでさ」

「権力相手に駆け引きをするといえば」リック・ハターがいった。「あそこを見てみろよ。そろそろカリキマキ工業団地らしい。Ｎａｎｉｇｅｎの本社は、もうすぐそこだ」

ジェニー・リンは、自分の手のひらほどのサイズしかない、小さなゴアテックスの絶縁ケースを取りだし、ベルトにつけた。

「それ、なにがはいってるの？　研究成果？」カレン・キングがたずねた。

「うん、そう。ほんとに就職の機会が与えられるんなら、あったほうがいいと思ってね」ジェニーは肩をすくめた。「自分で抽出して精製した揮発性物質を一式。そっちはなにを持ってきたの？」

「ベンゾキノンよ、ベイビー」カレンは答えた。「スプレー容器に入れてね。これを吹きかけたら、皮膚は水ぶくれになるし、目は猛烈に痛むし、威力絶大。ヘッピリムシ由来で、護身用にうってつけの化学物質。エリカに分けてもらったの。安全性も高くて、いつまでも尾を引かないし、オーガニックだし。これを売りだせば、きっといい商品になるわ」

「そうやってすぐ、商売の話に持っていくんだな」これはリック・ハターだ。

「そりゃあね、わたしはあんたとちがって、うしろ向きな考えばっかりじゃないからさ、リック。じゃあ、なに？　あんたはなにも持ってきてないっての？」

「ないない、持ってきてない」

「うそつけ」

「わかったよ。じつは——」リックはシャツのポケットをぽんぽんとたたいた。「おれの樹から——ヒマタントゥスからとった乳状液を持ってきた。こいつを塗れば、皮下に潜りこんだどんな寄生虫でも殺してしまえる」

「わたしには、立派なお商売になりそうに聞こえるけどね」カレンがいって、急ハンドルを切った。ベントレーは後輪をスリップさせ、勢いよくヘアピンカーブを曲がりこんだ。

「それで十億ドル儲かるかもしれないわよ、リック」

カレンはつかのま、道路から目を離し、意地の悪い笑みを浮かべてリックをふりかえった。

「よせやい、おれはただ、殺菌効果をもたらす生化学的な仕組みを研究してるだけでだな——」

「ベンチャー・キャピタリストにいってごらん、それ」

カレンはそこでピーターに目を向けた。ピーターはカレンの横で助手席にすわっている。

「で、あなたはどう？　いろいろあって、それどころじゃなかったかもしれないけど——なにか持ってきた？」

「じつは」とピーターは答えた。「持ってきた」

上着のポケットに入れたCD-Rを布地の上からさぐり、ピーター・ジャンセンは震えがぞくりと全身を走りぬけるのをおぼえた。Nanigen本社にはいっていこうとしているいま、ことが当初の計画どおりに進んでいないことがひしひしと実感される。だが、みんなの見ている前で、なんとかしてアリスン・ベンダーとヴィン・ドレイクに犯罪行為を白状させなくてはならない。ふたりの通話内容をみんなの前で再生してみせれば、そこまで追いこめる可能性はある。院生の全員が自白を聞いてしまったら、さすがに口封じはできないだろう。こちらは七人いるのだ。その七人全員を同時に攻撃することは不可能にちがいない。

すくなくとも、理屈のうえでは。

そんなことを考えながら、ピーターはみなとともに、建物内へはいっていった。ヴィン・ドレイクはひと足先に屋内へ消えたので、いまはアリスン・ベンダーが一同を案内している。

「こっちよ、みんな。ただね、奥へ進む前に注意があります」

アリスンは黒い皮革を多用した上品な受付ロビーで立ちどまった。受付デスクについているのは美人の受付係だ。アリスンは語をついだ。

「携帯電話、カメラ、その他の記録装置は、ぜんぶお預かりする決まりなの。機器はここで預かって、帰るときに返す仕組み。それから、この建物で見聞きしたことに関する守秘義務同意書にもサインしてもらうわ」

アリスンはひとりひとりに同意書を手わたした。ピーターは内容を読みもせず、うわのそらでサインした。

「サインしたくない人は、見学ツアーがおわるまで、このロビーで待っていてもらうことになるけれど。いない？　全員、見学したいのね？　オーケー。それじゃあ、ついてきてちょうだい」

アリスンは先頭に立ち、廊下の奥へ進んでいって、壁のドアをあけ、その向こうへ足を踏みいれた。

廊下にはいってすぐの場所に、ヴィン・ドレイクが待っていた。ガラス壁で仕切られた中央廊下の左右には、生物学研究室らしきものが何部屋もならんでいる。置いてあるのはみんな、最新式の実験機器ばかりだ。いくつかの研究室には、驚くほど大量の電子機器が設置してあることにピーターは気がついた。生物学というよりも、工学の研究室にちかい。きょうはもう、就業時間がおわったのだろう、ほとんどの部屋には人気(ひとけ)がなくて、棟内はひっそりとしていた。もっとも、まだ残っている研究員も何人かいる。夜遅くまで研究をつづけるらしい。

廊下を歩いていきながら、ヴィン・ドレイクが各部屋の研究内容をつぎつぎに説明していった。

「この部屋がタンパク質解析学(プロテオミクス)と遺伝情報解析学(ゲノミクス)……そこが化学……化学生態学……植物ウイルスも含む植物病理学……確率論的生物学……植物体内の電気信号……昆虫の超音波……ここは植物体組織片(フィトン)神経学といって、植物の神経伝達物質を研究するところ……ああ、ピーター、これはヘビの毒液をはじめとして、生物毒全般を研究する部屋だ……こっちはクモや甲虫の出す揮発性の液体を研究する部屋……ここは行動生理学、外分泌液の効果や社会的規制を研究する部屋で、おもにアリの……」

「あの大量の電子機器はなんのためです?」だれかが質問した。

「ロボットのためだよ。ロボットがフィールドを一周してくるたびに、再プログラミングしたり修理をしたりする必要があるのでね」そこでドレイクはことばを切り、院生たちを見まわした。「おお、きょとんとした顔ばかりだな。それではここにはいってくれたまえ。間近に見てみようじゃないか」

一行はぞろぞろと右手にある研究室にはいっていった。室内には土の匂い、植物が腐りかけた匂い、乾燥した葉の匂いなどがただよっていた。

ドレイクは一同を作業テーブルへ連れていった。テーブルの上に載せてあるのはいくつかの平箱だ。平箱は一辺が三〇センチほどで、中には土がはいっている。各箱の上には、テーブルの側面に固定されたジョイントアームが伸びており、その先へ下向きに取りつけられたビデオカメラのレンズが真下の箱を覗きこんでいた。

「ここにあるのは、多雨林から採取してきたサンプルの一部なんだ」ドレイクがいった。「われわれはさまざまなプロジェクトを同時に進めているが、どのプロジェクトでも例外なくロボットを使う」

「そのロボット、どこにいるんですか?」エリカがたずねた。「ロボットらしきものは、どこにも――」

ドレイクが照明を調整し、ビデオカメラをチェックしてから、壁面にならぶモニターをオンにした。画面上に、土の上でうごめく小さな白い物体が映しだされた。何倍にも拡大されてはいるが、それでもまだかなり小さい。

「見てのとおりだよ。これが採取ロボットだ。微小サイズのね。土に穴を掘り、サンプルを採集する」ドレイクは説明をつづけた。「そのほかにもやることは多い。というのも、この平たい箱に収められた土壌には、いまだ人類には知られざる、巨大で独立した世界が内包されているからさ。そこには何兆もの微生物がひしめき、何万種類ものバクテリアや原生動物がいて、そのほぼ全種が未記載のままだ。この程度の量でも、土壌中に存在する菌糸をぜんぶ合わせれば、総延長数千キロメートルになるだろう。肉眼では視認できないほど小さな節足動物も、昆虫も含めれば、個体数が数百万にものぼるかもしれない。大小さまざまな蠕虫も何十といるだろう。じっさい、このわずかな土壌に棲むミクロな生物の個体数は、地球の地表全体に棲むマクロな生物の個体数よりも多い。考えてもみてくれ。われわれ人間は地表に棲む。われわれは地表が生存の場だと考えている。そして、ヒト、ゾウ、サメ、森や樹のレベルでものごとを考える。しかし、そういった感覚はあやまりでしかない。この惑星における生命の実相はまるで異なる。基盤をなす根源的な生命は――地にひしめき、穴を掘り、増殖し、つねに活動的な生命は――土壌の中に微小なレベルで存在する。土壌こそは、新たな発見がつぎつぎになされている場所なんだ」

客観的にいって、印象深いスピーチだった。ドレイクはたびたび、この種のスピーチをしてきている。そしてそのたびに、感銘を受けたことを示す沈黙でもって迎えられてきた。だが、このグループだけはわけがちがった。沈黙するどころか、すぐさまリック・ハターが質問をつきつけてきたのだ。

「で、この微小ロボットが発見しようとしてるのはなんだい？」

「線虫だよ」とヴィン・ドレイクは答えた。「顕微鏡的なサイズの線形動物だ。線虫には重要な生物学的特性があるとわれわれは考えている。この薄い土壌にいる線虫は約四十億。しかし、われわれが採取したいのは未発見の線虫にかぎられる」

この研究室は、隣接する左右の研究室とガラス壁で仕切られた構造だ。そのうちの一面にドレイクは向きなおり、向こう側を覗きこんだ。隣室ではひとにぎりの研究員たちが、機械の列の前でなんらかの作業をしていた。機械はどれも構造が複雑きわまりない。

「となりの部屋ではいま」ドレイクが説明した。「篩い分けが行なわれている。何千種類もの化合物を、高速分離装置と質量分析計とで超高速に選りわけているんだよ。あそこに見えているのがその機械だ。となりの部屋で発見された、まったく新しい薬物の候補は、すでに何十種類にものぼる。どれもこれも、自然に産するものばかり。なんといっても、ベストなのは母なる自然のものだからな」

隣室のテクノロジーに、アマール・シンははなはだ感銘を受けたが、腑に落ちない点も多々あった。そのひとつはロボットのことだ。ここで見せられたロボットは、あまりにも小さすぎる。こう小さくては、コンピュータなど搭載できるはずもない。

アマールはたずねた。

「この超小型ロボットたち、どうやって線虫を選別して採集してるんです？」

「ああ、それか。連中にはたやすいことさ」ドレイクは答えた。

「ですから、どうやって？」

「ロボットに、それをやるだけの知能を搭載してあるんだ」

「知能？　こんなに小さなものに？」アマールは平箱の土を指さした。そこでは、超小型ロボットたちがせっせと土をかきわけつづけている。「この機械の全長はせいぜい八ミリから一〇ミリというところでしょう。ぼくの小指の爪よりもまだ小さい。それほど小さなものに、いうにたるほどの演算パワーを組みこむのはむりです」

「ところが、可能なんだな、これが」

「どうやって?」

「会議室へ移動しようか」


ヴィン・ドレイクの背後では四枚の巨大なフラットスクリーンが発光していた。画面に映っているのは深い青と紫が織りなすイメージだ。波だつ海面の航空写真のように見える。ドレイクは四枚のスクリーンの前をいったりきたりしながら説明をはじめた。ジャケットの襟の折り返しにはクリップで小型マイクがとめてあり、音声が増幅されている。

青と紫色のスクリーンを指し示して、ドレイクはいった。

「諸君が見ているのは、磁力線のパターンだ。磁場の磁束密度は一〇〇テスラ——人類が作った磁場としては、もっとも強い。参考までに、一〇〇テスラの磁場というのは、北米地域の地磁気の平均値を五万ナノテスラとして、その二百万倍の強さになる。この磁場はニオブ化合物を用いた低温超伝導によって生成されている」

一同がその意味を呑みこむまで、ドレイクはすこし間を置いた。

「磁場がさまざまな形で動物体の組織に影響することは、五十年ほど前から知られていた。きみたちもみな、核磁気共鳴映像法、つまりＭＲＩのことは知っているだろう。磁場にはほかに、骨を治療し、寄生虫の活動を抑制し、血小板のふるまいを変えるなど、さまざまな効用があることも知っているはずだ。だが、のちに判明したように、これらはすべて、低強度の磁場に置かれた場合のささやかな効果でしかなかった。きわめて高強度の磁場のもとでは、状況はまったく異なる。それほどの強磁場は最近になってやっと作れるようになったもので、そのような条件下でなにが起こるかは、それまでだれも知らなかったんだ。その強磁場にわが社が極秘に開発した新技術を組みあわせた結果、ある特異な現象の発生を確認できた。その種の特殊磁場を、われわれは通常の磁場と区別して、テンソル磁場と呼んでいる。テンソル磁場は超強力なだけではない。そこではなんと、物質の次元変換が可能になるんだよ。

じつは、その現象をほのめかすヒントはもうあった。手がかりといってもいい。それは一九六〇年代に〈核医療データ〉と呼ばれる会社でなされていた研究に端を発する。この会社は、原子力施設で働く作業員の健康状態を調査していて、原子力施設の作業員が総じて健康であることを確認したのだが……いっぽうで、十年のあいだ強磁場にさらされていた作業員は、背丈が五、六ミリ縮んでいたことを発見した。もっとも、これは統計上の誤謬として無視されてしまう」

ドレイクはふたたび間を置いて、話が向かおうとしている方向を院生たちが理解できているかどうか、ようすをさぐった。全員、まだピンときていないようだった。ドレイクはつづけた。

「ところが、それが統計上の誤謬などではなかったことを裏づける研究結果がのちに出る。一九七〇年、フランスでの研究によって、長いあいだ強磁場にいた作業員が、八ミリほど背丈が縮んでいることが判明したんだ。結局はこの発見も、〝瑣末事〟として放棄されてしまったがね。

しかし、いまのわれわれは、それが瑣末事ではないことを知っている。七〇年代初頭、DARPAは――国防高等研究企画庁は――いま説明した研究に興味をいだき、小型犬を強磁場に置く実験を行なった。用いたのは当時生成できた最強の磁場で、場所はアラバマ州ハンツヴィルの秘密研究所だった。その実験については、公式な記録が残っていない。薄れかけたFAXのコピーが少々あるだけだ。だが、そのコピーによれば、ペキニーズが消しゴムほどの大きさに縮んだという」

院生たちがざわついた。何人かは、すわったまま姿勢を変えた。たがいに顔を見交わしあっている。

「そして」ドレイクはつづけた。「その被験体のイヌは、苦しそうに鳴きつづけたあげく、小さな血のしずくを吐いて、数時間後に死んでしまったそうだ。総じて、この実験結果は不安定で再現性にとぼしく、同プロジェクトは、ニクソン政権下で国防長官を務めていたメルヴィン・レアードの命令により、廃止されてしまう」

「理由は？」院生のひとりがたずねた。

「米ソ関係の悪化を恐れたのさ」

「どうして悪化させることになるんです？」

「それはやがて明らかになる」とドレイクは答えた。「重要なのは、いまのわれわれにはとてつもなく強力な磁場が作れるということだよ。それに極秘の技術を付加したものが、いわゆるテンソル磁場だ。いまのわれわれは、テンソル磁場の影響のもとでは、生物にも非生物にも、相転移に似た特異な変化が起こることを承知している。その結果、テンソル磁場に置いた対象物は急激に縮小して、一〇分の一から一〇〇〇分の一になる。量子的な相互作用はほぼ対称性を維持し、不変のままだから、縮小した対象物は通常物質と通常の形で相互作用が可能だ。すくなくとも、たいていの場合はな。縮小変換は準安定であり、反転場の状況に応じて可逆的にもとへもどせる。ここまではいいかな？」

院生たちはいずれも真剣に聞きいっていたが、それぞれの表情には、複雑な反応が入りまじっていた。懐疑、露骨な不信、感動、そして若干のとまどいも見てとれる。なにしろ、ドレイクが話しているのはきわめて特異な量子物理学であり、生物学ではないのである。

リックが腕組みをし、かぶりをふりふり、いった。

「結局、なにがいいたいんだ？」かなり大きな声だった。

落ちつきはらって、ドレイクは答えた。

「よくぞきいてくれた、ミスター・ハター。そろそろ、自分たちの目で見てもらおう」

ドレイクの背後の大型スクリーンが四枚とも暗くなったのち、中央のスクリーンだけが明るくともり、高精細動画(HD)が表示された。

映っているのは一個の卵だ。

平らな黒い表面の上に置いてある。卵の背後には、ひだの寄った黄色い背景幕のようなものが見えた。カーテンだろうか。

ふいに、その卵が動いた。孵化がはじまったのだ。卵殻を突き破って、まず小さな嘴(くちばし)が現われた。卵殻のひびが長くなっていく。とうとう卵の上端がとれて、ピーピーと鳴きながら雛(ヒナ)が転がり出てきた。よろよろと危なっかしく立ちあがり、ずんぐりとした小さな翼をはばたかせる。

ここでカメラが引きはじめた。

映る範囲が広がるにつれて、雛の周囲のようすがだんだんとわかるようになってきた。黄色い背景幕もじきに実体が明らかになり——巨大なニワトリの、爪の生えた足と化した。雛は早くも怪物的に巨大なニワトリの足のそばをよたよたと歩いている。カメラがさらに後方へ引くにおよんで、成鳥の全体像が見えるようになった。そうとうに大きい。やがてカメラがすっかり引ききってしまうと、雛と卵の殻は、成鳥の足もとにあるゴミのようにしか見えなくなった。

「これはいったい……」

いいかけて、リックは口ごもった。画面から目が離せない。

「これが」とドレイクがいった。「わが社のテクノロジーだよ」

「この縮小過程は――」アマールがいいかけた。

「うん、生体にも適用できる。きみの考えているとおり、われわれは卵をテンソル磁場で縮小したんだ。卵の中にあったニワトリの胚は、次元変換を経ても悪影響を受けていない。いま見たように、ふつうに孵化する。高度に複雑な生体系でさえテンソル磁場で縮小させ、なおかつ生命としての通常の機能を維持させることができる」

「画面に映っている、ほかのものはなんです？」カレンがたずねた。

画面上の、巨大ニワトリの下の床に、小さな点が散らばっているように見えた。動いている点もあれば、動いていない点もある。

「あれはほかの雛だ。この撮影のさいには、複数の卵を次元変換したのでな」ドレイクがいった。「残念ながら、あまりにも小さいために、母ニワトリはそれと気づかず、何羽か踏みつぶしてしまったがね」

短い沈黙がおりた。最初に口を開いたのはアマールだった。

「ほかの生物種にも——これを試したんですか？」

「もちろんだとも」ドレイクが答える。

「まさか……人間も？」とアマール。

「そのとおり」

「自然植物園で見た、あの小型掘削機……そして線虫を選りわける超小型ロボット……」

アマールはつづけた。「どれにもコンピュータを組みこんではいない、とあなたはいった
……」

「そんな必要がないからさ」

「なぜなら、人間に操縦させているからだ、と」

「そのとおり」

「次元変換を経た人間に」

「ばかばかしい！」ダニー・マイノットが怒鳴った。「あんた、ぼくらをからかってるのか？」

「まさか」

いきなり、だれかがげらげらと笑いだした。リック・ハターだった。

「ペテンだな」リックはつぶやくようにいった。「馬鹿どもにクズ株を売りつけるときと同じ手口だ」

カレン・キングも信じていないようすで否定した。

「こんなの、ろくでもないでっちあげだわ。ありえない。ビデオでならどうとでも作れるし」

「いいや、これは現実に存在するテクノロジーなんだよ」ドレイクが冷静に応じた。

アマール・シンがいった。

「人間についても、最小で一〇〇〇分の一まで次元変換できるということですか」

「そのとおり」

「だとしたら、身長一七〇センチの人間なら、一七〇〇ミリだから……一・七ミリということ?」

「そのとおりだよ。二ミリたらずになる」

「そんなばかな」リック・ハターがつぶやいた。

「そして、一〇〇分の一に縮小した場合――その人間は一七ミリになる」

「ぜひとも現物を見せてもらいたいもんですね」ダニー・マイノットがいった。

「もちろんだとも」とドレイクは答えた。「はなからそのつもりでいる」

9

Nanigen 本社

10月28日

7:30 PM

ドレイクがほかの院生を相手にしているあいだに、ピーター・ジャンセンはアリスン・ベンダーを脇に引っぱっていった。

「ミスター・ドレイクに見せようとして、サンプルや化合物を持ってきてる仲間が何人かいるんだけど」

「それはいいわね」

「ぼくもCD-Rを持ってきた。その、自分の研究を焼いたやつを」ピーターのことばに、アリスンはうなずいた。「なかには音声の記録もあるんだ。それには兄も関係してる」

これでアリスンを動揺させられたらいいんだが。不安をおぼえさせられたらいいんだが。

アリスンはふたたびうなずき、ドレイクに歩みよってなにごとかを耳打ちしてから、会議室を出ていった。いま、アリスンの目には警戒の色が浮かんでいたか？

アリスンが出ていったあと、室内がまだ暗く、ドレイクがプレゼンに集中している隙に、ピーターはそっと横のサービスドアをあけた。思ったとおり、そこは小さな調整室だった。すばやく、音響機器パネルの前へいく。探しているのはマイクだ。なんらかの拡声手段を確保しておかなくてはならない。ドレイクにはマイクがある。音量をあげてこちらの声をかき消されては、元も子もない。サービスドアの横には、いくつかの引きだしがあった。それをつぎつぎにあけていく。もとめているものが見つかった。襟につけるタイプの小型ワイヤレス・マイクだ。これがあれば音声をラウドスピーカーに送信できる。ドレイクがスピーチとビデオショーで使っているのと同種の、トランスミッターと襟につける高性能マイクを組みあわせたもので、マイクは細いコードでトランスミッターにつながっている。トランスミッターをズボンのポケットにいれて、その上からコードとマイクをつっこみ、ピーターはそっと会議室にもどった。

おりしも、会議室の照明がともった。ドレイクがスクリーンを使ったプレゼンをおえたのだ。

「何人か、研究成果を持ってきた者がいるそうだな」ドレイクがいった。さっきアリスンが耳打ちしたのはこの件だったのだろう。「それはぜひ拝見させてほしい。よかったら、いま――ん、どうした？」

ドレイクが注意を向けたのはアリスン・ベンダーだった。アリスンが会議室にもどってきて、またドレイクに歩みよると、長々と耳打ちしだしたのだ。聞きながら、ドレイクはピーターにじっと視線をそそいでいたが、途中ですっと目をそらした。二回、うなずく。が、なにもいわない。やっとのことで耳打ちがおわり、ドレイクはピーターに顔を向けた。

「ピーター、なにか音声の記録があるそうだな?」

「ええ、CD-Rが」

「その内容はなにかね?」ドレイクはまったく動じていないように見える。

「たぶん、あなたが興味を持つものです」ピーターの心臓は動悸を打ちはじめていた。

「おにいさんに関することかな?」

「はい」

「きみにとって、これがむずかしい問題であることは心得ている」ドレイクは冷静な顔で歩みよってきて、ピーターの肩に手をかけた。そして、やさしい声でつづけた。「余人をまじえず、別室で話したほうがいいんじゃないか」

ピーターは相手の意図を悟った。

(ドレイクはぼくをみんなから切り離す気なんだ。これから聞かせるつもりだった音声を、みんなに聞かせない気なんだ)

ピーターはためらい、こう答えた。

「ぼくのほうは、ここで話してもかまいませんが」

この会議室で、みんなの前で聞かせるのでなければ意味がない。

ドレイクは心配そうな表情を装った。

「わたしとしては内々に話をしたいのだがな、ピーター。エリックはかけがえのない友人だった。彼がいなくなったかと思うと、つらくてしかたがない。さあ、となりの小部屋で話そうじゃないか」

いやだといっても、通りそうにはない。ピーターは肩をすくめて立ちあがり、ヴィン・ドレイクとアリスン・ベンダーのあとにつづいた。はいっていった先は、さっきの調整室とはまた別の、隣接する小部屋——会議室の準備室らしきところだった。

ピーターが室内にはいると、ドレイクはすばやくドアの鍵をかけ、くるりとピーターに向きなおった。ほんの一瞬のうちに、その顔は著しく変貌していた。ぎょっとするほどの怒りの形相になっている。いきなり、ドレイクにのどわをかけられ、ピーターは勢いよく壁面にたたきつけられた。ついで、右の手首をつかまれて、腕をねじあげられたあげく、壁に顔を押しつけられた。

「なんのゲームのつもりか知らんがな、若僧」

「ゲームなんかじゃ——」

「警察はボートで携帯電話などさがしてはいない」

「さがしてない？」

「そうだ、この馬鹿なガキめが。この時間になるまで、警察はついに、ボートへはやってこなかった」

ピーターはめまぐるしく頭を回転させた。

「ボートにいく必要なんてないでしょう。GPSに基づく位置情報が携帯から送信されていて、それをたどりさえすれば見つけられるんだから。警察もそう——」

「むりだな！」

腕をねじりあげていた手が離れ、ピーターは前に向きなおらされた。と思ったとたん、腹にパンチをたたきこまれた。ピーターはあえぎ、身をふたつに折った。またしても腕をつかまれ、ねじりあげられてうしろ向きにされ、うしろから片腕でのどをロックされた。これでは身動きがとれない。

「うそをつくな。警察がそんなことをいうものか。位置情報は送信されていない。ボートにあの携帯を置く前に、GPSからの位置情報取得機能は切っておいたんだからな」

アリスンがうろたえ顔でいいかけた。

「ヴィン……」

「黙ってろ」

「GPS機能を切ったって……それじゃ」とピーターはいった。「携帯電話を置いたのは、にいさんの燃料ホースを詰まらせるためか？」

「ちがう。燃料ポンプを壊すためだ、このクソガキめが。船舶無線も壊してやったさ……あれを起動させてな」

「ヴィン、聞いて……」

「アリスン、口を出すな」

「なんで……そんなまねを?」呟きこみながら、ピーターはたずねた。のどを締めつけるドレイクの手を必死に引きはがそうとするが、強烈な締めつけでびくともしない。「……なぜ……?」

「きさまの兄貴はいかれていた。あいつがなにをしようとしたか知っているか? ここのテクノロジーを売ろうとしたんだ。所有権の合法性には問題がある、ほんとうの所有者は別にいるから、売ってしまったほうがいいとエリックはぬかしおった。信じられるか? これほどの技術を売りはらうとぬかしたのだぞ。エリックはNanigenを裏切った。このおれを裏切った」

「ヴィン、おねがいだから、もう――」

「黙ってろ――」

ここでアリスンが、はっと気づいた顔になった。

「それ、襟のマイク!」そういって、ドレイクの襟についたマイクを指さす。「まさか、オンになってない?」

「なんだと？」

ヴィン・ドレイクは低く怒声を発し、ピーターのみぞおちに強烈な一撃を見舞ってから、手を放した。苦しげにあえぎつつ、ピーターがっくりとひざをつく。ドレイクは悠然とジャケットの前をめくり、ベルトに取りつけたトランスミッターをあらわにして、スイッチを指し示した。ランプは消えている。マイクがオフになっているということだ。

「おれを馬鹿だと思うのか」

ピーターは床にひざをついたまま空えずきをし、咳きこんでいた。満足に息ができない。が、苦しみながらも、ズボンのポケットから襟マイクが飛びだしていることに気がついた。コードにぶらさがった状態で、だらんと外にたれている。準備室へはいってきたときに、そっとスイッチを入れておいたのはいいが――このままでは、いつドレイクに見つかってもおかしくはない。震える手を伸ばし、マイクをポケットにもどそうとした。そのさい、手がトランスミッターにあたってしまい、会議室のスピーカーからブツッと大きなノイズが響いた。

ドレイクがはっとした顔を会議室に向けた。ドアごしに耳をすます。ついで、ピーターに視線を向け、その手に小型マイクが握られていることに気がついた。一歩あとずさり、右足を大きくうしろに引く。ブーツのつま先で、ピーターの側頭部を思いきり蹴りつけた。ピーターはひとたまりもなくくずおれた。ドレイクはコードを握り、ピーターのポケットからトランスミッターを引きずりだすと、プラグを引き抜いた。ピーターは床に転がってうめき声をあげている。

「どうするの？」アリスンがたずねた。「いまのやりとり、聞かれていたわよ」

「黙れ！」一喝してから、室内を歩きまわりだす。「まずったな。院生ども、だれも携帯電話は持っていないはずだな？」

「ええ、受付でぜんぶ預かったから……」

「ならいい」

「これからどうするの？」震えながら、アリスンは問いかけた。

「黙って見ていろ」

いうなり、ドレイクはセキュリティ・パネルを開き、〈警報〉と記された赤いボタンを押した。突如として、高く低く、構内にけたたましいアラームの音が響きだした。警報を鳴らしたドレイクは、ピーターの両腕に手を差しいれ、むりやり引きずり起こした。暴行された痛みで朦朧（もうろう）として、ピーターはまだふらふらしている。そんなピーターに向かって、ドレイクはいった。

「しゃっきりしろ、若僧。おまえが起こしたごたごたの後始末をしてもらうからな」

ドアのロックをはずす。ピーターに肩を貸して、会議室へ飛びだすと、アラームにかき消されないよう、ドレイクは大声で怒鳴った。

「セキュリティ上の問題が発生した。ピーターが重傷だ。セキュリティ・ロボットが動きだしたんだ。あのボットたちは危険きわまりない。全員、急いでついてきてくれ、安全な部屋へ退避する」

ドレイクは一同を廊下へ連れだした。そのあいだも、ピーターに肩を貸している格好は崩さない。反対側からはアリスン・ベンダーがピーターを支えている。

廊下に出たとたん、何人かの研究員が出口へ駆けていくのが見えた。だが、廊下に飛びだしてくる者はほとんどいない。職員は大半が帰宅したあとなのだ。

「早く、外へ！」

奥から駆けてきた研究員が、横を通りすぎざま叫び、玄関の方向に走っていった。

しかし、ドレイクは逆に、奥のほうへ院生を導きはじめた。

「どこへ連れていく気だ？」リック・ハターが険しい声できいた。

「出口へ向かうには手遅れだ。奥の安全な部屋へ逃げこむ」

院生たちは混乱していた。会議室のスピーカーから流れたドレイクのことばは衝撃的なものだった。それで動揺しているところへ持ってきて、この緊急事態だ。まともにものを考えられる状態ではない。それに、安全な部屋？　どういう意味だ？

「なにをするつもりなの？」アリスンがドレイクにたずねた。

ドレイクは返事をしない。

まもなく、〈テンソル・コア〉と表示のある頑丈なドアの前にきた。ドレイクがボタンを押すと、ドアは向こう側へ開いた。

「こっちだ！　急いで中へ！」

ドレイクにつづき、院生たちは室内になだれこんだ。大きな部屋だった。床には一辺が一メートルほどの、六角形のタイルのようなものが敷きつめられている。床は半透明で、床下にある多数の機械が透けて見えていた。かなり複雑な機械のようだ。それが地下深くへ連なっている。

「ようし、みんな」ドレイクがいった。「全員、どれでもいい、床の六角形のまんなかに立て。ひとつひとつの六角形が安全地帯だ。ロボットは寄りつけない。早くしろ、急げ、時間がない！」

ドレイクがセキュリティ・パッドに手を触れた。頑丈なドアが閉じ、ロックされる音が大きく響く。一行はこの広い部屋に閉じこめられたのだ。

ただでさえひどく怯えていたエリカ・モルが、悲鳴をあげてドアに駆けよった。

「よせ！」エリカの背中に向かって、ダニー・マイノットが叫んだ。

だが、ドアはしっかりとロックされており、エリカにはあけることができない。

その間に、ドレイクとアリスンは隣接する制御室らしき部屋に飛びこみ、内側から鍵をかけていた。院生たちは窓ごしに制御室の中を覗いた。窓の内側からドレイクがこちらを見ている。一瞬ののち、奥へ引っこみ、姿が見えなくなった。と思ったとたん、制御室のドアが開き、ひとりの男が出てきた。知らない男だ。Ｎａｎｉｇｅｎの職員らしい。警報を聞いてここに避難していたのだろうか。

男の背後から、ドレイクが叫ぶ声が聞こえた。

「おまえはあっちで手伝ってやれ！」

男は命令のとおりにした。呆然とした表情のまま、院生たちにまじって六角形のひとつに入り、まんなかに立つ。

院生たちも全員、六角形の中央に立っている。エリカももどってきていた。ピーター・ジャンセンがよろめき、床に両ひざをついた格好になった。リック・ハターが腕をとって立ちあがらせようとしたが、ピーターは依然としてひざをついたままだ。やむなくリックは手を放し、自分の六角形にもどった。カレン・キングは、壁にずらりとバックパックがかかっているのに気づき、ひとつに駆けよってフックからはずすと、肩にかけ、またもとの位置にもどってきた。

ほどなく、ドレイクの姿がまた制御室の窓の向こうに現われた。やつぎばやにパネルのボタンを押すような動作をしている。その横にはアリスンの姿もあった。

アリスンがドレイクにいった。

「ヴィン、おねがいだから」

「選択の余地はない」

ヴィン・ドレイクはそういって、最後のボタンを押した。


手ひどく暴行を受け、朦朧としているピーター・ジャンセンにとっては、なにもかもがめまぐるしく動いているように思えた。六角形の床が地下へ沈んでいく。三メートルほど降下したところで、巨大な電子機器に呑みこまれた。いくつもの機械の顎がまわりを取りかこみ、すぐそばにまで迫っている。もう肌に触れる寸前だ。縦に長い顎は、よく見るとコイルを巻いた電気子で、紅白の横ストライプを描いたものだった。空気にはオゾン臭が濃厚にただよい、あたりには電子音のうなりが大きく充満している。全身の体毛が逆立つのがわかった。


そのとき、合成音声がいった。

「動かないでください。大きく息を吸って……とめて！」

ガチン！　という音が響きわたった。人を狼狽させずにはおかない、機械的な音だ。と同時に、あの電子音のうなりがもどってきた。つかのま、ピーターは吐き気をおぼえた。周囲を取りまく装置の中で、自分のなにかが変化したのがわかった。

「もうふつうに息をしてもけっこうです。つぎの走査にそなえてください」

息を吸いこみ、ゆっくりと吐きだす。

「動かないでください。大きく息を吸って……とめて！」

ふたたび、ガチン！　またしても電子音のうなり。また吐き気が襲ってきた。こんどは前よりも強い。

そこでふと、目をしばたたいた。

こんどは変化がはっきりとわかった。さっき見たときは、まっすぐ目の前に、縦長の顎の中央部分を走る——上からも下からもほぼ等距離の位置を走る——横筋が見えていた。それなのに、いまはずっと下の横筋が見えている。

自分は……縮んでいるのか？

まわりの顎がブーンという音を発しつつ、ぐっと近づいてきた。近づくのも当然だな、とピーターは漠然と思った。電磁気力の強さは距離の自乗に反比例する。近づけば近づくほど、飛躍的に強くなる。

またもや合成音声がいった。

「動かないでください。大きく息を吸って……とめて！」

上を見あげた。ほんとうに縮んだらしい。それも、かなり小さく。縦に長い顎の上端は、最初に見たときは三メートルほど上にあったのに、いまは大聖堂の天井ほどにも高く感じられる。いまの背丈はどのくらいなんだろう？

「動かないでください。大きく息を吸って……」

「わかってる、わかってる」われながら、声が震えていた。

「しゃべってはいけません。深刻なダメージを受ける恐れがあります。それでは、大きく息を吸って……とめて！」

またもやガチンという音が響き、それにつづいてギリギリという音、めまいをともなう吐き気——だが、機械の顎になにかされるのはこれで最後のようだった。周囲の顎が後退していく。足もとの床が振動しだすのが感じられた。元の床面に上昇しているのだ。頭上からはまばゆい光が降りそそいでいる。肌にひんやりとした風を感じた。

ほどなく、床は完全に上昇しきり、まわりの床と同一平面になって、振動も止まった。ピーターはいま、四方へどこまでも延び広がるピカピカの黒い表面に立っている。ずっと向こうにエリカとジェニーが見えた。ふたりとも、呆然としたようすで周囲を見まわしている。さらにその向こうには、アマール、リック、カレンの姿もあった。だが、じっさいの距離はどのくらいだろう？　なんとも判別しがたい。なぜなら、本人はまだ知らないが、いまのピーターは、二〇ミリ足らずの背丈しかなくなっていたからである。微小な塵や、死んだ細胞組織のかけらが床を転がってきて、ひざにまとわりついた。微小な転がり草（タンブルウィード）のようだった。

茫然自失のていで、ピーターはひざもとのタンブルウィードを見おろした。われながら、のろのろとした動きだった。頭の働きが鈍い。馬鹿になったような気がする。それでも、この状況の現実がだんだんと呑みこめてきた。床の彼方のエリカとジェニーを眺めやる。どちらもピーター同様、ショックを受けているようだ。

そのとき、うしろで地鳴りのような音が響きわたり、ピーターはふりかえった。目の前に、巨大なブーツのつま先があった。靴底の厚さだけでも、自分の背丈と同じくらいある。頭上をふりあおいだ。ヴィン・ドレイクが片ひざをつき、まさに雲をつく大男となって、ピーターの上にかがみこんでいた。とんでもなく大きな顔が上にある。吐きだされる息は荒々しく、強烈な悪臭をともなった有毒の突風となって襲いかかってくる。

つぎの瞬間、深い響きをともなう爆音が室内に轟きわたった。雷鳴のようなすさまじさだ。

それはヴィン・ドレイクの笑い声だった。

耐えがたいほどの轟音と反響音を作りだしている元凶は、とてつもなく大きなふたりの大巨人だった。すさまじい大音量を浴びせられて、耳が痛い。ふたりとも、まるでスローモーションのようにゆっくりと動き、しゃべっているように思える。ドレイクのそばにはアリスン・ベンダーもしゃがみこんでおり、ふたりでピーターを見つめていた。

アリスンがいった。

「どう――する――つもり――ヴィン？」

ヴィン・ドレイクは笑っただけだった。明らかにこの状況をおもしろがっているのだ。その笑い声は、悪臭に満ちた突風をもたらした。圧倒的なばかりの、ニンニク、赤ワイン、葉巻の匂いに、ピーターは辟易した。

ドレイクが腕時計に目をやった。

「――勤務――時間は――過ぎた」

そういって、にやりと笑う。

「パウ――ハナ――ハワイの――ことばで――こういう――意味だ――これで――仕事は――おわった」

アリスン・ベンダーはじっとドレイクを見つめている。

ドレイクは頭を大きく左右にふった。まるでなにかが耳にはいったようなしぐさだった。どうやらこれはドレイクのくせらしい。

ついでピーターたちは、ドレイクのこんな声が轟くのを聞いた。

「仕事の――あとは――お遊びの――時間だ」

10

Nanigen 動物飼育室

10月28日
9:00 PM

ヴィン・ドレイクが透明なビニールの袋を取りだした。そして、驚くほど繊細な手つきでピーターをつまみあげ、袋の中に入れた。ピーターはビニールの内面をすべっていき、たちまち袋の底に達すると、すぐに立ちあがってドレイクの行動を見まもった。ドレイクは室内を歩きまわり、院生をひとりずつ拾っては同じビニール袋に収めていった。最後に、制御室から追いだしたＮａｎｉｇｅｎの職員も拾いあげた。そのさい、職員がこう叫ぶ声が聞こえた。

「ミスター・ドレイク！　なにをするつもりです？」

ドレイクには職員の声が聞こえていないようすだった。あるいは、耳を貸す気がないのかもしれない。

職員の男がビニール袋の内側をすべり落ちてきた。これで縮小された者が全員そろったことになる。だれにも怪我はなかった。質量が小さすぎてダメージを受けにくいのだろう。

「体重はなきに等しい」アマールがいった。「〇・一グラムもないだろう。小麦ひと粒といったところだろうか」

アマールの声は冷静で落ちついているように聞こえる。だが、ピーターはそこに、恐怖によるかすかな震えを感じとった。

「あきれられてもいいから、本音をいおう――おれは怖い」リック・ハターがいった。

「みんなそうだわ」カレン・キングが認めた。

「あたしたち、ショック状態にあるみたいね」ジェニー・リンがいった。「みんなの顔を見てごらん。口囲(こうい)蒼白(そうはく)みたいになってる」

口のまわりの皮膚が白く見えるのは、恐怖の古典的なサインだ。

いっぽう、Ｎａｎｉｇｅｎの技術者は、ずっと同じことばをくりかえしていた。

「これはまちがいだ。なにかのまちがいだ」

自分がドレイクにされた仕打ちが、どうしても信じられないらしい。

「あなたはだれ？」だれかがたずねた。

「わたしはジャレル・キンスキー――技術者だ。〈テンソル・ジェネレーター〉の操作を担当している。ミスター・ドレイクと話を――話をするチャンスさえ与えられれば――」

「まだわからないのかよ」リック・ハターが鋭い声でさえぎった。「ドレイクがおれたちになにをするつもりにせよ、あんたにも同じことをするつもりだぞ」

「とにかく、まず所持品を確認しましょう」カレン・キングがぴしゃりといった。「さあ、急いで──手持ちの武器はなに？」

だが、そこから先はつづけられなかった。いきなりビニール袋をふりまわされて、一同、ひとかたまりになり、袋の底に投げだされたからだ。

「うう……」上体を起こそうとしながら、アマールがいった。「こんどはなにが起きてるんだ？」

見ると、ビニール袋のすぐ外に、アリスン・ベンダーの巨大な顔がせまっていた。袋の中を注意深く覗きこんでいる。どうやら、心配しているらしい。まばたきをするのに合わせて、睫毛がビニール袋をこすった。鼻の毛穴がぎょっとするほど大きい。まるで巨大なピンクのあばたのようだ。

「ヴィン──わたしは──この子たちに──危害を──加えたく──ない──ヴィン──ってば」

アリスンのことばに、ヴィン・ドレイクはにんまりと笑い、テープの回転数を落としているような、ゆっくりとした低い声で答えた。

「危害を──加える──つもり──なんか──ないさ──おれはな」

「みんな、わかったでしょう」カレン・キングがいった。「あの男が異常だってことは。こうなったらもう、あいつ、どうとでもできるのよ、わたしたちを」

「わかってる」ピーターが答えた。

「ミスター・ドレイクはそんな人じゃない」ジャレル・キンスキーがいった。「これにはなにか理由があるはずだ」

キンスキーを無視して、カレンはピーターにいった。

「現時点でドレイクがなにをするつもりかは、けっして幻想を持たないほうがいいわね。わたしたち、あの男のことばを聞いたのよ。あなたのおにいさんを殺したと自分でいうのを聞いたのよ。とすれば、口封じのため、わたしたちを皆殺しにするのはまちがいないわ」

「ほんとうにそう思うのか？」ダニー・マイノットが怯えた声でいった。「安易に結論に飛びつくものじゃ――」

「そうよ、ダニー、ほんとうにそう思ってるわ。もしかすると、あなたが最初の犠牲者になるかもね」

「そんなこと、とても想像できない――」

「だったら、ピーターのおにいさんがどうなったかを――」

カレンがそこまでいいかけたとき、ドレイクがふいにビニール袋を取りあげ、急ぎ足で

〈テンソル・コア〉の大部屋をあとにして、廊下を歩きだした。歩きながら、アリスン・ベンダーと言いあいをしている。回転数の低い音を聞かされているようで、なにをいっているのかわからない。延々と雷が鳴っているような感じだった。

いくつかの研究室の前を通りすぎて、ドレイクはとある研究室にはいった。ビニール袋の中にいても、院生たちにはここがほかの研究室と異質なことがすぐにわかった。

つんと鼻を刺す刺激臭がただよっていたからだ。

そして、オガクズと、糞（フン）の匂い——。

動物だ。

「ここは動物の飼育室なんだ」アマールがいった。

ビニール袋で歪む視界を通して、みんなの目にもたしかに見えた。この部屋の中では、相当数のラット、ハムスター、トカゲその他の爬虫類が飼われている。

ヴィン・ドレイクがガラスの飼育槽のふたにビニール袋を置いた。いまはアリスンとの議論をやめて院生たちに語りかけているようだが、やはりなにをいっているのか聞きとれない。院生たちは顔を見交わしあった。

「なんていってるんだろう？」

「わからない」

「狂ってるわ」

「聞きとれないな」

ジェニー・リンだけは、ほかの者たちに背を向けて、ドレイクの声に意識を集中していたが、やおらピーターに向きなおり、こういった。

「あなたよ」

「え？　なにが？」

「あの男、あなたを真っ先に殺そうとしてるわ。ちょっと待ってて」

「待つって……？」

ジェニーはベルトに取りつけてあるゴアテックスの絶縁ケースに手をかけ、ジッパーを開いた。十本ほどの細いガラス管があらわになった。試験管を小さくしたような形状で、口をゴム栓で塞いである。

「これ、使って。中身はあたしの揮発性物質なの」それをたいせつに思っていることが声に表われていた。むりもない。ガラス管の中身は二年にもおよぶ研究の結晶なのだ。そのうちの一本を抜きとって、ジェニーはいった。「あたしにしてあげられることは、これがせいいっぱい」

わけがわからず、ピーターはかぶりをふった。と、ジェニーがすばやくガラス管のゴム栓をはずし、中身をピーターの頭から全身にふりかけた。刺激臭がした。それ以外はなにも感じない。

「なんだい、これ?」

だが、ジェニーが答えるひまもなく、ヴィン・ドレイクがビニール袋の中に片手をつっこんできて、ピーターの片脚をつかみあげ、さかさまのまま袋の外に取りだそうとした。

ピーターは悲鳴をあげ、両手をふりまわした。

「それはヘキセノール!」下からジェニーが叫んだ。「ハチから抽出したものよ。グッドラック!」

「さて――さて――若き――ピーター――修士どの」

ドレイクの声が轟いた。

「おまえは――おれに――多大な――迷惑を――かけた」

ドレイクはピーターを顔の前に持っていき、目をすがめてじっと見つめた。

「不安か?――しかし――おまえは――」

ドレイクはうしろに向きなおり――その動作によってピーターは勢いよくふり動かされ、めまいをおぼえた――目の前にある飼育槽のガラスぶたをすこしだけずらすと、その隙間からピーターを落とし、すぐにふたを閉めた。院生たちを入れたビニール袋はガラスぶたの上に置く。

ピーターは飼育槽の底に落下していった。落ちた先はオガクズだった。

アリスン・ベンダーはとめようとした。

「ヴィン、こんなこと、賛成できないわ。こんなまねをするはずじゃ――」

「状況が変わったんだ。明らかにな」

「でも、なにもここまでしなくても――」

「きみの良心の呵責は」ドレイクが嘲るようにいった。「あとで承ろう」

たしかにアリスンは、エリックがNanigenを破綻させると宣言したあとで、そのエリックを殺害するのに手を貸した。かつてはヴィン・ドレイクと深い仲だったし、まだ愛しているかもしれないと思う。恋仲でなくなってからも、ヴィンには信じられないほどよくしてもらっている。要職にもつけてくれたし、報酬はとてつもなく高い。恩があるのはエリックも同様で、破格の待遇で迎えられていた。それなのに、そのヴィンに対して、エリックは恩をあだで返す挙に出た。ヴィンを手ひどく裏切ったのだ。

しかし、今回の場合、相手はまだ学生でしかない。ヴィンは暴走し、その結果、事態はますます手に負えなくなりつつある。アリスンは呆然として、手も足も出せないでいた。なにもかもが、あまりにも急激に展開しており、どうやってドレイクをとめたらいいのかわからない。

「捕食動物というものには、どこにも残酷な要素などない」ヘビの飼育槽の前に立って、ドレイクはいった。「捕食動物に始末させるのは、きわめて人道的行為といえる。飼育槽の向こう端にいる黒白の縞模様のヘビ——あれはマレーシアのアマガサヘビだ。あれの毒にやられたら、ピーター程度の大きさの生物はほぼ確実に即死するだろう。痛みを感じるひまもない。通常サイズの人間でも、咬まれればあっという間に舌がまわりにくくなり、ものを嚥みこみづらくなって、目がかすむし、全身が麻痺する。ピーターの大きさでも、即死はまぬがれるかもしれん。だが、確実に死ぬことに変わりはない……」

ドレイクは人差し指の先を親指の腹にあてがい、ビニール袋をピンとはじいた。小さくなった人間たちは——Ｎａｎｉｇｅｎでいうところのマイクロヒューマンたちは——袋の中で空中に撥ねあげられ、下に落ちた。恐怖と混乱でわめき、毒づきながら、もつれあい、折り重なっている。そのようすを覗きこみながら、ドレイクはアリスンにいった。

「アマガサヘビはこの連中をおいしくいただくだろう。たとえアマガサヘビのお気に召さなくとも、まだコブラがいるし、サンゴヘビもいる」

アリスンは目をそむけた。

「これはやらなければならないことなんだ、アリスン」ドレイクはいった。「安心しろ、キンスキーはちゃんと助けるから。だが、院生たちはヘビに消化されてもらわねばならん。いっさい残すわけにはいかんのだ……証拠はな」

「でも、証拠をぜんぶ消すなんてむりよ。乗ってきた車はどうするの？　ホテルの部屋も。航空機のチケットも——」

「それについても、考えがある」

「ほんとう？」

「信用しろ、ほんとうだ」ドレイクはじっとアリスンを見つめた。ついで、長い間ののち、こういった。「アリスン——おれが信用できないというのか？」

「まさか……そんなことはないわ、もちろん、ないわよ」アリスンは急いで否定した。

「それならいいが。信用がなければ、おれたちの関係は成立しない。おれたちは一蓮托生なんだ、アリスン」

「わかってる」

「ああ、わかっているさ、きみがわかっていることはな」ドレイクは軽くアリスンの手をたたいた。「おお、見ろ——オガクズを払った若きピーター修士のもとへ、餌をもとめてアマガサヘビが動きだしたぞ」

黒と白の縞模様のヘビが、部分的にからだをオガクズの中に埋もれさせつつ、ピーターのほうへ這い寄りだした。黒い舌が口からちろちろと出たりはいったりしている。

「さあ、ようく見ていろよ」ドレイクがアリスンにいった。「捕食はあっという間だぞ」

アリスンは飼育槽に背を向けた。とても見てはいられない。

ピーターは起きあがり、全身についたオガクズを払った。落下によるダメージはとくになかったが、ドレイクに暴行されたさいのダメージはいまも残っており、シャツには乾きかけた血がこびりついている。ここはガラスの飼育槽の中。下半身はオガクズに埋もれており、飼育槽内には青葉のついた小ぶりの枝が一本置いてあるだけで、ほかにはなにもない。

ここにいるのは自分と——ヘビだけだ。

ピーターの位置からだと、暗灰色と白の縞が部分的にしか見えないが、おそらくあれはアマガサヘビの一種、学名ブンガルス・カンディドゥスだろう。マレーシアかヴェトナムから持ってこられたのか。通常、アマガサヘビは他のヘビを捕食する。だが、空腹のときゲテモノ食いをしないとはかぎらない。黒と白のとぐろがほどけていき、静かなシャーッという音とともにからだが見えなくなった。こちらへ近づいてこようとしているのだ。

いまの位置では、ヘビの頭は見えない。長いからだもほとんどオガクズに埋もれている。こちらは小さすぎて、飼育槽内のレイアウトもよくわからない状態だ。全体像を把握するには、あの木の枝の上に登るしかないが、それはいい考えではなさそうに思えた。自分にできることはなにもない。漫然と手をこまぬいてヘビが近づいてくるのを待つ以外、なにもできない。襲ってきたらひとたまりもないだろう。身を護るすべは皆無だ。ポケットをたたいたが、なにもはいっていなかった。からだがどうしようもなくガタガタと震えだす。これは暴行を受けたショックによるものなのか？　それとも、恐怖によるものなのか？

たぶん、両方だろう。ピーターは飼育槽の一角まで後退した。左右には、それぞれななめ四五度の角度で、どこまでもガラス壁が伸びている。そこに映った反射でヘビをまどわせられるかもしれない。あるいは――。

ふいに、ヘビの頭が見えた。オガクズの中からぬっと現われたのだ。舌をすばやく出したりひっこめたりしている。あまりにも近くて、舌先がからだに触れそうなほどだった。とても正視してはいられず、ピーターはぎゅっと目をつむった。からだが恐怖ではげしくわなないている。いまにも震えで全身がばらばらになってしまいそうな気がした。

大きく息を吸い、とめた。震えをとめるための試みだ。ついで、恐怖と戦いつつ、薄く片目をあけてみた。

ヘビはすぐ目の前にいる。ピーターの目と鼻の先にいる。黒い舌は依然として、出たりはいったりをくりかえしていた。しかし、なにかがおかしい。ヘビは混乱しているようだ。あるいはためらっているのか。と、驚いたことに、ヘビが頭をもたげ、あとずさりだした。ピーターからどんどん離れていく。

まもなく、オガクズの中に消えた。

もうどこにも姿が見えない。

ここにいたって、ピーターはオガクズの上にへたりこんだ。恐怖と疲労で、どうしようもなく全身が震えている。抑えようにも、からだがいうことをきかなかった。ピーターの頭にある思いはただひとつ。いったいなにが起こったんだ？

「どうしたというんだ」飼育槽の中を覗きこんだまま、ヴィン・ドレイクは問いかけた。

「いったいなにが起こった？　なぜこんなことになったんだ？」

「おなかがへっていないのかも……」アリスンはいった。

「ばかをいえ、こいつは腹ぺこのはずだ。エサを見てすぐに寄っていったんだぞ。わけがわからん！　ええい、いつまでもこんなことにかかずらわっているひまはないというのに。おれはな、忙しいんだ。やらねばならんことが山ほどある」

そのとき、インターカムが鳴った。構内各室に向けての呼びかけだった。

「ミスター・ドレイク、来客です。ミスター・ドレイク、受付に来客です」

受付係、ミラソルの声だった。ふだんは帰っている時刻だが、院生たちの見学ツアーがあるため、特別に残しておいたのだ。

「こんな夜遅くにか！　もう九時だぞ」ドレイクはいらだたしげに両手をふりあげた。

「なんなんだ、だれとも会う約束などしていないのに」

受付の呼びだしボタンを押す。

「どうした、ミラソル？」

「すいません、ミスター・ドレイク。さっきの警報、誤報とのことでしたので、後始末をすませたあと、帰ろうと思って駐車場に出たところ、ホノルル市警の方が訪ねていらして、ミスター・ドレイクにお会いしたいとおっしゃるんです。ひとまず受付にお通ししておきました」

「なんだと？　わかった」ドレイクは通話を切った。「ええい、こんなときに。聞いてのとおりだ。警察がきた」

アリスンがいった。

「わたしが応対して、用件をきいてきます」

「いや、きみはいくな。警察の相手はおれがしよう。きみは自分のオフィスにもどって、警察が帰るまで鳴りをひそめていろ」

「わかりました。そうおっしゃるんでしたら――」

「そうおっしゃるんだ」

「わかりました、ヴィン」

ジェニー・リンは、ヴィン・ドレイクとアリスン・ベンダーが動物飼育室を出ていくのを見まもった。壁もドアもガラス製なので、出ていくとき、ドレイクがしっかりとドアの鍵をかけていくのが見えた。ビニール袋はまだヘビの飼育槽の上に置かれたままだ。袋の口は軽くねじってあるだけで、しっかりとめてはいなかったので、ジェニーはビニールの内壁を踏みつけながら袋全体を横に倒し、入口部分にたどりつくと、押しわけ、押しのけ、どうにか口を開くことができた。

「急いで」ジェニーはうながした。「すくなくとも、ビニールの外には出られるよ」

ほかの者たちもジェニーのあとにつづき、全員がビニール袋の外に出て、飼育槽の上をおおう透明ガラスのふたに立った。

ジェニーは飼育槽の中を覗きこんだ。ピーターが立ちあがろうとしていた。震えているのがはっきりわかる。下に向かって、ジェニーは呼びかけた。

「ピーター！　あたしの声、聞こえる？」

ピーターは上を見あげ、かぶりをふった。よく聞こえないらしい。

ジェニーはガラスぶたに両ひじと両ひざをつき、顔をガラス面に近づけて、両手を口のまわりにあてがい、声を張りあげた。

「ピーター！　聞こえる？」

ふたたび、ピーターはかぶりをふった。

「骨伝導をためしてみるといい」アマールがうながした。

ジェニーはふたに寝そべり、ガラス面に頬を押しあてて声をふりしぼった。

「ピーター！　聞こえる？」

「聞こえる」ピーターが叫んだ。「あのヘビ、どうして襲ってこなかったんだろう？」

「さっきふりかけたのはね！　狩りバチから抽出した揮発性物質！」ジェニーは答えた。

「おもにヘキセノール！　毒ヘビをしりごみさせるものってあまりないけど、ハチのひと刺しはそのひとつだと思ったのよ！」

「非常に賢明だな」アマールが感心した声でいった。「ヘビというのは視覚よりも嗅覚にたよる生物だ。しかも、アマガサヘビは夜行性だから……」

「うまくいったわけか。あのヘビ、ぼくをハチだと思ったんだ」

「そう！　ただし、その物質はとても揮発しやすいの、ピーター！」

「つまり、やがて消えるということか」

「どんどん消えてる！　こうして話してるあいだにも！」

「あ、ありがたいことだな。ぼくはもう、ハチじゃないんだ」

「うん、そろそろ、そうなる！」

「あとどのくらい余裕がある？」

「わからない！　数分てとこ？」

「なにか打てる手はあるかい？」

ここでカレン・キングが、やはりガラスに頬をあてて叫んだ。

「機敏に動ける？」

「ぜんぜん」ピーターは手をつきだしてみせた。わなわなと震えている。

「なにか考えがあるのか？」アマールがたずねた。

アマールに向かって、カレンはたずねかえした。

「ねえ、共同研究した例の〝クモの糸〟、持ってきた？」

この半年ほど、アマールとカレンは、さまざまな〝クモの糸〟を合成してきた。性質はいろいろで、ねばつくものもあれば強靭なものもあり、ゴムロープのように伸縮性に富むものもある。なかには、一端に化学物質を加えることによって、反対の端を粘着質に変化させられるものもあった。

「粘着質に変化するタイプなら持ってきてるが」アマールは答えた。

「いいわ、じゃあね、飼育槽の外側すぐのところに、プラスティックのキャップみたいなものが見えるでしょ？」

「小型給水器の一部みたいなやつか」

「そう、あれ。あのキャップに粘着糸をくっつけて、上まで持ちあげられるかな？」

「なんともいえない」アマールは自信のなさそうな声を出した。「奥行は浅いが、かなり太めだな。直径一センチ以上はありそうだ。重さは一五グラムから三〇グラムはあるぞ。全員で力を合わせて引っぱらないと――」

「力を合わせて持ちあげられるんなら、問題ないわ。どのみち、全員で力を合わせなきゃならないんだし。ガラスぶたをあけて、ピーターを飼育槽から救いだすためにはね」

「ガラスぶたを、あける?」アマガサヘビの飼育槽のふたは、部分的に二枚重ねになっていて、一枚をもう一枚の上にスライドさせて開く仕組みになっている。「本気でいってるのか、カレン。ぼくらから見れば、あれほど大きなガラス板だぞ。それを横にすべらせて、押しあけられるものだろうか」

「一センチかそこら、隙間をあければすむことよ。その隙間から――」

「あのキャップを糸で下までおろすわけだ」

「そう」

「ピーターが糸につかまって、キャップに乗ったら、上へ引きあげる――」

アマールはガラスぶたに顔を近づけ、いまのやりとりを大声でピーターに説明した。

「聞こえたか、ピーター?」

「聞こえた。けど、むりそうだ」

「ほかに選択肢はないわ!」カレンも叫んだ。「打てる手はこれだけなんだから! 失敗するわけにはいかないのよ!」

アマールはすでに、ポケットのプラスティック・ケースを取りだして、ケース内の糸巻から非粘着性のクモ糸をほぐしはじめていた。飼育槽の縁ごしに糸をたらし、ガラス面にそっておろしていく。やがて糸がプラスティックのキャップに触れた。そこでアマールは、クモ糸の手元側の端に特定の化学物質を塗布した。たちまち、下の端が粘着質に変化し、キャップに張りついた。引っぱってみると、キャップは驚くほど軽く、アマールとリックのふたりだけで、やすやすと飼育槽の上まで引きあげることができた。

つぎはガラスぶたを横にすべらせる番だ。みんなで押してみたが、こちらはそうとうの難物であることがわかった。

「協調して力を加えないとだめね」カレンがいった。「みんな、カウント3で押すわよ。1……2……3！」

ガラスぶたがずるっ、と動いた。ほんの数ミリ程度だが、それでも動いた。

「オーケー、もういちど！　急いで！」

飼育槽内を見おろすと、アマガサヘビの動きがまた活発になってきていた。小さな人間たちがガラスぶたの上で動きまわっているのに気づき、興味をそそられたのか、それとも揮発性物質が揮発して、忌避効果が切れかけているのか。いずれにせよ、ヘビはふたたびくねくねと蛇行しながら、ピーターに迫っていきつつある。もういちど獲物を襲うつもりなのだ。

「キャップをおろしてくれ！」ピーターが下から呼びかけてきた。声が震えている。

「もうおろしはじめてる」アマールが答えた。

クモ糸がガラスの縁にふれて、きゅっといういやな音をたてた。

「切れないかな」カレンがいった。「ちゃんと下まで持ってくれるかな」

「だいじょうぶ、かなり強靭だから」

「もっと下、もうすこし下！」ピーターが叫ぶ。「オーケー……とめてくれ！」

キャップは横倒しの状態でオガクズに接した。高さはピーターの胸ほどだ。ピーターは
その陰に隠れるようにして立ち、中に乗りこもうと縁に手をかけたが、汗で濡れていて、
うまくつかめない。手をかけるたびにすべってしまう。

ヘビが徐々に距離を縮めてきた。枝についた葉のあいだを通りぬけ、なかばオガクズに
潜った状態で、シャーッという音を発しながら近づいてくる。

「側面から襲われたらどうしよう？」ピーターが叫んだ。

「うまくよけて」カレンが答えた。「そのヘビ、たぶん――」

「わかってる、こいつは――」

「きたわ、早く――」

「わーっ」ピーターは悲鳴をあげた。

だしぬけに、ヘビがすさまじい速さで――目にもとまらぬすばやさで――襲いかかって
きたのだ。ピーターは反射的にキャップを押しやった。つぎの瞬間、アマガサヘビの頭が
正面から胸にぶつかってきて――クモの糸がぷつんと切れる――ピーターは仰向けに押し
倒された。胸の上にはアマガサヘビの巨大な頭が載っている。そうやって頭を胸に載せた
まま、ヘビがのたうち、身をくねらせているため、ピーターはすこしも身動きがとれない。

が……食いつかれることはなかった。アマガサヘビの口がキャップでしっかりと塞がれていたからだ。必死に頭をふっているが、どうしてもはずれない。

「どうやったの？」上からカレンがきいた。声に讃嘆の響きがこもっている。「そのヘビ、あんなにすばやかったのに」

「わからない」ヘビの下からピーターは怒鳴った。「とっさに動いたら……こうなってた」

考えるよりも早く、からだが反応していたのだ。ピーターは懸命にヘビの頭を押しのけようとした。すぐそばにあるため、強烈な爬虫類臭に吐き気がする。やっとのことでヘビの頭を蹴りつけ、下敷きの状態から脱出して、ピーターはふらふらと立ちあがった。

ヘビは怒りに燃える目でピーターをにらんでいる。ふたたび、キャップのはまった頭をはげしくふり、飼育槽のガラス面に何度も何度も頭を打ちつけた。それでも、キャップはいっこうにはずれるようすがない。シャーッという怒声はキャップの内側で反響し、増幅されて聞こえた。

「とりあえず、難は逃れた」上からリックがいった。「早いとこ、そこから出してやらなきゃな」

ヴィン・ドレイクは歯がみした。受付係のミラソルは、美人ながら頭が悪い。目の前に立っている青い制服の男は、警官ではなくて、沿岸警備隊の少尉だった。エリック所有のボストン・ホエラーについて、関係者の事情をたずねにきたのだ。なんでも、修理ドック側があのボートをよそへ移したがっているが、それには持ち主の許可がいるのだという。

「あのボート、まだ警察が調べているんじゃなかったのか」

いらだちもあらわな口調で、ヴィンはいった。まあいい。このボンクラから多少は情報を引きだせないか、ためしてみよう。

「それについては知りません」少尉は答えた。

少尉によれば、警察からはなんの連絡もない。連絡してきたのは警察ではなくて、修理ドックの経営者だそうだ。

ドレイクは水を向けた。

「警察が携帯電話をさがしていると聞いたんだが」

「それは聞いていませんね。警察の捜査はもう終了だと思っていました」

ドレイクは目をつむり、長々とためいきをついた。

「やっぱりか」

「そのはずです」少尉はつづけた。「すくなくとも、彼のオフィスの捜索をおえしだい」

ドレイクはぱっと目をあけた。

「だれのオフィスだって？」

「ジャンセンのですよ。ここの——この建物のオフィスです。ジャンセンは、この会社の最高技術責任者（CTO）でしょう？　本日、アパートのほうを捜索した話は聞いています。ここのオフィスへも捜索しにくるはずですよ——」そこで腕時計を見て、「——おっつけ、もうそろそろね。というか、まだきていないんで、驚いたくらいです」

「なんということだ」ヴィン・ドレイクはつぶやいた。

　それから、ミラソルに向きなおって、

「もうじき警察がくる」といった。「だれかが案内してやらねばならん」

「ミズ・ベンダーに連絡しましょうか？」

「いや、いい。ミズ・ベンダーは——当面、忙しい。おれとやることがあるんだ。研究室でかたづけてしまわねばならん仕事がある。そっちはあとまわしにできん」

「では、だれを呼びましょう？」

「ドン・マケレに——セキュリティのチーフに頼もう。今夜はここにいるはずだ。あいつならここのオフィスを案内してまわれる。警察がミスター・ジャンセンのオフィスを見にくるはずだと、いますぐ伝えておいてくれ」

「それと、ジャンセンが働いていた場所もひととおりです」少尉はつけくわえた。

　いいながら、少尉はずっと、美人の受付嬢に目をそそいでいる。

「それと、ジャンセンが働いていた場所もひととおりだ」

ドレイクは少尉のことばをくりかえした。

おりしも、二台の車が表の通りで停まる音がした。

ドレイクは逸る気持ちを抑え、落ちついた態度で少尉と握手をした。

「きみは警察の人間といっしょに、自由に構内を見てまわってくれてかまわん。すまんが、ミラソル、すぐに警察官がやってくる。応対して、コーヒーかなにか出してやってくれ」

「かしこまりました、ミスター・ドレイク」

「そうですね、では、残らせてもらいましょうか」と少尉は答えた。

「わたしはこれで失礼する」

ドレイクは少尉に背を向け、廊下の奥へ歩きだした。やがて受付ロビーからは見えない場所までくると、急いで走りだした。


自分のオフィスにすわっていたアリスン・ベンダーは唇をかんだ。デスク上のモニターには受付が映っている。ドレイクが沿岸警備隊の制服を着た若い男と話しているようすが見えた。受付係のミラソルが髪に挿した花をしきりにいじっているのもだ。

例によって、ドレイクの動きには堪え性というものがなく、せっかちで攻撃的に見える。むしろ敵対的といってもいい。もちろん、大きなプレッシャーがかかっているのはわかる。が、そのしぐさだけでも――モニターごしにはことばが聞こえず、ボディランゲージしかわからない——ドレイクがどんなに怒っているかは手にとるようにわかった。ただでさえ怒りっぽい男だ。いまはその怒りが頂点に達しているにちがいない。

このままでは、院生たちはみんな殺されてしまう。ドレイクがしようとしていることは明白だった。ドレイクはピーター・ジャンセンの罠にはまった。その罠から逃れる手段は、たったひとつしかない。証人をいっさい残さないことだ。そしてドレイクは、ためらうことなくその手段に踏みきるだろう。七人もの院生、前途ある研究者たちの命を、ドレイクはなんとも思っていない。ドレイクにとってはなんの意味も重みもない。たんなる邪魔者だ。

そう思ったとたん、アリスンはぞくりとした。デスクにぎゅっと押しつけているのに、両手がわなわなと震えている。ドレイクが怖かった。自分が置かれている状況が怖かった。もちろん、ドレイクに正面切って反対はできない。そんなことをしたら自分まで殺されてしまう。

とはいえ、あの子たちを殺すことだけはやめさせなくてはならない。なんとかしてあの子たちを助けないと。自分がなにに加担したのかは自覚していた。エリック・ジャンセンの死に関与したこと。それは痛いほど承知している。ボートに置いた携帯電話につづけて三回の起動コールをかけたのは、ほかならぬ自分自身だ。しかし、さらに七人もの人間の殺害にまで加担することは――いや、八人だ、ドレイクがはいっていったとき、たまたま運悪く、制御室にいたあの技術者も、へたをすればこのまま殺されてしまう――自分にはできない。それはもはや、大量殺人だ。なんとかしなくては……これ以上、罪を重ねないためにも。

モニターでは、ドレイクが受付係に指示を出していた。沿岸警備隊の少尉はにやにやと笑っている。ドレイクはまもなく受付をあとにするだろう。

アリスンは立ちあがり、急ぎ足で自分のオフィスを出た。あまり時間がない。もういまにも、院生のようすを見るために、ドレイクがあの研究室へもどってくるはずだ。

ビニール袋から脱出した院生たちが、アマガサヘビの飼育槽をおおう透明なガラスぶたの上に立ち、オガクズの上のピーター・ジャンセンを救出しようとしていると、アリスン・ベンダーがあわただしく部屋の中に飛びこんできた。飼育槽のそばまで歩みよってきたアリスンは、巨大な顔をぐっと近づけ、院生たちを見つめて、こういった。

「**危害を――加える――つもりは――ないわ**」

その目は大きく見開かれている。恐怖の表情だ。と、アリスンが片手を差しだしてきて、手のひらの上にそっとジェニー・リンを乗せ、ほかの者たちにも乗るようにと、身ぶりで示した。

「急いで——彼が——どこまで——きているか——わからない」

技術者のジャレル・キンスキーが両手をふりまわし、アリスンに叫んだ。

「ミズ・ベンダー！　ミスター・ドレイクと話をさせてください！」

だが、聞こえていないのか、聞きとれないのか、アリスンはなんの反応も示さない。

ほかに選択の余地もなく、技術者も含むガラスぶたの上の七人は、アリスンの手のひらに這い登った。アリスンはすぐさま手のひらを持ちあげると、向きを変え——院生たちのまわりで部屋がぐーんと大きく回転し、全員が強風にあおられて薙ぎ倒された——デスクの上に運んでいって、いったん一同を降ろした。つづいて、すぐさま飼育槽に取って返し、大きくふたをずらしてピーターをすくいあげ、これもデスクの上まで運んできて、ほかの者と合流させた。それがすんでから、じっと一同を見つめた。どうしていいかわからないようだ。息がきれぎれで、呼吸音がすさまじく大きい。

カレン・キングがみんなにいった。

「アリスンと話をする努力をするべきだと思うわ」

「そんなことをする意味があるのかな」ピーターが答えた。

アリスンがデスクから離れていく。部屋の向こう端までいった。そこでキャビネットを開き、中を覗きこんで、小さな薄茶色の紙袋を取りだすと、急ぎ足でデスクまでもどってきた。

「これに——隠れて」ゆっくりとしたしゃべりかただった。「息は——できるわ」

紙袋の口を開き、その口を院生たちに向けてデスクの上に寝かせ、早くはいれ、というしぐさをした。ためらいつつも、院生たちは紙袋の中にはいった。最後にはいったのは、Nanigenの技術者だった。自分が置かれている状況がどうしても受けいれられないのだろう、技術者は最後まで叫びつづけていた。

「ミズ・ベンダー！　ミズ・ベンダー！　おねがいです！」

院生たちが中にはいってしまうと、アリスンはそうっと紙袋を起こし、口をしっかりと折って持ちあげ、急いで飼育室をあとにした。向かう先は自分のオフィスだ。オフィスに駆けこむなり、デスク横の床上に置いておいたハンドバッグを拾いあげ、その中へ慎重に紙袋をしまいこんだ。バッグの口をパチンと閉じ、もういちど床に置いてから、つま先でデスク下に押しこむ。ついで、ふたたび動物飼育室に取って返した。ヴィン・ドレイクがはいってきたのは、まさにその直後のことだった。

「ここでなにをしている？」ドレイクはきつい声を出した。

「あなたをさがしていたの」

「いったではないか、自分のオフィスで鳴りをひそめていろと」いいながら、ドレイクはアマガサヘビの飼育槽に歩みより、ビニール袋がからっぽになっていることに気づいた。

「やつらが逃げた！」

荒々しく向きなおり、口汚く毒づく。そしてまた向きを変え、化学薬品の瓶がならんだ棚に駆けより、大きく手を横に薙いで、棚にならんだ瓶を一本残らず床にたたき落とした。大量のガラスが砕け散り、液体が飛び散った。

「やつらはどこだ!」

「ヴィン、おちついて。わたしにいわれても――」

「たしかにな、きみが知るはずはない」うなるようにいって、ヘビの飼育槽を覗きこんだ。アマガサヘビの口吻(こうふん)にはキャップがはまりこんだ状態になっている。ピーターの姿はどこにもない。

「なんだ、これは? なぜこんなことに……? しかし、姿が見えない以上、ジャンセンのガキはヘビに呑まれたにちがいない。あとは消化されるだけだ」ドレイクはアリスンにじろりと険悪な一瞥をくれた。「ほかの連中を急いで見つけねば。ただし、神に誓って、アリスン、おれをたばかろうとしているのなら、心から後悔することになるぞ」

アリスンはすくみあがった。

「わかってるわ」

「肝に銘じておけよ」

ふたりの警察官が廊下をやってきたのはそのときだった。研究室のガラス壁を通して、ドン・マケレが案内していくのが見える。どちらも若い男で、制服を着ていない。ということは、刑事だ。ドレイクは小声で毒づいた。

ついで、瞬時に気持ちを切り換えたのだろう、すっと背筋を伸ばした。あまりにも瞬間的な変化で、見ていてぞっとするほどだった。

ドレイクは部屋を横切っていき、さりげない態度で廊下に出ていくと、にこやかな作り笑顔を浮かべ、愛想よく声をかけた。

「やあ、ドン。お客かね？ 紹介してくれないか。Ｎａｎｉｇｅｎには、めったにお客がこないからな。警察官？ わたしはヴィン・ドレイク、この会社の社長なんだがね。どういったご用でこられたのかな？」

アリスンのハンドバッグに押しこまれたさい、紙袋は圧縮されて、内部の空間はだいぶせまくなっていた。袋の内部は真っ暗だ。院生七人とＮａｎｉｇｅｎの技術者ひとりは、ひとかたまりになって紙袋の底にすわり、暗闇の中でささやきあった。

カレン・キングがいった。

「読めないわね。あの女、わたしたちを助けるつもりなのか、それとも——」

「ドレイクを恐れているのはまちがいないな」これはピーターだ。

「恐れていない人間がいるものかね？」アマールが問いかけた。

リック・ハターがためいきをついた。

「だからいっただろう、ドレイクは腹黒い悪徳企業家だって。だれも耳を貸しゃしないんだから」

「うるさいな、ちょっと黙ってなよ！」カレンがきつい声を出した。

「まあまあ、カレン」アマールが冷静な声で制した。「いまはこらえてくれ」

「ごめん」カレンは詫びをいった。それから、語をついで、「でも、わたしたちが相手にしてるのは、たんに腹黒いというだけの男じゃないわ。そうとうに病んでるやつよ」

いいながら、カレンはナイフをもてあそんでいた。本来はたのもしいはずのこの武器も、いまでは身を護る役にたたない。こうも縮められてしまっては、ドレイクの肌に傷ひとつつけることもできないだろう。

そのとき、雷鳴のような大音響が轟いた。部屋のドアが開いた音らしい。ふいにハンドバッグが揺れ動き、周囲が急に明るくなった。バッグの口が開かれたのだ。と思ったのもつかのま、バチンという金属音が響きわたり、あたりはまたしても闇に包まれた。ついで、バッグがふたたび下に置かれたような衝撃。

一同は待った――つぎはどうなるのだろうと思いながら。

アリスン・ベンダーとしても、院生らを大至急〈テンソル・ジェネレーター〉にかけ、通常のサイズにもどしてやらねばならないことは理解していた。とはいえ、アリスンには〈ジェネレーター〉の操作などできない。勤務時間はとうに過ぎている。職員はほとんど帰宅したあとで、Ｎａｎｉｇｅｎの内部には人がいない。残業組も、さっきの警報騒ぎをきっかけに引きあげてしまっていた。

動物飼育室の前までもどると、ガラス壁ごしに、ドレイクがもどっているのが見えた。刑事たちとの話がすんだのだろう。いまは飼育室の内部をたんねんに調べているところだ。部屋の隅という隅、キャビネットというキャビネットの中に目をこらし、あらゆる飼育槽を覗きこんでいる。

アリスンがはいっていくと、ドレイクは顔をあげ、険しい目を向けてきた。

「どこにもいない。まさか、きみが逃がしたんじゃないだろうな？」

「まさか……誓ってそんなことはしないわ、ヴィン」

「あすになったら、この飼育室は徹底的に滅菌させる。室内にガスを充満させて、動物をぜんぶ殺したうえで、漂白剤で全面的に処理する」

「それは……ええ、それがいいでしょうね、ヴィン」

「ほかに選択の余地はない」ドレイクはアリスンの二の腕を軽くたたいた。「今夜はもう帰って休め。おれはもうしばらく、ここに残る」

アリスンはほっとした顔になった。ついで、急いでオフィスに引き返し、ハンドバッグを拾いあげ、玄関に向かった。ミラソルはもう帰ったあとで、受付は無人だった。外に出る。降るような星々がちりばめられた夜空を、満月も間近の月がよぎっていく。これほど心が乱れていなければ、夜空の美しさを愛でることもできただろう。BMWに乗りこんだ。これは会社から貸与されている車だ。

アリスンはハンドバッグを助手席に置き、駐車場をあとにした。

ヴィン・ドレイクは、物陰に身をひそめながら、アリスンのあとをつけ、がらんとした受付ロビーに出た。ほどなく、アリスンの車がエンジンを始動させ、通りに出ていく音が聞こえた。ただちに屋外へ飛びだし、ベントレーに乗りこんでエンジンをかける。急いでファリントン・ハイウェイに出た。BMWのテールランプはどっちだ？　左か、右か？　ハンドルを切り、左へいく車線に乗った。この先はホノルルに通じている。アリスンがいくとしたら、十中八九、ホノルルだろう。とりあえず交通の流れに乗って、アクセルを踏みこんだ。急加速により、からだがぐっとシートに押しつけられた。

いた。赤いBMWだ。かなり飛ばしている。ドレイクは速度を落とすと、BMWの赤いテールランプをたよりにあとをつけた。ほどなくBMWは、H1フリーウェイに乗る流入ランプにそれた。ミッドナイト・ブルーのベントレーは、夜の闇にまぎれて識別しにくい。かりにアリスンが尾行車に注意していたとしても、うしろに連なるヘッドライトのひとつにしか見えないだろう。

院生たちの姿は飼育室のどこにも見あたらなかった。だとしたら、可能性はただひとつ――アリスンが逃がしたということだ。たぶん、あのBMWに乗せて運んでいるのだろう。確信は持てないが、本能はそうだと告げている。

このまま逃げ去るつもりだろうか。アリスンはもはや信用できない。それはたしかだ。あの女はビビりはじめている。いっそ始末してしまおうか。だが、事態は複雑になりつつあった。これ以上は、失踪者を出すのはまずい。アリスン・ベンダーはNanigenの最高財務責任者だから、いま消してしまえば、警察が本格的に捜査をはじめる。

捜査の手がはいれば、いろいろやっかいなことになるのは必至だった。Nanigenを徹底的に調べられたら、早晩、ドレイクのしてきたことが明るみに出てしまう。それは避けようがない。時間をかけて徹底的に調べられたら……闇はかならず暴かれる。

まずい。それはまずい。本格捜査がはじまるのは食いとめないと。

だんだん、自分が深刻なミスを犯したことがわかってきた。アリスンを追いこんだのは失敗だった。いまアリスンを殺すわけにはいかない。状況的に、生かしておく必要がある――すくなくとも、当面のあいだは――あとしばらくは――いいなりにしておかないと。

しかし、どうやっていうことをきかせよう？

アリスンはフリーウェイ経由でパールハーバーをまわりこんだ。助手席のハンドバッグには視線を向けないよう気をつける。ヴィンがすぐうしろについてきているかもしれないからだ。もしかすると、気をつけたところでむだかもしれないが。

ダウンタウン・ホノルルでフリーウェイを降りた。といっても、どこかいくあてがあるわけではない。ひとまずワイキキ地区に入ったが、そこで渋滞にひっかかり、カラカウア・アヴェニューをのろのろ進むはめになった。歩道は夜の観光に出てきた旅行客であふれかえっていた。そのまましばらく進んで、ダイヤモンドヘッド・ロードに右折し、ダイヤモンドヘッドを大きくまわりこんで、灯台の前を通過した。そうして走りつづけるうちに、思考が麻痺してきた。いっそ紙袋をオアフ島の風上側か北海岸の浜辺にでも持っていこうか。波間に投げ捨ててしまえば……証拠は残らない……生き残る者はいない……。

ドレイクはアリスンのBMWから目を離さず、ややうしろにつけたまま尾行をつづけた。

BMWはオアフ島東端にあるマカプウ岬を通過し――エリックが〝事故死〟したところだ――そこから北上してワイマナロを、ついでカイルアを通りぬけた。しかし、ややあって左折し、H3フリーウェイに乗ってホノルルへもどりだした。いったいCFOは、どこへ向かうつもりなんだ？

海岸にそってオアフ島の東端をひとめぐりしたあと、アリスンは大きく円を描くようにして、ふたたびホノルルに帰ってきた。ついで、コオラウ山脈に向けてBMWを走らせ、マーノア・ヴァレー・ロードに乗り、北の山間へ進んだ。つづら折りの道を登りつめれば、そこはもう谷間に広がる多雨林の入口だ。

やがて、スティールのゲートとトンネルの前にたどりついた。むろん、ゲートはロックされているので、セキュリティ・コードを入力してゲートを開き、トンネル内へ車を乗りいれさせる。じきにカーブしたトンネルを通りぬけ、マーノア渓谷に出た。出口の外にはぬばたまの闇が広がっていた。

渓谷はひっそりとしていて、だれもいない。月明かりの下で、ガラス張りの温室(グリーンハウス)がほんのりと光っているのが見える。アリスンはハンドバッグをあけ、紙袋を取りだすと、車を降りた。

紙袋をあける勇気が出ない。いまごろはもう、押しつぶされたか窒息したかで、みんな死んでしまっているのではないだろうか。しかし、もしも死んでいなかったら？　紙袋をあけたとたん、助けてくれと懇願しだしたら？　ますます行動に窮することになる。

ふんぎりがつかないまま、アリスンは駐車場に立ちつくした。

ヘッドライトに気づいたのはそのときだった。トンネルからまばゆい光があふれ出てくる。

だれかがあとをつけてきたのだ。

アリスンは紙袋を手にしたまま、恐怖に凍りつき、その場に立ちつくした。ほどなく、ヘッドライトで煌々とアリスンを照らしだしたのは、社有車のベントレーだった。

11

ワイパカ自然植物園

10月28日

10:45 PM

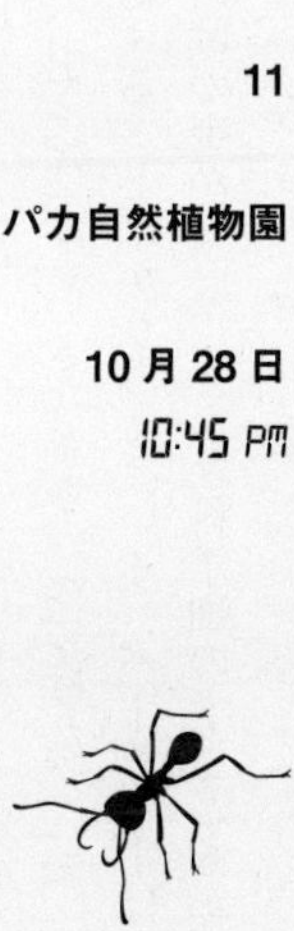

「こんなところでなにをしている、アリスン？」

ベントレーを降りながら、ドレイクはたずねた。強烈なヘッドライトの光はアリスンにあてたままだ。

さすがにまぶしいのだろう、目をしばたたきながら、アリスンが答えた。

「どうしてつけてきたの？」

「きみのことが心配だからだよ、アリスン。とても心配なんだ」

「わたしならだいじょうぶ」

「そうはいっても、やることがたくさんあるからな」アリスンに近づいていく。

「なんですって？」アリスンが怯えた表情であとずさった。

「自分の身は護らなくてはならない」

アリスンが鋭く息を吸いこみ、

「なにを考えてるの？」とたずねた。

ドレイクは考えた。自分が責めを負うわけにはいかない。負うとしたら、アリスンだ、自分ではなく。だんだん計画が形をなしはじめた。こんどのトラブルを処理するうえで、いい方法がある。

ドレイクはアリスンにいった。

「院生どもが消えたのには、なにか理由があるはずだ。そうだろう？」

「なにをいおうとしてるの、ヴィン？」

「院生どもが消えた裏にはそれなりの理由があるはずだ。おれともきみとも関わりのない理由がな」

「どんな理由？」

「酒だよ」

「なんですって？」

ドレイクはアリスンの手をつかみ、温室(グリーンハウス)へ引っぱっていきながら、つづけた。

「連中は貧乏学生だ。金欠だ。いつも金を節約することばかり考えている。パーティーは開きたい。豪勢にやりたい。だが、そうするだけの金がない。そんな科学畑の学生どもが、ただで酒をめいっぱい飲もうと思ったら、どこへいく？」

「どこ?」

「もちろん、研究室さ。それにはこういうグリーンハウスも含まれる」

ドレイクはグリーンハウスのロックをはずし、照明のスイッチを入れた。上に走る長い梁にそって、照明がつぎつぎに点(とも)っていく。奥側へ何列にも連なるエキゾチックな植物の栽培棚が見えるようになった。ランの鉢植えがならぶ一帯には、加湿用のスプリンクラーが多数ぶらさがっている。一角には戸棚がずらりとならんでいて、さまざまな薬品の瓶や大型容器が収めてあった。ドレイクはそこに歩みよると、一ガロン入りのプラスティック容器を手にとった。容器のラベルには〈98%エタノール〉とあった。

「それは?」

「いわゆる〝研究室の酒〟さ」

「研究室の……? あなたの発案?」

「そうだ。ウォトカやテキーラを店で買えば、強さ(プルーフ)は七〇、八〇、九〇という程度だろう。こいつはその倍より、もっと強い。プルーフの値はアルコール度数を倍にしたものだから、これのプルーフは一九六になる。純粋アルコールの二〇〇とほとんど変わらん」

「それで?」

ドレイクはプラスティックのカップをいくつかとり、アリスンに持たせた。

「アルコールは自動車事故の原因になる。とくに、若者のあいだでな」

アリスンはのどの奥でうめいた。

「やめて、ヴィン……」

ドレイクは注意深くアリスンの表情を見つめた。

「そうか。では、これからは腹を割って話そう。きみはこういうことには耐えられないというんだな？」

「その、ええ、わたしには――」

「おれもだ。本音をいえば耐えられない」

アリスンはとまどい顔になり、目をしばたたいた。

「あなたも？」

「ああ、おれもだよ、アリスン。こういうことには耐えがたい、こんなことはやりたくもない。良心が悲鳴をあげている」

「じゃあ……どうするの？」

ドレイクは迷いの表情を――心もとなげな表情をつくろい、

「どうしたものかな」といって、悲しげにかぶりをふった。「そもそも、こういうことに手を染めるべきではなかったんだ。いまはもう……どうしていいかわからない」

心もとなげな表情が真にせまっていればいいが……。いや、心配いらない。アリスンの目には、ほんとうに迷っていると映っているだろう。ドレイクは口ごもってから、やおらアリスンの手をとり、ヘッドライトの光にかざした。アリスンの手には、上の部分を折りたたんだ紙袋が握られていた。

「……院生たちはその中だな?」

「わたしにどうしてほしいの?」アリスンの手は震えていた。

「グリーンハウスの外に出て待っていてくれ」とドレイクはいった。「何分間か、考える時間がほしい。なんとかうまく解決する道を考えださないとな、アリスン。おれはもう、人殺しはしない」

なぜなら、その役目はアリスンにになわせるからだ。本人が意識していようといまいと、院生たちを殺す仕事はアリスンにやってもらう。

アリスンは無言でうなずいた。

「きみの助けが必要なんだ、アリスン」

「わかったわ」アリスンは答えた。「手伝いましょう。やります」

「ありがとう」心から感謝しているように見せる。

アリスンは屋外に出ていった。

ドレイクはすぐさま用具キャビネットの前にいき、ニトリルゴムの安全手袋が詰まった箱を見つけた。これは丈夫な実験用手袋で、ふつうのゴムよりも保護力にすぐれている。

箱から手袋を一双取りだしてポケットにつっこんだ。ついで、一角にあるオフィス区画に急ぎ、駐車場を見わたせる監視モニターをつけた。画面に映しだされたのは、暗視カメラから送られてくる緑と黒の映像だった。もちろんこれは、すべて録画されている。

見ているうちに、アリスンが駐車場に現われ、車のそばに立った。

そして、例の紙袋を見つめたまま、うろうろと歩きまわりだした。

アリスンの心中に頭をもたげだした考え――それが手にとるようにわかる。

「さあ、やれ」とドレイクはささやいた。

野外調査班は、これまでにさんざん、恐ろしい問題に悩まされてきた。〈シダの小谷（おだに）〉だけでも四人の職員が命を落としている。全員、重武装していたというのにだ。それに、マイクロ酔いの問題もある。この生物学的な地獄に放りこまれれば、あのクソガキどもの命は一時間ともたないだろう。かわいそうだが、キンスキーには道連れになってもらおう。そのあとは、アリスンをいかにして意のままにあやつるかだ。むろん、当面のあいだだけでいい。

見ると、アリスンが車から離れていこうとしていた。

ようし。

森へ向かっていく。

いいぞ。

斜面をくだり、森の小径をたどって〈シダの小谷〉へ向かいだした。

よしよし。そのままいけ。

モニターに映っていたアリスンの姿が完全に樹々の陰へ消えた。下り坂の小径を通って、森の奥にはいっていったのだ。ここからではもう、追跡できない。

そのとき、闇の奥にぽつんと光の輪がともった。

持っていた懐中電灯をアリスンがつけたらしい。ドレイクが見まもる前で、モニターの光は左右に揺れ動き、しだいに薄れていった。つづら折りの小径をたどって、奥へ進んでいるのだろう。

生物学的地獄へ分け入るのは、深ければ深いほどいい。

だしぬけに、悲鳴があがった。パニックによる悲鳴が森の奥の暗闇から聞こえてくる。

「まずいな」

ドレイクはモニターに背を向け、出口へ走った。

月が出ているとはいっても、多雨林の奥は真っ暗で、アリスンの居場所を特定するのはむずかしかった。何度もつまずき、足をすべらせながら、ドレイクは急ぎ足で小径を下り、懐中電灯の光をめざした。ほどなく、アリスンのつぶやきが聞こえてきた。こんなことばをくりかえしていた。

「どういうことなの。わからない。どういうことなの」

濃い闇の中で聞こえる、ひそやかな声。つぶやきつつ、アリスンは懐中電灯をあちこちに向けている。

「アリスン――」そばまで歩みよると、ドレイクはいったんことばを切り、息がととのうまで待った。「――わからないとは、なにがだ」

「わからないの、なにが起こったのか」

アリスンは黒々としたシルエットとなって、紙袋を自分の前につきだしていた。まるで暗黒神を差しだそうとしているかのようだ。

「わからないの、どうやってあの子たちが逃げたのか。見て――これを」

アリスンは懐中電灯で紙袋を照らした。紙袋の底に一直線の切れ目が走っていた。鋭い切り口だ。

「ナイフを持っているやつがいたな」ドレイクはいった。

「かもしれない」

「そして、その切れ目から飛びおりた。あるいは、落ちた」

「かもしれない。ええ、きっとそう」

「場所は？」

「だいたい、このあたり。何度も袋を見ていたけれど、ここにくるまで切れ目はなかったから。以来、動かないようにしているの。踏んづけたくないから」

「それは気にしなくてもいい。たぶん、もう死んでいる」

ドレイクはアリスンの手から懐中電灯を取りあげると、地面にしゃがみこみ、ビームであたりを薙いで、一帯に生えたシダの葉むらを照らしだした。シダの葉をおおって夜露がきらめいている。その夜露が揺れている部分はないかと目をこらしてみたが、それらしき動きはなかった。

アリスンが泣きだした。

「きみの落ち度じゃない、アリスン」

「かもしれないけれど……」しゃくりあげながら、アリスンはいった。「わたし、あの子たちを森の中に捨てようとしていたの」

「だろうと思った」

「ごめんなさい。でも、このほうがあなたのためになると思って……」

ドレイクはアリスンの腰に腕をまわした。

「きみの落ち度じゃないさ、アリスン。だいじなのはそこだ」

「あの子たちの姿、見えた？　懐中電灯で？」

「見えなかった」ドレイクはかぶりをふった。「紙袋から地面に落ちるまでのどこかで、風に飛ばされた可能性がある。連中はほとんど質量がない。遠くまでいってしまったかもしれない」

「じゃあ、まだ生きている可能性も……」

「なくはないが、むずかしかろう」

「やっぱり、さがさなきゃ！」

「この暗闇の中でか？　うっかり踏んづけてしまったらと、さっき自分で……」

「でも、人殺しはしないんでしょう？　ここへ放りだしていくわけにはいかないわ」

「落ちたとき、ほぼ確実に死んだと思ったほうがいい。とにかく、おれはきみを信じる、アリスン。きみが紙袋に切れ目を入れたわけではなくて、自分から院生たちをここに放りだしたのではないというなら、それを信じる」

「わたしが切れ目を？　なにをいってるの——？」

「だが、警察はそう簡単にそんな話を信じてはくれまい。すでにきみは、エリックの死に関与したのではないかと疑われているんだから。そこへ持ってきて、こんどはこれだろう。こんなに危険きわまりない場所に、院生たちを意図的に放りだした——そう勘ぐられてもしかたがない。事実、最初は捨てるために森へきたんだろう？　それを知られたら殺人を疑われることになるぞ、アリスン」

「たしかに最初はそのつもりだったけれど、いまは……。それに、あなたがうまく警察に話してくれさえすれば！」

「もちろん、話してはみるさ。しかし、警察がおれの話を信じる保証はない。おれだって疑われているんだ。冷静に考えてみれば、アリスン、ここで選べる道はひとつしかない。気は進まないが、当初のプランを実行することだ。院生たちが消えたのは事故ということにしておこうじゃないか。そうすれば、あとで連中が奇跡的に出てきたとき……。なんといっても、ハワイは魔法と驚異に満ちあふれた場所だからな。奇跡だって起こるかもしれん」

暗闇の中で、アリスンは凝固したように立ちつくしていた。

「……やっぱり、あの子たちを置き去りにしていくの？」

「さがすにしても、あしただろう。陽の光のもとでさがしたほうがいい」アリスンの肩をぐっとつかんで、自分のそばに引きよせた。懐中電灯を足もとに向ける。「さあ。いまは小径をたどって盆地にもどろう。足もとをたしかめながら進めば、安全に森から出られる。あすになったら、またここへもどってくればいい。いまはベントレーを——〝院生たちが乗った車〟を処理してしまわないと。いいな？　いちどにひとつずつだ、アリスン」

なおもすすり泣きながら、アリスンは手を引かれるままに森の外へついてきた。駐車場にもどると、ヴィン・ドレイクは腕時計を見た。

午後十一時十四分。

計画のつぎの段階を実行する時間は充分にある。

12

ワイパカ自然植物園

10月28日

11:00 PM

紙袋の中で、院生たちは左右に揺り動かされていた。ミニチュア・サイズの院生たちにとっては、アリスンのちょっとした動作のひとつひとつが、大波に翻弄されているような動きとなって表われる。大きなガサッという音とともに、一同は何度も前後に大きく揺り動かされ、紙の壁にこすりつけられた。なんの変哲もない薄茶色の紙袋の表面がこんなに粗く感じられるとは、ピーターには思いもよらないことだった。肌に触れる紙の表面が、まるでサンドペーパーのようだ。顔は袋の内側へ向けている。紙の壁にそって揺すられるたびに、顔が紙面にこすりつけられるのを防ぐためだ。暗くてわからないが、ほかの者も同じようにしているにちがいない。

音や振動からすると、紙袋は車に載せられてどこかへ運ばれてきたらしい。車が走っていたのはかなり長い時間だった。やがて車は停まり、こんどは手に持って運ばれだしたと見えて、紙袋が前後に大きく揺れはじめた。どこに着いたんだろう？　なにをされようとしているんだ？　はげしく揺られているので、仲間内でろくに話すこともできない。揺れがとまるときがあっても、みんながいっせいにしゃべりだすため、対応策を相談するのもむずかしい。

Ｎａｎｉｇｅｎの技術者、ジャレル・キンスキーは、これはなにかのまちがいだ――と何度も何度もくりかえしていた。

「ああ、ミスター・ドレイクと話をする手段さえあれば……」

「もう、いいかげんにして！」カレン・キングがきつい声を出した。

「しかし、どうしても信じられないんだ。まさか、ミスター・ドレイクがわれわれを……殺そうとするなんて」

「ほんとに？　ほんとに信じられないの？」

キンスキーは返事をしなかった。

問題は、ドレイクとアリスンがなにをしようとしているのか、まったく読めないということだった。長時間、車で揺られて、到着したこの場所はどこだ？　見当もつかない。

到着後、紙袋は強烈にまばゆい光に照らされ、ドレイクとアリスンのやりとりがあった。その後、暗闇を経て、ふたたび周囲が明るくなり――どこかの構内にはいったようだ――ふたりはなんらかの合意に達したらしく（会話はろくに聞きとることができなかったが）、おそらくアリスンだろう、だれかが紙袋を持って動きだした。紙袋の外がまた暗くなった。屋外に出たのだ。

「どうなったのかしら?」運ばれていきながら、カレン・キングが警戒した声でたずねた。

「なにが起きてるの?」

そのとき、大きな音が轟いた。すすりあげるような音だ。アリスン・ベンダーが泣いているのか?

ついで、外からの弱い光で、紙袋の中がほんのりと照らされた。アリスンが懐中電灯を点けたらしい。

ピーター・ジャンセンはいった。

「やっぱりアリスンは、ぼくらを助けたいんじゃないのかな」

「助けようとしても、ドレイクがゆるすはずがないでしょ」これはカレンだ。

「それはそうだけど……」

「アリスンをあてにするより、自力でなんとかしたほうがいいんじゃない?」

カレンはそういってナイフを取りだし、刃を引きだしてみせた。

「いいや、ちょっと待った」ダニー・マイノットがいった。「これはみんなで決めるべき問題だろう」

「悠長に相談している場合じゃないわ」カレンは答えた。「どのみち、ナイフを持ってるのは、このわたしだけなんだし」

「そっちこそ、臆病なことをいわないでよ。こっちが先に行動するか、それとも向こうが先手をとってわたしたちを殺しにかかるか――どっちがいいの？」ダニーの返事など聞きたくもないという態度で、カレンはピーターに向きなおった。「いま、地面までの高さはどれくらいだと思う？」

「アリスンの背丈からすると、一メートル二、三〇というところかな」

「多めに一・四メートルと見て」エリカ・モルがいった。「わたしたちの質量は？」

ピーターは笑った。

「微々たるもんさ」

「笑ってる場合かよ」ダニー・マイノットが愕然とした顔でいった。「きみたち、いかれてるぞ。本来の大きさに換算すれば、一・四メートルの高さから落ちるってことは――」

「一四〇メートル」エリカが答えた。「そうね、ビルの高さでいえば、四十五階建て――といったところかしら。ただし、このサイズで一・四メートル落ちるのと、通常サイズで四十五階建てビルの屋上から落ちるのとでは、事情がまったくちがうけれど」

「おいおい、同じに決まってるじゃないか」ダニーがいった。

エリカがあきれた声を出した。

「おもしろいわね。科学という概念を研究している人間が、科学のことをまるで知らないなんて」

ピーターはダニーに説明した。

「簡単なことさ。このサイズだと空気抵抗がずっと大きくなるんだ。働く慣性力も小さくなるし」

「空気抵抗は関係ないだろう？」馬鹿にされてむっとしたのだろう、ダニーは険しい顔になって反論した。「重力が同じなら、どんな物体でも落下速度は同じだ。質量は関係ない。一ペニー貨でもピアノでも、同時に同じ高さから落とせば、同じ速さで落下して、同時に地面に激突する」

「空気がなきゃね。ああ、もう、馬鹿の相手はしてらんないわ」カレンがいった。「いますぐ結論を出さなきゃならないのに！」

袋の振幅が小さくなってきた。アリスンがなにかをしようと腹を決めたらしい。

ここでピーター・ジャンセンがいった。

「やっぱり、落下する距離はたいした問題じゃないな」

しばらく無言だったのは、小物体に働く物理作用を計算しようとしていたからである。計算していたのは距離と重力加速度、それに慣性力だった。

ピーターはさらにいいかけた。

「重要なのはニュートンの運動方程式を――」

「そんなこと、どうでもいいから！」カレンがさえぎった。「わたしは飛びおりるほうに一票」

「あたしも」ジェニーがうなずいた。

「飛びおりよう」アマールも賛成した。

「冗談じゃない」ダニーがうめくように否定した。「ここがどこかもわからないっていうのに！」

「飛びおりましょう」エリカがいった。

「チャンスはいましかない」リック・ハターも賛成票を投じた。「飛びおりよう」

「同じく」ピーターも同意した。

「オーケー」これはカレンだ。「じゃあ、袋の底の継ぎ目にそって走りながら、切れ目をいれてみる。ひとところにかたまっていて。飛びおりるときは、スカイダイバーになったところを想像してみるといいわ。腕と脚を大きく広げるの、人間の凧になったみたいに。いくわよ――」

「ちょっと待ってくれ――」ダニーが悲鳴まじりの声でいった。

「もう遅い！」カレンが叫んだ。「グッドラック！」

ナイフを紙袋の底に突きたて、カレンがピーターの横を駆けぬけていく。つぎの瞬間、足もとの紙の床が大きくかしぎ、一行は暗闇の中へ落ちていった。

空気はぎょっとするほど冷たく、多湿でじっとりしていた。暗い紙袋の中にいたせいで、夜はむしろ明るく感じられる。まわりに樹々が見えた。落ちていく先に広がる地面もだ。降下の速度は驚くほど速い——背筋が寒くなるほど速い——ピーターはつかのま、全員が計算まちがいをしたのではないか、こぞってダニーをきらうあまり、ダニーの意見を否定する結果を出してしまったのではないかと思った。

だが、むろんそんなはずはない。それはわかっている。空気抵抗はつねに、落下物体の速度を決定する大きな要因だ。日常生活では、空気抵抗を考えたりはしない。たいていの物体はほぼつねに同じ空気抵抗を受けているからである。五キロのバーベルと一〇キロのバーベルは等しい速度で落下する。同様のことは人間と象についてもいえる。重力だけを考えるなら、物体は同じ速度で落ちるのだ。

しかし、院生たちはいま、きわめて小さいサイズに縮んでおり、このサイズになると、空気抵抗が大きくものをいう。そしてみんなは、小サイズが重力による落下速度をかなり相殺するはずだと計算していた。すくなくとも、本来のサイズのときと同一の速度で落下することはない。

そうであってほしかった。

落ちていくピーターの耳もとを、風が金切り声をあげて吹きぬけていく。空気の抵抗を受けて、目から涙があふれた。ピーターは歯を食いしばりつつ、涙をぬぐい、落ちていく先を見定めようとした。あたりを見まわしたが、夜の空気の中を落ちていくほかの者たちの姿は見えない。ただ、暗闇の中で、小さな呻き声のような音がした。

地面に視線をもどす。大きな葉を持った植物がぐんぐん近づいてくる。象の耳のような形をした葉がみるみる下に広がっていく。その葉のまんなかに降下するため、ピーターは両腕を大きく広げ、落下の方向をずらそうとした。

狙いどおりの位置に降着できた。象の耳のちょうどまんなかだ。表面が冷たくてすべりやすい葉は、落下の衝撃を受けていったんぐっと下方に沈みこみ、反動で跳ねあがった。トランポリンの選手のように、ピーターのからだも上へ跳ねあがり、葉から放りだされた。驚いて悲鳴をあげつつ、ふたたび下へと落下していく。こんどはやや下の葉の縁ちかくにぶつかり、ごろんと回転したのち、つるつるした表面の上を葉先へ滑落していった。

またもや葉から落ちた。

そして、暗闇の中、また別の葉にぶつかった。これほど下のほうまでくると、あたりはもう真っ暗で、まわりのようすはまったくわからない。こんどもまた葉先に向かって滑落しだした。葉面に爪をたて、滑落を食いとめようとしたが、むだだった。落ちていく――またつぎの葉にぶつかり――またもや落下した。背中から落ちた先には、やわらかいコケの湿った広がりがあった。どうやら地面にまで落ちきったようだ。あえぎあえぎ、恐怖におののきながらその場に横たわり、頭上に高くそびえる葉むらの天蓋を見あげる。夜空は葉むらで完全におおい隠されていた。

「いつまでそうやって寝そべってるつもり？」

声がしたほうを見あげた。カレン・キングだった。そう遠くないところに立っている。

「怪我でもしたの？」

「いや」

「じゃあ、起きて」

ピーターは必死になって起きあがった。カレンが手を貸そうとしないことにピーターは気がついた。濡れたコケの上なので、足場が不安定だ。足もとのコケからにじみ出る水がスニーカーに滲みこんでくる。おかげで足が濡れて冷たい。

「こっちにきて立ちなさい」カレンはいった。子供になにかをいい聞かせる口調だった。

ピーターはカレンのそばまで歩いていき、乾いた地面の上に立った。

「ほかのみんなは？」

「そこらにいると思う。また集まるまでには、すこし時間がかかるでしょう」

ピーターはうなずき、密林の地面を眺めやった。

身長二〇ミリたらずの新たな視点から見ると、地面は信じられないほどの起伏に富んでいた。付近で立ち枯れた朽木は根元でへし折れており、コケむした根株が残っているのみだが、それでも摩天楼かと錯覚しそうなほどに高い。あちこちに落ちている巨大な枝は、じっさいはほんの小枝で、高さは数センチ程度しかないのだが、いまのピーターの目には、高さが五メートルから一〇メートルもの巨大なアーチとなって頭上にかかっているように見える。通常サイズでならのっぺりとして見える枝の樹皮も、このサイズで見ると複雑な凹凸だらけだ。地面に散り敷いた枯れ葉でさえ、ピーターより大きかった。しかも、踏みつけるたびに、枯れ葉はずるっと動き、ふたりを乗せて回転する。まるで腐った有機物のガラクタ置き場を移動しているようだった。もちろん、なにもかもが湿っていた。なにもかもがすべりやすく、ぬるぬるした腐敗物がへばりついているものも多い。

いったい自分たちはどこに落ちたんだろう？　車は長いあいだ走りつづけていた。ここがオアフ島のどこであってもおかしくはない。オアフ島にはいたるところに森がある。

カレンが巨大な小枝に飛び乗り、いったんバランスを崩して落ちそうになったものの、すぐに体勢を立てなおして上まで登っていき、高みにすわった。足を宙にぶらぶらさせた格好だ。ついで、二本の指を口に入れ、鋭く口笛を吹いた。

「どう？　これならみんなに聞こえるでしょ？」

小枝の下で待つピーターにそういって、もういちど口笛を吹いた。

まさにそのとき、コケや枯れ葉の〝下生え〟を踏みしだき、なにか大きくて黒々としたものがぬっと現われた。ふたりとも、最初はその正体がわからなかった。だが、葉むらの隙間から射しこむ月光の下をよぎったとき、巨体の主が大きな甲虫であることがわかった。からだはピーターより大きい。色は漆黒だ。着実な足どりでこちらに近づいてくる。その複眼がかすかに光っているのが見えた。からだ全体が節のある黒い殻でおおわれており、脚からは無数の鋭いトゲが突きだしている。

カレンがそうっと小枝の上に脚を引きあげた。その小枝の下を、大きな甲虫はのそのそと通りぬけていく。

ほどなく、草の茎をかきわけてエリカが現われ、すぐそばにやってきた。全身、夜露でびしょぬれだった。

「あの甲虫は」とエリカが説明した。「オサムシ科メトロメヌス属のどれかでしょうね。ヘッピリムシの近縁種で、地上を這うタイプよ。飛べないの。けっして刺激してはだめ。肉食性で、強靱な大顎(おおあご)を持っているから。忌避化学物質も噴霧するはずだわ」

甲虫が噴く化学物質を浴びたくはなかったし、餌食にもなりたくなかったので、三人は黙りこみ、甲虫が立ち去るのを待った。あの挙動からすると、獲物をもとめてさまよっているようだ。

と、だしぬけに、甲虫が呆然とするほどの速さで突き進み、なにか小さなものを大顎で咥えた。獲物はもがき、のたうっている。この暗闇なので、甲虫がなにをとらえたのかはわからない。しかし、とらえた獲物を大顎が嚙みしだく、バキバキという音は聞こえた。同時に、なにか刺激的でひどく不快な匂いもただよってきた。

「これはあの甲虫の自衛化学物質の匂いだわ」エリカ・モルがいった。「酢酸——つまり酢と——たぶん、酢酸デシルも混じってる。刺激臭はベンゾキノン由来のものだと思う。化学物質は甲虫腹部の囊に収められていて、甲虫の体液中も循環しているのよ」

三人が見まもる前で、甲虫は獲物を引きずり、夜の闇の奥へ消えていった。

エリカがつけくわえた。

「あの形態は、よりすぐれた進化のデザインね。わたしたちのものよりすぐれているわ。すくなくとも、こういう場所では」

「装甲、大顎、化学兵器、たくさんの脚、か」ピーターはいった。

「そう。たくさんの脚」これはカレンだ。

ふたたび、エリカがいった。

「地上を歩く動物種の大半は、すくなくとも六本の脚を持っているのよ」

ラフな地形は付属肢が多めのほうが移動しやすいことを、エリカは当然、知っている。そしてもちろん、すべての昆虫が六本の脚を持つことも。すでに命名された昆虫の種類は百万種にちかい。未記載の昆虫については、まだ三千万種はいると考える科学者もいる。

ウイルスやバクテリアのような微生物を除けば、昆虫は地球上でもっとも種類の多い生物なのだ。

「昆虫はね」とエリカはつづけた。「この惑星の陸地の部分に適応放散するにあたって、きわめて成功を収めた種類なのよ」

「人間は虫を原始的だと考えがちだがね」ピーターはいった。「人間というやつは、脚の数の少なさが知能の高さの証拠だと考えたがる。なぜかというと、自分たちが二本の脚で歩くからだ。二足歩行こそ、四脚や六脚で歩く動物よりも人間をすぐれた存在にしていると考えるんだ」

カレンが下生えを指さした。

「それも、こんな状況に出くわすまでだよね。こんなところにきたら、もっと脚がほしくなるわ」

ほどなく、草むらがガサガサと揺れたかと思うと、青葉の陰から丸っこい姿が現われた。一見、モグラのように見える。そのモグラが両手で鼻をこすり、人語を発した。

「いや、まったく」

そして、ぺっと土を吐きだした。着ているのはツイードのジャケットだ。

「ダニーか？」

「二センチたらずになるなんて、了承した憶えはないのにな。いやはや、サイズはだいじだよ。前々からわかっちゃいたけどさ。で、これからどうする？」

「手はじめに、ぼやくのをやめなさい」小枝の上から、カレンがダニーにいった。「なにはともあれ、計画を立てないと。手持ちのストックもあらためなきゃならないし」

「なんのストック？」上に向かってダニーがたずねる。

「武器のよ」

「武器？　どうしたっていうんだ、みんな？　武器なんて、だれも持ってないじゃないか！」ダニーは悲観的な声でいった。最後のほうは叫び声になっていた。「武器どころか、なんの道具もだ！」

「そんなことはないわよ」カレンが冷静に答え、ピーターに顔を向けた。「わたしには、バックパックがあるわ」

そこでカレンは小枝を飛びおり、地面に降り立つと、下に置いておいたバックパックを手にとって、持ちあげてみせた。

「ドレイクに縮められるまぎわ、壁のフックから取ってきたの」

「こういう密林、リックは慣れているはずだけど。だいじょうぶかしら」エリカがいった。

「あたりまえだろ」暗闇の奥から声がした。左のほうのどこかからだ。「こんな森なんざ、屁でもない。夜の密林だって平気なもんだ。おれがコスタリカのフィールドで研究してたときなんか――」

「リックだ」ピーターはいった。「ほかの者はどうしたかな？」

そういったとたん、上のほうでポキンという音が響き、水滴の雨がざーっと降ってきた――と見る間に、ジェニー・リンが大きな草の葉をすべりおりてきて、ピーターたちの前に着地した。

「遅いお着きね」カレンがいった。

「上のほうで、木の枝にひっかかっちゃってさ。三メートルぐらい上。はずすのに時間がかかっちゃった」いいながら、ジェニーは腰を落とし、あぐらをかいて地面にすわったが、すぐさま、飛びあがるようにして立ちあがった。「うっわー。びっしょびしょ」

「――そりゃあ、多雨林だからな」

背後から、リックの声がいった。みんながふりかえると、ちょうど葉むらのあいだからリックが出てきたところだった。リックのジーンズも濡れそぼっている。

「ようみんな、元気かい？」そういって、リックはにやりと笑った。「平気か、ダニー・ボーイ？」

「最低だよ、こんなとこ」ダニーは依然として鼻をこすっている。

「おいおい、せっかくのチャンスなんだぜ、ここの環境を満喫しようや」リックは頭上におおいかぶさる樹々の天蓋を指さした。枝葉の隙間からは、月光が射しこんできている。

「科学研究の議論にはもってこいだろ？　こいつは完璧な〝コンラッド的状況〟だ。そうじゃないか？　人間と大自然との実存的対峙。偽りの信仰や文学的空想で変質していない、本物の〝闇の奥〟――」

「だれかこいつを黙らせてくれ」ダニーがいった。

「リック、もうそのへんにしておけ」ピーターがいった。

リックはまるで聞きいれようとしなかった。

「まあ待てよ、これからがいいところなんじゃないか。これはだいじなことだぞ。自然のいったいなにが現代人をこんなにも恐怖させるのか？　なぜ自然がこんなにも耐えがたく感じられるのか？

それは自然が徹頭徹尾、無関心だからさ。大自然は無慈悲で無関心だ。人間が生きようと死のうと、成功しようと失敗しようと、喜ぼうと苦しもうと、気にもかけない。それが人間には耐えがたいんだ。人間になどまったく関心を払われない世界の中で、どうやって生きていけるというのか？　だから人間は自然を再定義する。母なる自然と呼んでみたりする。ことば本来の意味において、母なんていう要素はどこにもないのにな。でなけりゃ、樹々や空気や海に神性を与えて、そういった神々を家の中に祀り、護ってもらおうとする。人が神々を創造して、その加護を受けようとするのは、幸運、健康、自由などを得たいという願いからだが、なかでもひときわ大きな願いは――ぬきんでて切実な願いは――孤独から護ってもらうことだ。人間はなによりも、孤独から護ってもらうために神々を必要としてるんだよ。

では、人間にとって、孤独はなぜそんなにも耐えがたいのか？　人類という種は孤独に耐えられない。それはなぜか？　その理由は——人類が〝子供〟だからさ。

しかし、人間がそうやって自然に奉ったイメージは、どれもこれもまやかしにすぎない。ダニーはなにかというと、科学的言説が権力の均衡に有効というだろう。そして、客観的事実なんてものはない、権力者の見解こそが事実とされるという。権力は作り話を語り、人々はそれを真実として受け入れる。なぜなら権力は人々を支配するからだ、と」

ためいきをついた。

「だけど、権力の均衡を司っているものとはなんだ、ダニー？　そんな存在が感じられるか？　大きく深呼吸して考えてみろ。どうだ？　だめ？　じゃあ、おれが教えてやろう。権力の均衡を司るのはな、その権力の均衡をつねに維持するもの——すなわち、自然だ。大自然なんだよ、ダニー。人間じゃない。人間にできるのは、自然にしがみついて、振り落とされないようにすることだけだ」

ピーターはリックの肩に腕をまわし、みんなから離れたところへ引っぱっていった。

「なあ、リック——そういうのは、またこんどな」

「おれはあのウゼえ野郎が大っきらいなんだ」

「わかったから。みんな、ちょっと怯えてるのさ」

「おれは怯えてなんかいないぞ。冷静そのものだ。二センチたらずのからだでいることも受けいれてる。鳥にひと呑みにされるサイズ、それが現状だと認識してもいる。樺色八哥(カバイロハッカ)にかかったら――こいつは椋鳥(ムクドリ)の仲間なんだが――おれなんて、オードヴルでしかない。これからの六時間、おれが生存できる確率は、二五パーセント、いや、二〇パーセントも――」

悲観的なことをまくしたてるリックを見ながら、カレンが冷静な声でいった。

「ともあれ、なにかプランを立てなきゃね」

そうこうしているうちに、左のほうの〝丸太〟をまわりこみ、アマール・シンもやってきた。全身、泥だらけで、シャツも破れている。それなのに、驚くほど冷静そうに見えた。

ピーターが一同に問いかけた。

「みんな、怪我はないか?」

全員がだいじょうぶだと答えた。

「あとは、あのＮａｎｉｇｅｎの技術者だけだな」ピーターはそういって、周囲に大声で呼びかけた。「おーい、キンスキー! そこらにいるか?」

「いる。ここだ」

ジャレル・キンスキーの低く抑えた声が返ってきた。かなり近くからだ。

見まわすと、一枚の葉の下にキンスキーが見えた。ひざをかかえてすわっている。その格好でじっとしたまま、それ以上はなにもいおうとしない。無言で院生たちを見つめて、やりとりを聞いている。

「だいじょうぶかい？」ピーターがたずねた。

「声を低くしたほうがいい」声をひそめて、キンスキーは院生全員にいった。「向こうのほうが、こっちより耳がいい」

「向こう？」ジェニーがおうむがえしにいった。

「虫だよ」

一同のあいだに沈黙がおりた。

「そうだ、そのほうがいい」

一同はささやき声で話すように心がけた。

ピーターがキンスキーにたずねた。

「どうやら、ここがどこか、見当がついてるんだね？」

「そう思う」キンスキーが答えた。「あっちを見てみろ」

院生たちはふりかえり、指さされたほうを見た。そちら側には樹々や下生えがほとんどなくて、枝葉をすかして、遠い光が見えている。光源があるのは、葉むらごしにかろうじて見える木造小屋の一角だ。そしてその光は、なにかのガラス面に反射していた。

「あそこで光を反射しているのは、グリーンハウスだ」キンスキーがつづけた。「ここはワイパカ自然植物園なんだ」

「そんな……」ジェニー・リンがいった。「Nanigenの本社から何キロも離れてるじゃない」

葉っぱの上にしゃがみこんでいたジェニーは、そこでふと、なにかが足の下でうごめいていることに気づいた。動きはすこしも収まらない。下から延々と足の裏をつきあげて、ジェニーを押しのけようとしている。ほどなく、足の下から小さなものが這い出てきて、ジェニーの脛に登ってきた。ジェニーはあわててその小さな生物を剝ぎとり、放り投げた。

生物は土壌性のササラダニだった。脚の数は八本ある。とくに害がある生物ではない。よく見ると、土壌には無数の小動物がひしめき、それぞれの活動に専念していた。

「足もとの地面――生命活動で沸きたってるみたい」ジェニーがいった。

ピーター・ジャンセンは身をかがめ、ひざの小さな蠕虫を払いのけてから、ジャレル・キンスキーに顔を向けた。

「こんなふうに縮小することについて、知っていることを教えてくれないか」

「専門用語では、これを〝次元変換〟という」とキンスキーは答えた。「わたし自身は、次元変換されたことがない。今回まではね。もちろん、野外調査班の連中といろいろ話をしてはいるが」

リック・ハターが割りこんできた。

「こんなやつのいうこと、ひとっことも信用できないぜ。こいつはドレイクに忠実な犬だ」

「いいから、リック」ピーターは冷静に制した。つづいて、これはキンスキーに向かって、

「で、その野外調査班というのは？」

「Ｎａｎｉｇｅｎはこのマイクロワールドへ定期的に調査班を派遣してきた。一班三人の構成だ」

キンスキーはささやき声で答えた。大きな音をたてるのが心配でしかたがないらしい。

「マイクロワールド？」ピーターはけげんな声でたずねた。

「そう、マイクロワールド。縮小された状態で見えるこの世界のことを、われわれはそう呼んでいる。野外調査班は次元変換されて、二センチたらずに縮められる。その状態で、掘削機械の操作をしたり、採集ロボットでサンプルを集めたりするんだ。活動拠点を補給ステーションに置いて」

ジェニー・リンがたずねた。

「補給ステーションって、森のあちこちにある、あの小さなテントのこと？」

「そのとおり。調査班は、四十八時間以上はここにいられない決まりになっている。変換された状態でそれ以上長くいると、徐々に気分が悪くなってくるんだ」

「気分が？　どういう意味？」ピーターがたずねた。

「マイクロ酔いだよ」キンスキーは答えた。

「マイクロ酔い？」

「次元変換された人間がかかる病気のことだ。最初の症状は、三日めから四日めにかけて表われる」

「どんな症状？」

「それは——この病気については、多少のデータこそあるものの、まだ多くはないんだが……。

安全管理スタッフはまず動物を用いて〈テンソル・ジェネレーター〉による縮小実験をはじめた。最初に縮めたのはマウスだった。小さな瓶にマウスを入れて縮小し、顕微鏡で観察しつづけたんだ。ところが、三日以上たつと、縮小マウスはみんな死んでしまった。出血死だ。つぎはウサギを縮小し、最後にはイヌを縮小した。どの動物でも、縮小された個体は、やはり大量に出血して死んだ。通常のサイズにもどしたあとで、死体を解剖してみてわかったのは、全身にくまなく微小な傷ができていたことだ。その傷から大量に出血していたんだ。微小な傷は体内にも無数にできていた。

分析の結果、死んだ動物はすべて、凝固因子を欠いていることがわかった。血液を凝固させる因子がすっかり欠乏していたんだ。どうやら、サイズ変換によって、血液凝固の各経路を活性化させる仕組みが破壊されたらしい。じっさいのところはいまだに確認できていないがね。ただ、縮小されているのが一定時間内であれば、その動物の生存にはなんら問題がないこともわかった。まる二日以内に、通常のサイズにもどしてやればいいんだ。この病気を、やがてわれわれはマイクロ酔いと呼ぶようになった。高い山に登ったときにかかる山酔いの発生過程を連想させるからだよ。縮小期間を二日に限定しているかぎり、その動物は以後もぴんぴんしている。

動物実験につづいて何人かが実験に志願した。なかには〈テンソル・ジェネレーター〉を設計した人物も含まれていた。名前はローク——だったと思う。実験の結果、人間でも二、三日であれば、とくに支障なくマイクロワールドで生きていられるように思われた。ところが……あるとき、事故が起きた。〈ジェネレーター〉が故障して、三人の科学者がマイクロワールドに取り残されてしまい、元のサイズにもどれなくなったんだ。三人とも死んだよ。その三人のなかには、いまいった〈ジェネレーター〉の設計者もいた。以来、いろいろと……問題つづきでね。縮小された人間がストレスを受けたり、大怪我をしたりすると、マイクロ酔いは唐突に、通常よりも早く発症することがある。それが原因で……さらに……何人もの職員が失われた。そのためミスター・ドレイクは、マイクロワールドで調査員を死なせずにすむ方法が確立されるまで、野外調査を中止にしたんだ。そういうわけだから、ミスター・ドレイクはほんとうに安全性を考慮する人だと思うわけで……」

「人間の場合、どんな症状が現われるんだ?」リックがさえぎった。

キンスキーはつづけた。

「まず、痣が現われる。とくに、腕と脚に。切り傷ができたら、際限なく血が流れだす。ほんのちょっとした傷でも出血多量で死んでしまうんだ。すくなくとも、そう聞いている。だが、くわしいことは極秘あつかいで、なかなか教えてもらえない。わたしは……ただ〈ジェネレーター〉を操作する係だから」

「治療法はあるのかな?」ピーターはたずねた。

「治療法はただひとつ——復元することだよ。可及的すみやかに、もとのサイズにもどすことだ」

「やっかいなことになったたな……」ダニーがつぶやいた。

「とにかく、早急に手持ちの装備をチェックすることだわ」

カレンが決然とした声でそういって、地面にかがみこみ、〈ジェネレーター〉の部屋でひっつかんだバックパックを枯れ葉の上に置いた。そして、月明かりをたよりにパックを開き、中身を取りだしては、枯れ葉のテーブルの上へならべはじめた。みんなは枯れ葉の周囲に集まって、ならべられた装備を入念にチェックしだした。バックパックにはいっていたのは以下のものだった。

救急キット——抗生剤ほか、基本的な医薬一式。ナイフひとふり。短いロープひと巻き。

登攀(とうはん)に使うリール一個——これは釣竿のリールに似ていて、ベルトに取りつけるタイプだ。防風ライター一個。銀色に光るスペースブランケット一枚。極薄の防水テントひと張り。スキューバダイビング用の水中ヘッドライト一台。のどマイクつきのヘッドセット二台。

「このヘッドセットは無線機だ」キンスキーがいった。「相互の連絡に使う」

ほかには、段と段の間隔がせまい縄梯子(なわばしご)がひとつ。ここにはない機械の始動キーまたはスターターがひとつ。カレンはヘッドライト以外をすべてバックパックの中にしまいこみ、ジッパーを閉めた。

「役にたたないものばっかりね」カレンは立ちあがり、ヘッドライトをはめた。スイッチを入れると同時に、まばゆいビームがほとばしり、あたりの植物や葉を照らしだした。

「ほんとうに必要なのは武器なのに」

「その明かり！　消してくれ」キンスキーが小声でいった。「光はいろいろなものを呼びよせる」

「必要なのはどんな武器だい？」ライトを消したカレンに、アマールがたずねた。

「なあ」ふと思いついたように、ダニーがさえぎった。「ハワイに毒ヘビはいるのか？」

「いや、いない」ピーターは答えた。「そもそも、ヘビがまったくいない」

「サソリも多くはないわね。すくなくとも、多雨林にはいないわ。サソリが棲息するには湿度が高すぎるの」カレン・キングがつけくわえた。「ムカデのなかには、人が咬まれるとそうとうやっかいなことになる種類もいるけれど。いまの大きさのときに咬まれたら、ひとたまりもなく死んでしまうはずよ。じっさい、わたしたちを殺せる動物なんていくらでもいるわ。鳥、ヒキガエル、さまざまな種類の昆虫、アリ、狩りバチ、なかでもとくに、スズメバチ――」

「武器の話だったろ、カレン」ピーターは話を引きもどした。

「そうそう。やはり、なんらかの飛び道具が必要ね。離れたところから相手を殺せる武器が――」

「吹矢はどうだ」リックがいった。

「だめだめ」カレンはかぶりをふった。「このサイズだと、吹筒の長さなんて、せいぜい二、三ミリ程度でしょう。それじゃなんの役にもたたないわ」

「いや、待った、カレン。本格的な吹矢の筒はもっと長いんだ。中空の笹の茎を使えば、フルサイズの吹筒を作れるぞ。長さは一二ミリくらいか。実世界では一二〇センチに相当する」

「吹矢には、木片かなにかを使うのか?」ピーターがいった。

「そう、木片だ」リックがうなずいた。「吹矢の先端を尖らせて、そいつを硬くするには――」

「火だな」アマールがいった。「火で焼き固めるんだ。しかし、矢毒もあったほうがいい。

その場合、なにを使うか――」

「クラーレだろう」ピーターは立ちあがり、周囲を見まわした。「このあたりの植物には、クラーレの材料がたっぷりと――」

リックがさえぎった。

「そいつはおれの専門だ。樹皮や植物の組織を煮だせば毒物を抽出できる。問題は、火を起こせるかどうかだな。むしろ金属がすこしあったほうがいい。焼き固めた木の矢尻より、鉄の矢尻のほうが……」

「ぼくのベルトのバックルはどうだろう？」アマールがいった。

「それだと、加工する道具がない」

「とにかく、毒の確保だ」ピーターがいった。「どうやって作る？」

「ひとまず煮だそう。そして、効き目をためす」

「時間がかかるぞ」

「ほかに方法はないだろう？」

「カエルの皮膚の毒を用いてはどう？」エリカ・モルが提案した。

いわれてみると、周囲の闇のあちこちから、グッグッグッグッという音が聞こえていた。

ヒキガエルの鳴き声だ。

ピーターはかぶりをふった。

「それはむりさ、手ごろなカエルがいない。まわりで鳴いているのはブフォ属——大型のヒキガエルだ。大きさはきみのこぶしほども——つまり、小さくなる前の、きみのこぶしほどもある。体色は灰色で、見た目はあまり派手じゃない。皮膚分泌腺から出る有毒成分はブフォテニンというんだ。これは中央アメリカのクラーレ化合物とはちがって——」

「そんなごたく、いまはどうでもいいじゃないか！」ダニーが声を荒らげた。

「ぼくはただ、説明を……」

「時と場合を考えろよ！」

エリカがピーターの肩に腕をまわし、ダニーにあごをしゃくった。ダニーは依然として鼻をかいている。いまは両手を使ってごしごしとこすっており、握りしめた手は小動物の前趾を思わせた。まるで本物のモグラのようだ。

「彼、だいぶキてるわね？」エリカが小声でささやいた。

ピーターはうなずいた。

「それで、毒の話のつづきだが」アマールがいった。「きみが推奨する毒物はなんだい、ピーター？」

ダニーを見つめたまま、ピーターはいった。

「それはリックの領分だよ」

話をふられて、リックは答えた。

「ストリキノス・トキシフェラだな――それに西洋夾竹桃(オレアンダー)を加える。葉の成分ではなく、樹液を。可能なら、コンドデンドロン・トメントスムもあるといい。その混合物を煮だす。ただし、最低でも二十四時間は煮なきゃならない」

「そんな悠長なことをしているひまはないわ。すぐに出発しましょう」

カレン・キングがいった。

「朝陽が出てからのほうが、そういった植物をさがしやすいんじゃないの?」ジェニー・リンがいった。「急がなきゃならないのはわかるけど」

「急ぐ理由のひとつはね」とカレンはいった。「森の外の建物であのハロゲン・ランプを点灯した人間がいるからよ。こうしているうちにも、ヴィン・ドレイクはここへ向かってきているかもしれないわ――わたしたちを殺すために」

カレンはバックパックを背負い、ストラップを締めた。

「さ、いくわよ」

13

アラプナ・ロード

10月29日
2:00 AM

　明るい月光のもと、尾根を走るせまい山道の上では、夜陰にまぎれようがない。尾根の右は崖になっており、密生したオオハマボウフウの茂みでおおわれているが、未舗装路のまぎわに這いあがってきたところで途切れているため、火山岩のせまい尾根をゆく二台の車の姿は、遠くからでも容易に見える。道の左側を見やれば、斜面はゆるやかに傾斜して、農作地帯へとつづいていた。右に視線を転じれば、切りたった崖のふもとに連なるオアフ島の北海岸（ノースショア）に荒波が砕けている。
　先頭をゆくベントレー・コンヴァーティブルを運転しているのはアリスン・ベンダーだ。ドレイクはそのうしろからＢＭＷでついていった。アリスンがためらいを見せるたびに、ドレイクは進め、と合図を送る。目的地である壊れた橋までは、あとすこし走らなくてはならない。

ややあって、やっとのことで目的の橋が見えてきた。かなり古びたコンクリートの橋は、月明かりのもとではクリーム色に見えている。建設されたのは一九二〇年代で、最近まで持っていたのが不思議になるほど古い橋だった。

アリスンが車を停め、ドアをあけて降りかけた。

「まだだ、まだ」ドレイクは手を横にふりながら、アリスンに叫んだ。「偽装工作をしてからだ」

「偽装工作？」

「うむ。院生たちはベントレーにぎゅうづめになっていた——そうだろう？　あいつらはパーティーをしていたんだから」

ドレイクは衣類その他を詰めこんだ洗濯袋を持ってきていた。院生たちが受付に預けていった私物と、本社の前に駐めてあったベントレーに残していった私物とを、ひととおり掻き集めてきたのだ。その内訳は、携帯電話が五、六台に、ショーツ、Tシャツ、水着がそれぞれ数着、タオル一枚、丸めたネイチャー誌とサイエンス誌が一冊ずつ、タブレット・コンピュータが一台。

アリスンはドレイクが差しだした袋を受けとり、中の私物をベントレーの車内へ適当にばらまきだした。

「だめだな、それでは」ドレイクはいった。「アリスン、よく考えてくれ。はじめに院生たちがそれぞれすわっていた位置を決めなくちゃならない」

「考えようにも、気が動転していて……」

「それはわかる。しかしそれでも、細部まで気を配らないと」

「崖から落としたら、どうせぐちゃぐちゃになるんでしょう？」

「アリスン。それでも細部まで気を配らなきゃならんのだ」

「でも、警察が……死体がひとつも見つからないなんて……車の中にだれひとり……」

「筋は通るさ。海には引き波というものがあるんだ。サメもうようよしている。水死体は海に呑まれて消えることが多い。だからこそ、この橋から車を落とそうとしているんじゃないか、アリスン」

「わかったわ」アリスンは力なく答えた。「後部シートの右は、だれ？」

「ダニーだ」

指示されるままに、アリスンはセーターを一枚、それから読み古したコンラッドの小説『チャンス』を取りだした。

「これ、ほんとうにダニーのものなの？　適当に選んでるだけじゃないの？」

「本に名前が書いてある」

「そう。ダニーのとなりは？」

「ジェニー。ダニーのことを気づかっている感じでな」

織細なプリントのスカーフが一枚、白ニシキヘビ革のベルトが一本。

「高価な品ね。これは違法じゃないの？」

「パイソンか？　あれはカリフォルニアだけの話だ」

つぎはピーター・ジャンセンの眼鏡。ピーターはよく眼鏡を置き忘れるらしい。これは予備だろう。そして、エリカ・モルの水着。それから、サーフィン用の水着。

つぎは前部シートにまわり、偽装工作をつづけた。運転席にカレン・キングの持ちものを置く。それがすむと、ヴィン・ドレイクはグリーンハウスから持ってきたエタノールを後部シートにふりかけ、からになったプラスティック・ボトルを前部シートに放りこんだ。ボトルは転がって、ダッシュボードの下の床に落ちた。

「あまりやりすぎるのはまずいからな」

ドレイクは周囲を見まわした。ダークブルーの夜空には羊毛のような白い雲が浮かんでいる。崖下を見おろせば、岩壁に白波が砕けていた。

「美しい夜だ」かぶりをふりながら、ドレイクはいった。「じつに美しい世界だよ、おれたちが住んでいるのはな」

ドレイクは車から左のほうへ歩いていき、すこし離れたところから車を眺め、いった。

「もうすこし先にいくと下り坂がはじまる。もう三メートルほど先まで運転して、下り坂の手前まできたら車を降りてくれ。そこからはいっしょに押そう」

アリスンは両手をつきだした。

「ちょっと待って。わたし……いやよ、こんな崖っぷちでは運転したくないわ、ヴィン」

「ばかをいうな。前進させるといっても、せいぜい三メートルだぞ。三メートルでいいんだ」

「でも、万一――」

「なにも起こらないさ」

「じゃあ、あなたが自分で下り坂まで運転すれば？」

「アリスン――」月明かりのもとで、ドレイクは正面からアリスンを見すえた。「おれのほうが背が高い。きみよりも、この車を運転していた院生の女よりもだ。おれが運転席にすわれば、シートの位置を調整しなくてはならないだろう。そんなことをしたら、警察が捜査するとき疑いを招く」

「でも――」

「きみも賛成したはずだ」ドレイクは運転席のドアを開いた。「さ、乗ってくれ」

アリスンはためらった。

「やる、と自分でいったはずだぞ、アリスン」

アリスンはしぶしぶのていで運転席に乗りこんだ。あたたかい夜だというのに、からだが震えている。ドアは開いたままだ。

「つぎは幌屋根をかぶせろ」

「屋根を？　なぜ？」

「なにひとつ車の外へ落ちないようにするためだ」

アリスンはエンジンを始動し、ボタンを押した。ベントレーの幌屋根がうしろからせりあがってきて、ウィンドシールドと連結した。ドレイクはすこしあとずさり、車を進めるようにと合図した。車はゆっくりと前進していき、下り坂に差しかかって前傾したのち、ずるっと一メートルほどすべり落ち――アリスンが悲鳴をあげた――そこで停まった。

「よし、完璧だ」ドレイクはポケットに手をつっこんで、ニトリルゴムの安全手袋を取りだした。「その位置でいいぞ。では、ギアをパーキングに入れてくれ。エンジンはかけたままでたのむ」

ドレイクは運転席の外側に歩みよった。アリスンは車を降りようとしている。ドレイクがゴム手袋をはめるぱちんという音は聞こえなかったにちがいない。

すばやい動きで、ドレイクはたたきつけるように運転席のドアを閉めると、窓から手をつっこみ、ロックした。ついで、両手でアリスンの髪をつかみ、頭をウィンドシールドの金属フレームにたたきつけた。金属のフレームだからパッドはついていない。アリスンが悲鳴をあげはじめる。ドレイクはそれにかまわず、さらに頭をフレームにたたきつけた。何度も何度もたたきつけた。

アリスンがぐったりと動かなくなった。念のために、こんどは何度か、額をハンドルにたたきつけた。ほんとうに失神しているかどうか心配だったが、これでもうだいじょうぶだ。

アリスンの背中ごしに車の内部へ手を伸ばし、ギアをドライブに切り換えようとした。なかなかうまくいかなかった。ようやくギアを切り換えおえると、すばやくあとずさった。バランスを崩してしまい、地面に尻もちをついた。

ベントレーがドレイクの目の前をゆっくりと動いていく。そのまま、壊れた橋を進んでいって、とうとう橋床の崩落した部分に差しかかり、がくんと前のめりになると、尻部を大きく跳ねあげ、二百メートル下の川と海に落下していった。

ドレイクはよろよろと立ちあがった。橋の壊れた部分まで歩みよったときには、すでにもう、車は崖下に激突したあとだったが、壊れた部分にたどりつくまぎわ、金属が岩場に激突する音が聞こえた。崖下を覗きこんでみたところ、コンヴァーティブルは岩場で上下さかさまにひっくり返っていた。アリスンが這いだしてきはしないか、しばらくようすを見まもった。車輪のひとつがむなしく回転しているだけで、ほかに動きはなかった。

「おれの信用をなくすまねをするから、そういうはめになるんだ、アリスン」

ドレイクは静かな声でそういうと、ゴム手袋を剝ぎとりつつ、現場に背を向けた。

自分が乗ってきたＢＭＷは、橋の後方百メートルの位置に駐めてある。道は未舗装だが岩のように固く、乾燥しているため、タイヤの跡はいっさい残らない。ドレイクはＢＭＷに乗りこみ、せまい道をゆっくりバックさせていって――ここでミスはゆるされない――ある程度の広さがある場所までできたところで車の向きを変え、南へ、ホノルルへと向かった。

落下した事故車を警察が見つけるまで数日はかかるだろう。それまでのあいだ、打てる手は早めに打っておいたほうがいい。明朝、警察に電話して、院生たちの行方がわからず、心配している旨を連絡しておこう。美人のアリスン・ベンダーと夜の街探訪に出かけて、まだ帰ってこないといえばいい。

ケンブリッジとボストンではこの事件が報道されるだろうが、報道の悪影響についてはまったく心配していなかった。この点、ハワイは助かる。ハワイは観光地であり、荒波や大波による水死、ハイキング道での墜死のほか、美しいアウトドアでの行楽で事故死する観光客がすくなくないが、当局は伝統的にその数を公表したがらない。ケンブリッジでは、この事件が何日もくりかえし報道されるはずだ。院生の何人かはそれなりの容貌だから、なおさらだろう。しかし、いずれかならず、もっとおいしいニュースに取って代わられる。オーストリアの貴族の娘が、レイニア山でヘリコプター・スキーをしていて、事故死するかもしれない。タスマニアでダイバーが何人か死ぬかもしれない。テキサスの大富豪が、ヒマラヤ登山のためにネパールのクーンブ地方を訪れ、そのベースキャンプで不慮の死をとげるかもしれない。イタリアのチンクエテッレで奇妙な事故が発生するかもしれない。観光客がコモドオオトカゲに食われてしまうかもしれない。

人々の耳目を集めるニュースはつぎからつぎへと起こる。この件はすぐに忘れ去られるだろう。

もちろん、会社内部には、まだいろいろと問題が山積している。今回、あの院生たちを呼んだのは、Ｎａｎｉｇｅｎスタッフの大幅な補充を――必須の補充を行なうためだった。このところスタッフの損失がつづいていて、人員は著しく不足している。ここでスタッフを増強できていれば、会社の研究もふたたび軌道に乗ったろうに、こんなことになるとは……。この件、かなりうまく処理しないとまずい。

ＢＭＷのスポーツカーは、がくんがくんと上下に揺れつつ、未舗装の道を進んでいった。ハンドルはしっかり握っている。向かう先は南――〝死者の魂が旅立つ地〟ことカエナ岬だ。道の両側には海がせまり、砕け波が水しぶきを投げかけてくる。あとで忘れずに車体とタイヤについた潮水を落とすよう、心の中にメモを書きつけた。パールシティで適当な洗車場にはいったほうがいい。

腕時計を見た。

午前三時三十分。

不思議に、ちっとも気がせいていなかった。動揺もしていない。オアフ島の南側に――ダイヤモンドヘッドに近いワイキキに――もどるだけの時間的余裕は充分にある。そして、院生たちのために確保したホテルの部屋をあさり、連中が部屋に置いていったガジェットや科学の玩具(おもちゃ)を調べる余裕もだ。

そこまでやってもなお、余裕を持って高級住宅地カハラにある豪勢なアパートメントにもどり、ベッドに潜りこめるだろう。夜のうちに事故車が見つかってくれれば、捜索願いを出す手間も省ける。警察からの電話でたたき起こされて、悲報を告げられ、自分の最高財務責任者が優秀な院生たちを連れて夜の街にくりだしたあげく、愚かにも酔っぱらい、道をまちがえ、墜死したという事実に、愕然としてみせればいいだけの話だ。

第二部
人間の群れ（バンド）

14

マーノア渓谷

10月29日
4:00 AM

七人の院生とキンスキーは、一列縦隊で森を歩いていた。暗闇と深い影の中、耳慣れぬ異様な音に包まれて、つねに聞き耳をたて、周囲に目を配りながら、地面の険しい凹凸を乗り越えて進んでいく。

リック・ハターは手製の草の槍を肩にかつぎ、地面に散り敷いた枯れ葉のあいだを通りぬけ、倒れたセコイアよりも巨大に見える枯れ枝の下をくぐり、よろめきよろめき歩いている。

カレン・キングはバックパックを背負い、抜き身のナイフを握りしめて歩いていた。

一行の先頭に立ち、周囲を見まわしながらルートを選ぶのは、いまはピーター・ジャンセンの役目だ。なんとなく、その物静かな雰囲気のせいか、リーダーの位置にはピーター・ジャンセンが収まっていた。ヘッドライトは使っていない。捕食動物の注意を引きたくないからである。

それもあって、目の前の地形のようすはよくわからない。

「月、沈んじゃったな」ピーターがいった。

「でも、そろそろ夜明けが――」ジェニー・リンがいいかけた。

だが、その先はつづけられなかった。突如として、森の中にひどく異様な叫び声が響きわたったためだ。はじめは低いむせび泣きに聞こえたその音は、しだいに大きさを増していき、しわがれた叫びの連禱となった。声は無限に広がる頭上の枝葉のどこかから降ってくる。猛々しさのにじむ、異様な叫び声だった。

リックが槍をかまえ、すばやく一回転しながら、まわりに目を配った。

「なんの声だ、これは？」

「鳥の鳴き声、じゃないかと思う。ドレイクたちの声と同じで、回転数を落としたように聞こえているんだ」そういって、ピーターは腕時計に目をやった。デジタル方式なので、〈4：15ＡＭ〉と表示されている。これだけ縮んだにもかかわらず、腕時計は正常に機能しているらしい。「そろそろ夜明けか」

「早急に補給ステーションを見つけて、ひとまず安全が確保されたら、そこに置いてある無線機で助けをもとめよう」ジャレル・キンスキーがいった。「バックパックの無線機も同じ機械だから、それを使ってもいいが、いまはなにより、安全な場所にたどりつくのが先だ。この手の無線機ではＮａｎｉｇｅｎ本社を呼びだせない。だが、近くまで捜索隊がきていたなら、電波を拾ってくれるかもしれない。呼びかけが通じれば、迎えがくる」

「くるのはドレイクだよ。助けにくるんじゃない。殺しにくるんだ」とピーターはいった。

キンスキーは反論しなかったが、そう思っていないことはたしかだった。

ピーターは語をついだ。

「重要なのは自力で〈テンソル・ジェネレーター〉にたどりつくことだな。そうしたら、これも自力で、元のサイズにもどるための処置を行なわないといけない。そのためにも、まずＮａｎｉｇｅｎ本社へもどる。なんとかしてね。ドレイクに助けをもとめることだけはしちゃいけない」

「911番に電話して、助けを呼べないのか」ダニーがいった。

「いい考えだな、ダニー。どうやって電話するか教えてくれよ」

リックが馬鹿にしきった声で答えた。

ジャレル・キンスキーによれば、マイクロワールド仕様の無線機は半径三〇メートルの範囲までしか電波がとどかない。ただ、音声周波数を変換できるので、通常サイズの人間ともなんなく通話できるという。

「Ｎａｎｉｇｅｎのだれかが偶然その範囲にいて、しかるべき周波数に合わせていれば、こちらと通信できる。だが、その条件が満たされないかぎり、だれもこちらからの信号は受信できない」

そしてこの無線機は——とキンスキーは説明した——警察やレスキューが受信する周波数をいっさい使っていない——。

「Ｎａｎｉｇｅｎのマイクロワールド用無線機は七〇ギガヘルツ帯を使用しているんだ」キンスキーは説明をつづけた。「これはかなり高い周波数帯でね。野外調査班の者たちが短距離間で連絡をとりあうぶんには有効だが、長距離通信にはまったく向いていない」

ジェニー・リンがいった。

「ドレイクがこの植物園を案内したときに、ここと——このマーノア渓谷と——本社とを行き来する連絡トラックがあるっていってたよね。そのトラックにこっそり乗りこむのはどうかな」

全員が黙りこんだ。ジェニーの提案は適切なものに思えた。顧みれば、たしかにヴィン・ドレイクは連絡トラックがあるといっていた。しかし、野外調査班がマイクロワールドへの出入りを中断しているいま、連絡トラックは走っているのだろうか？

ピーターはジャレル・キンスキーをふりかえった。

「連絡トラックがまだＮａｎｉｇｅｎと行き来しているかどうか、知ってるかい？」

「知らない」

「行き来しているとして、トラックはふだん、何時ごろこの植物園にくる？」

「二時ごろだな」

「停まる場所は？」

「駐車場だ。グリーンハウスの前の」

全員がその意味を理解し、考えこんだ。

「ジェニーのいうとおりだと思う」ピーターはいった。「その連絡トラックに乗っていくべきだ。早々に本社へもどって、〈テンソル・ジェネレーター〉にかかるように――」

「待ってくれ」リック・ハターが異論を唱えた。ふりかえったピーターの視線をとらえて、リックはいった。「こんなに小さくなってるのに、どうやってトラックに攀じ登れるっていうんだ？　まともなプランとはいえないぜ？　だいいち、トラックがこなかったらどうする？　Ｎａｎｉｇｅｎ本社は植物園から二五キロも離れてるんだぞ。いまのおれたちは一〇〇分の一サイズなんだ。よく考えてみろ。それは一キロの距離が一〇〇キロになったのに等しい。本社までの距離が二五キロなら、このサイズのおれたちにとっては二五〇〇キロあるのと同じだ。基本的に、ルイス＆クラーク探険隊と同レベルの大遠征をすることになる。ルイジアナ遠征なみの大旅行だぞ？　しかも、どんなに長くたって、四日のうちには本社にたどりつかなきゃならない。でないと、マイクロ酔いでみんな死んでしまう。そうとう分の悪い賭けだぜ、こりゃあ」

「要するにリックは、手をこまぬいてなんにもするな、あきらめろ、といってるのよね」

カレンがいった。

リックはうしろをふりかえり、声を荒らげた。

「そうじゃない。現実的に考えろと——」

「なにが現実的よ。ただの泣きごとじゃないさ、あんたのは」

カレンが辛辣な口調でいいかえす。

ピーターは言いあいをやめさせようと数歩引き返し、リックとカレンのあいだに割ってはいった。ふたりに口喧嘩をさせておくより、怒りの矛先を自分に向けさせたほうがましだと判断して、リックの肩に手をかけ、すこしきつい声を出す。

「よさないか、ふたりとも。ここで言いあいをしたってだれの得にもならない。いちどに一歩ずつ、着実に歩を進めていこうじゃないか」

ピーターは先頭にもどり、ふたたびみんなを先導しだした。それからしばらく、一行は無言のままで歩きつづけた。


身長二センチたらずの人間が森の地べたをのたくっているのだから、見通しはほとんどきかない。それは朝陽が昇ってからも同様だった。植物のなかでとくにたちが悪いのは、いたるところに生い茂って密生するシダ類だ。視界をふさぎ、影を作るので、日光の恩恵はかなりそこなわれてしまう。グリーンハウスもそのせいで見えない。そもそもここには、陸標として現在地の目安にできるものがまったくなかった。それでも一行は進みつづけた。

やがて朝陽はやや高く昇り、陽光の矢が森の天蓋を貫いてななめに射しこんでくるようになった。

陽の光の下で見ると、土壌のようすがいっそうはっきりわかった。周囲にひしめくのは無数の微小な生物だ。あたりは線虫類、土壌性のササラダニ類、そのほかの微小な生物であふれ返っている。昨夜、ジェニー・リンの脚に這いあがってきたのも、この手の生物の一匹だった。ササラダニは非常に小型のクモに似た節足動物で、土壌を這いまわり、土の隙間、落葉、コケのあいだなどに潜りこんでは、腐りかけた植物を食べて生活している。ダニ目ササラダニ亜目に属す種の数は膨大だ。通常サイズの人間が肉眼で見ても、とても識別できないのがふつうだが、縮小された人間、つまりマイクロヒューマンの目で見ると、ササラダニはかなり大きな存在といえた。いまの院生たちの視点では、米粒大からゴルフボール大まで、種によってサイズはさまざまだ。大きな種類になると、ほとんどマイクロヒューマンなみのサイズのものもいるはずだが、いまのところは遭遇せずにすんでいる。遭遇したほとんどの個体は小さな卵形のからだを持ち、厚くて堅い表皮と鋭いトゲ状の毛でおおわれていた。ダニ目は蛛形綱、つまりクモ形綱に属す。

クモ学専門のカレン・キングは、しきりに立ちどまっては、ダニの姿をまじまじと観察した。彼女が見ても、識別できる種類はひとつとしてない。何百もの種類がいるようだが、そのすべてが未確認種に思える。自然の豊かさにはほとほと感心するばかりだった。ここでは生物多様性を目ではっきりと確認できる。いたるところにダニがいた。その姿には、荒磯に棲息するカニを思わせるものがあった。どのササラダニも小さくて無害で、ちょろちょろとあたりを這いまわり、マクロの世界に顧みられることなく、ささやかな暮らしを送っている。

カレンは一匹のダニを拾いあげ、手のひらにのせてみた。

繊細このうえない、完璧な形状をしていた。カレンは気分の高揚をおぼえた。いったいどういうことだろう？　意外にも、自分はこの奇妙な新世界を楽しんでいる！

「なぜだかわからないけど」とカレンはいった。「いままでずっと、こんな場所をさがしもとめていた気がするわ。故郷に帰ってきたみたい」

「ぼくはちがうね」ダニーがいった。

口器で皮膚をさぐりながら、ダニはカレンの腕を這い登ってきた。

「気をつけて、咬まれるかもしれないよ」ジェニー・リンがいった。

「この子たちは咬まないわよ」カレンは答えた。「彼の口器を見て。これは植物遺体――腐った植物のクズを吸うように適応しているの。掃除屋なのよ、彼は」

「どうして彼ってわかるの？」

カレンはダニの腹部を指さした。

「ほら。ペニスがある」

「ふうん。どんなに小さくても、オスはオスってことか」

「冗談よ。ササラダニの雌雄を外見で区別するのはむずかしいの。この仲間の生殖方法は変わっててね。まず雄が生殖門を開いて、地面に粘液で柱を立てるでしょう。その先端に精子のはいった丸い袋を——精包っていうんだけど、それを載せて去るの。たまたま通りかかった雌が、その精包を自分の生殖門に取りこむ仕組み」

みんなとともに進みながら、カレンはますます興が乗ってきたようすでつづけた。

「ダニというのは、とても興味深い生物でね。高度に特殊化しているの。土壌性ではないダニの場合、動植物に寄生するものが大半なんだけど、種によって寄主が決まっているのよ。特定のオオコウモリの目玉だけに寄生するダニだっているわ。ほかには寄生しないの。なかにはナマケモノの肛門にだけ寄生するダニもいて——」

「やめてくれ、カレン！」ダニーが怒鳴った。

「慣れなさい、ダニー、これが自然というものなんだから。地球上の人間の約半数には、睫毛にダニが棲みついているのよ。ダニが寄生する昆虫もたくさんいるわ。それどころか、ダニに寄生するダニもいるし——ダニを捕食するダニすらいるくらい」

ダニーが身をかがめ、足首に取り憑いたダニをひっぺがした。

「このチビの怪物め、ぼくの靴下に穴をあけやがった」

「〝こんなところにクズが〟と思ったんだよ、そいつ」ジェニーがまぜかえした。

「冗談ごとじゃないぞ、ジェニー」

「おれが作った天然乳液のスキンクリームをつけたいやつはいるか？」リック・ハターが呼びかけた。「ダニが寄りつかなくなるかもしれないぞ」

何人かが使いたいといったので、ピーターは足をとめた。全員が立ちどまった。は実験室用のプラスティック・ボトルを取りだし、みんなにまわした。各人、すこしずつクリームを手にとって、顔、手、袖口、足首に塗りつけていった。クリームには刺激臭があった。さいわい、効果は覿面（てきめん）で、それ以降、ダニはだれにも寄りつかなくなった。

マイクロワールドの現実は、アマール・シンの五感に著しい違和感をもたらしていた。小さくなることで、皮膚の感覚さえ変化してしまったような感がある。

マイクロワールドに対して最初に感じたのは、顔や手をなでてゆく空気の感触――シャツをはためかせ、髪の毛を乱れさせる風の感触がまったく異なるということだった。空気が濃密になり、粘稠（ねんちゅう）ともいえるほどねっとりとして感じられる。からだの周囲に渦を巻き、流れてゆく空気の動きが、いちいち抵抗として感じられるほどだ。腕を振ってみた。指のあいだを空気がすりぬける感触がはっきりとわかった。マイクロワールドの空気中を移動するのは、水中を移動するのと似た感覚をもたらした。からだがうんと小さくなったため、空気抵抗がずっと大きくなったらしい。アマールはすこし横によろけた。それだけの動作でも空気抵抗を受け、側面から風に吹かれたように感じた。

「ここでの歩きかたを学ばないといけないな。船に乗ると、しばらくはよろよろするが、あれと同じだ」アマールはほかの者たちに語りかけた。「一から歩きかたを覚えなおしている気分だよ」

ほかの者もみな、歩行に困難をおぼえているようだった。何度もよろめき、空気抵抗と折り合いをつけながら、おぼつかない足どりで進んでいく。ときどき、足運びをまちがうこともある。なにかの上に飛び乗ろうとして、ジャンプしすぎてしまうことも間々あった。通常世界よりもマイクロワールドでのほうが、相対的に筋肉の作用力が強いようだ。

月面を歩くのは、きっとこんな感じなのだろう。

「自分たちの筋肉にどれくらいの力が出せるのか、まだつかめていないもんね。ためしてみよっか」

ジェニーがいって両脚のバネをきかせ、思いきりジャンプし、両手で真上の葉の先端に飛びついた。そうやってしばらくつかまってから、ほどなく左手を放し、右手の力だけでつかまった。軽々とぶらさがることができた。ジェニーは葉先を放し、地上に飛びおりた。

バックパックは、いまはリックが背負っている。運搬係の順番がまわってきたからだ。中身は装備でぎっしりだったが、パックをかついだままでも軽々と飛び跳ねられたし――たいして力をいれなくとも高く跳ぶことができた。リックはいった。

「おれたちの肉体、この世界でのほうが力が強くなってるし、軽くなってる。重力の影響が通常世界ほど大きくないからだろうな」
「ちっちゃいってことは便利だね」ピーターがいった。
「どこが便利か、ちっともわからないよ」とダニー・マイノットがいった。

アマール・シンはふと、恐怖で背筋がぞくりとするのをおぼえた。この森一帯の葉むらのあいだに棲んでいるのはなにか？

肉食動物だ。

六本以上の脚を持ち、各体節を硬い殻で鎧われたうえ、尋常ならざる手段で獲物を殺す生物たちだ。

アマールは敬虔なヒンドゥー教徒の家庭で育った。両親はインドからの移民で、ニュージャージーに居を定め、肉は食べないし、殺生もしない。家の中にはいってきたハエを、父親が殺そうとせず、窓をあけて外に追いだすところを、アマールは何度も見ている。そういった家庭環境だったので、アマールはずっとベジタリアンだった。タンパク質を摂取するにも、動物の肉を口にしたことはない。すべての動物は、昆虫も含めて、痛みや苦しみを感じるというのがアマールの考えかただ。ラボでも研究対象は植物であり、動物ではない。

　しかしいま、この密林の中にあって、アマールは自問していた。自分は生き延びるために動物を殺せるだろうか。その肉を食べられるだろうか。

「われわれはタンパク質だ」とアマールはいった。「われわれはたんにそれだけの存在でしかない——ただのタンパク質の塊なんだ」

「つまり、なにをいいたいんだ？」リックがたずねた。

「われわれが二本の脚で歩くタンパク質だということだよ」

「なんだか悲観的に聞こえるぜ、アマール」

「現実的になろうとしているだけさ」

「でも、興味深くはあるよね、この世界」とジェニー・リンがいった。

　ジェニーは最前から、マイクロワールド特有の匂いに気づいていた。この世界以外では嗅げない匂い。鼻孔に充満する、複雑に混じりあった土や植物、その他の匂い。悪くない匂いだ。むしろ、とてもいい匂いというべきだろう。それは土をベースに一千もの未知の匂いが混じりあう、独特の香気となって鼻をくすぐる。粘り気の強い空気にただよう匂いのなかには、甘い匂いもあれば、麝香（ジャコウ）のような匂いもある。匂いの多くは心地よいもので、極上の香水のようにうっとりとしてしまう芳香も混じっていた。

　ジェニーはほかの者たちに説明した。

「森にただよっているのはフェロモンの匂いだね。これは動植物がコミュニケーションに使っている伝達用の化学物質の匂い。目には見えない自然の言語ってところかな」

森の深い香気は気分を高揚させてくれる。この世界にきたことで、ジェニーは生まれてはじめて、自然がもたらす多彩な香りの数々を存分に味わうことができた。その認識は、全身を興奮でぞくぞくさせるとともに、恐怖をいだかせるものでもあった。

土の塊を拾いあげ、鼻の下にあてて匂いを嗅ぐ。土くれには微小な線虫とササラダニが大量にうごめいていたほか、クマムシと呼ばれる生物も何匹か混じっていた。土自体には、かすかに抗生物質のような匂いがあった。それも当然ではある。土壌の中には膨大な数のバクテリアもひしめいており、そのバクテリアの多くはストレプトミセス属で、抗生物質の原料となるからだ。

「ここ、ストレプトミセスの匂いがする」ジェニーはほかの院生たちにいった。「これはストレプトマイシンとかの原料になるバクテリアのグループでね。現代の抗生物質はこの属から作られるものも多いんだ」

土くれにはカビの菌糸も大量に交錯していた。ジェニーはその一本を引っぱってみた。硬い感じはあるものの、ゴムのようにちょっと伸びた。一立方センチあたりの土壌に張りめぐらされているカビの菌糸は、総延長何キロにもおよぶ。

そのとき、なにかがジェニーの前をただよい、濃密な空気の中をゆっくりと下へ降りていった。通常サイズで見るコショウ粒ほどの大きさで、無数の突起がつきでた微小な塊だ。

ジェニーは立ちどまり、塊を見つめた。

「これ、いったいなに？」

塊はジェニーの足元に着地した。と、それとそっくりの塊がもうひとつ、雪片のようにふわふわと目の前に降ってきた。ジェニーはとっさに手を伸ばし、手のひらで受けとめてから、親指と人差し指でつまんで転がしてみた。塊は硬くて丈夫な表面でおおわれている。うんと小さなナッツのようだ。

「花粉だ……」大きく目を見開いて、ジェニーはつぶやいた。

頭上を見あげると、低木のハイビスカスがいっせいに純白の花々を咲かせつつあった。まるで白い雲が広がったようだ。なぜかはわからないが、その絢爛たる光景に、ジェニー・リンは心が浮き立つのを覚えた。すこしのあいだ、これほど小さくなれたことを幸せに思ったほどだった。

「これは……なんていうか……すごいよ、ここ」いいながら、ジェニーはゆっくりと周囲を見まわし、白い花々が作る白雲を見あげた。そのあいだにも、花粉の雪はまわりに降りそそいでくる。「こんなの、想像したこともない」

「ジェニー——先を急がなきゃ」

ピーターは足をとめ、ジェニーをそっとうながした。そしてジェニーが動きだしたのを確認すると、ふたたび一行を導いて歩きだした。

昆虫学を専攻するエリカ・モルにとっては、幸せな思いどころか、その正反対だった。恐怖は刻一刻といや増していく。昆虫のことを知りつくしているだけに、いま自分たちが置かれている状況が恐ろしくてしかたがない。昆虫には鎧があるが、こちらにはないのだ。昆虫の鎧はキチン質でできている。それは生体が発達させた天然の鎧であり、軽量で頑丈で、耐久性に富む。自分の腕をひとなでして、人間の皮膚がいかに繊細か、体毛がいかにやわらかいかを実感した。

（わたしたちはやわらかい）とエリカは思った。（そして昆虫にとっては格好の餌になる……）

ほかの者には、そんな不安はいっさいいわないでおいたが、表面的な冷静さの下には、押しつぶされそうな恐怖が宿っていた。恐ろしいのは、自分の恐怖に圧倒されることだ。パニックを起こして自分をコントロールできなくなることだ。

エリカ・モルは唇を引き結び、両手をぐっと握りしめ、恐怖を抑えこもうと努めながら、黙々と歩きつづけた。

ピーター・ジャンセンは小休止を呼びかけた。一行は葉の縁に腰をかけ、休憩をとった。ピーターはこの機会に、ジャレル・キンスキーからすこし話を聞いておくことにした。

キンスキーは〈テンソル・ジェネレーター〉にくわしい。操作員だからだ。なんとかしてNanigen本社にもどり、〈テンソル・ジェネレーター〉の部屋にはいれたとしても、自分たちだけであの機械を操作できるものなのか？　こんなに小さい状態でそんなことが可能なのか？

ピーターはその疑問を口にしたうえで、キンスキーにたずねた。

「あの機械を動かすのに、通常サイズの人間の助けがいるのかな？」

キンスキーは考えこんだ顔になり、

「なんともいえない」といって、草の槍の先で地面をつついた。「ただ、こんなうわさを聞いたことがある。〈テンソル・ジェネレーター〉を設計した人間は、緊急時にマイクロヒューマンでも操作できるよう、超小型の非常用制御装置を用意していたそうだ。そんな微小制御装置があるとすれば、たぶん制御室の中だろう。前にさがしたことがあったが、そのときは見つけられなかった。図面にもなかった。ただ、微小制御装置が見つかりさえすれば、わたしが操作できる」

「あなたの助けが必要なんだよ」

キンスキーは土の上から槍先を持ちあげて、一匹のダニを見つめた。ダニは前肢を振り動かしながら、槍のそばを移動していく。

「わたしの望みは、家族のもとへ帰ることだけさ」

キンスキーは静かにそういって、槍をふるい、ダニを突き飛ばした。

リックが辛辣な口調でいった。

「あんたのボスはな、あんたを家族のところに帰してやることなんて考えちゃいないぞ。これっぱかりもな」

「リックには家族がいないんだぜ」ダニー・マイノットがジェニー・リンにささやいた。

「おまけに、ガールフレンドも――」

リックがいきなりダニーを突き飛ばした。ダニーはうしろによろめき、叫んだ。

「暴力で言論を封じられると思ってるのか、リック！」

「封じられるさ、すくなくともおまえの口はな」

ピーターはリックの肩をつかみ、ぐっと力をこめた。落ちつけという意味だ。ついで、キンスキーに顔を向け、質問を重ねた。

「Nanigenの本社に帰りつける可能性はあるかな？　連絡トラックのほかにということだよ。トラックがもう行き来していないとしたら、ほかの可能性も考えておかないといけない」

キンスキーはうつむき、考えこんでいたが、ややあって、こう答えた。

「そうだな――タンタラス基地をためしてみるのもいいかもしれない」

「タンタラス基地？　それは？」

「タンタラス火口跡にある生物資源探査施設のことなんだが……。タンタラスの火口跡は、この谷に面してそびえる山の頂上にある」キンスキーはその山がある方向を指し示した。頭上に生い茂る枝葉の隙間を通して、緑色のしみのようなものがかろうじて見えていた。

「基地があるのは、あそこらへんのどこかだ」

ジェニー・リンがいった。

「そういえば、見学ツアーの途中に、ヴィン・ドレイクもタンタラスって名前を出してたよね」

「憶えてる」カレンがいった。

「基地はまだ運用されてるのかい？」ピーターはキンスキーにたずねた。

「一時閉鎖中だと思う。タンタラスでも人死にが出たからな。捕食動物がいるんだ」

「どんな？」カレンがたずねる。

「狩りバチだと聞いてる。しかし――」と、基地の状況を思いだしながら、キンスキーは先をつづけた。「――タンタラス基地にはマイクロプレーンがある。すくなくとも、以前はあった」

「マイクロプレーン？」

「超小型の飛行機さ。われわれが乗れるサイズの」

「それでNanigenまで飛べるかな？」

ない」

「その飛行機の航続距離はわからない。それに、基地にまだ残っているかどうかもわから

「タンタラス基地までどのくらいだい？」

「マーノア渓谷からだと、六〇〇メートル上だな」

「六〇〇メートル！」リック・ハターが大声を出した。「それじゃあ……とうていたどりつけやしない。このサイズのおれたちにはむりだ」

キンスキーは肩をすくめた。ほかの者たちは無言のままだ。

ピーター・ジャンセンは考えを口にした。

「オーケー、ぼくの考えでは、今後とるべき方針はこうだ。はじめに、なんとかして補給ステーションを見つけて利用できるものを回収する。つぎに、駐車場へ向かう。駐車場に着いたら連絡トラックを待つ。重要なのは、できるだけ早く駐車場までいくことだ」

「どうせみんな死んじゃうんだろ」ダニー・マイノットがいった。声がかすれている。

「なにもしないわけにはいかないじゃないか、ダニー」

ピーターは説得力を感じさせる声を出そうと努めた。このようすだと、ダニーはほんのちょっとした刺激でもパニックに陥りかねない。それはグループ全体にとって危険な事態を招く。

結局、ほかの者もピーターの提案を受けいれた。何人かは文句をいったが、もっとまし

な考えがあるわけではなかった。

一行は交互に、一枚の葉の上にたまった露のしずくでのどをうるおしてから、ふたたび進みはじめた。もとめるのは、小径、テント、その他なんでも、人間の存在を示すものだ。地面付近に生える小さな植物は頭上にアーチを作り、ときどきそれが連なってトンネルを形成していた。一行はそうして蛇行するトンネルをつぎつぎに通りぬけ、天にそそりたつ巨木の横を何度も通りすぎたが、補給ステーションはいっこうに見つからなかった。

「やれやれだな。早急にここを脱出する方法を見つけないと、おれたちは血を垂れ流して死んじまう。それなのに——」みんなとともに進みながら、リック・ハターがぼやいた。「——補給ステーションは、ひとつも見つかりゃしない。かてて加えて、狂える大巨人がおれたちを殺そうとさがしまわってやがる。おまけに足はマメだらけときた。これ以上、心配のタネはないだろうな?」

問いかけるリックの声には、強烈な皮肉の響きがこもっていた。

「あるとも」キンスキーが静かな声で答えた。「アリだ」

「アリ?」聞き返したのは、ダニー・マイノットだった。声が震えている。「アリがどうしたって?」

「アリはとくにやっかいだと聞いている」とキンスキーは答えた。

リック・ハターは、地面に横たわる巨大な黄色い果実の手前で立ちどまった。サイズはいまの院生の半分ほどだ。リックはいったん上を見あげ、周囲を見まわした。それから、「やっぱり！」と叫んだ。「これは梅檀（センダン）――メリア・アゼダラクだ。こいつの実は非常に毒性が強くてな、成虫だろうと幼虫だろうと、昆虫なんかひとたまりもない。この実には二十五種類の揮発成分が含まれる。主要なのは1－シンナモイルだ。こいつはクラーレの格好の成分になるぞ」

リックはバックパックを地面に降ろし、その中へセンダンの実をむりやり押しこんだ。センダンの実にしてはかなり小ぶりなほうだったが、それでもパックはぱんぱんに膨れ、パックの口から上部が大きくはみだす格好になった。明るい黄色をした縦長の実は巨大なメロンのようでもある。

カレンがリックをにらんだ。

「そんなことをしたら、パックに毒の果汁がつくじゃないの」

「だいじょうぶだよ」リックはにんまりと笑って、黄色い実の上端をぽんぽんとたたいてみせた。「皮が堅いからな。汁はにじまない」

カレンはリックに疑わしげな目を向け、

「ま、あんたの命だからね」と、そっけなくいった。

一行は歩みを再開した。

ダニー・マイノットは遅れがちだった。顔は真っ赤になっており、両手でしじゅう額をぬぐっている。とうとうスポーツコートを脱いで、地面にぽいと投げ捨てた。房飾りつき(タッセル)ローファーは、とうに泥だらけだ。さっきから、からだが痒くてしかたがないので、葉の上にすわりこみ、シャツの中に手をつっこんで、ぼりぼりと掻いた。手にあたったなにかを取りだしてみると、小さな花粉の粒だった。親指と人差し指で花粉をつまみ、みんなに向かって呼びかける。

「知ってるか、ぼくの花粉アレルギーのひどさ？　こいつが鼻にはいったら、ショックで死んでしまうかもしれないぞ」

カレンが馬鹿にしたような笑い声をあげた。

「それがあんたのアレルゲンなわけないでしょ！　もしそうだったら、とっくに死んでるわよ」

ダニーは花粉の粒を弾き飛ばした。花粉は回転しながら、ふわふわと空中をただよっていった。

アマール・シンは、生物のあまりの豊富さに興味をかきたてられ、そわそわしていた。マイクロワールドの隅から隅まで、微小な生物がひしめいていない場所はないといっても過言ではない。

「すごいな！　カメラがあったらよかったんだが。これはぜひ記録に残しておきたい」

七人は若き科学者であり、マイクロワールドは未知の生命のワンダーランドだ。ここで目にする生物には、いまだに確認されたことがなく、命名されていない種が多いにちがいない。

「この森の一平方メートルごとにひとつ、論文が書けそうだ」とアマールはいった。

そして、論文のテーマや構成を頭の中で夢想しはじめた。この旅の成果は博士号に結実するだろう。もちろん、この旅を生き延びられればだが——。

森の地面には、魚雷のような形をした小型生物が無数に這いまわっていた。いくつもの体節で構成され、二本の触角と六本の脚を持った、かなり小さな生物だった。なかには、スパゲッティでも食べるようにしてカビの菌糸を摂食している個体もいた。

そばを通りかかった人間がうっかり接触すると、その小生物は決まってびくっと動き、大きなパチンという音をたてて空中高く跳ねる。音がするのは叉状の尻尾を地面にたたきつけるからだ。その反動で跳びあがるため、生物はトランポリンの選手のようにくるくると後転しながら、落ちるようにして着地する。

そんな小生物の一匹に近づいたとき、エリカ・モルは立ちどまり、相手の不意をついてかかえあげ、しげしげと観察した。生物はガチガチという音をたてて尻尾を前後に振っている。

「こいつら、なんだ？」

頭に落ちてきた一匹をひっぺがしながら、リックがたずねた。どこかで跳ねた個体が、たまたま頭の上に降ってきたのだ。

「トビムシよ」とエリカ・モルは答えた。トビムシはきわめて小さいため、通常サイズの世界で人間がその存在に気づくことはまずない。それを説明したうえで、エリカはいった。

「ゴマ粒ほどだから、気づかないのもむりはないわ」

この生物は腹部の尾端に跳躍器を持っていて、それを地面にたたきつけ、高くジャンプすることにより、捕食者から逃れる——そうエリカが説明したとたん、それが合図ででもあったかのように、トビムシはエリカの手を逃れてジャンプし、空中高く舞いあがって、シダの葉の向こうに消えた。

一行が進むにつれて、その足音に驚いたのだろう、行く手のトビムシたちがつぎつぎにジャンプして道をあけだした。そんな状況のなか、ピーター・ジャンセンは先頭に立って進んだ。からだから汗がしたたっている。水分が急速に失われていくのがわかった。

「どこかで水分をたっぷり補給しておかないとまずいな」ピーターはみんなに話しかけた。

「でないと、たちまち干からびてしまう」

進むうちに、コケのブロックの上に露がたまった場所に出くわした。一行はその周囲に集まって、両手で水滴から水をすくい、口に運んだ。水の表面は粘性が強く、院生たちは表面張力を打ち消すため、表面をたたきながら水を飲まなくてはならなかった。しかも、わずかな水をすくったとたん、水滴は両手の中でたくさんの微小な水滴に分かれてしまう。

やがて一行は、ひときわ巨大な樹のそばに到達した。極太の幹は天を衝いてそそりたち、根は四方へ広範囲に伸びている。その根を迂回して進むうちに、つんと鼻を刺す刺激臭がただよいだした。それとともに聞こえてきた、なにかをリズミカルにたたく音——まるで雨だれのような音だ。

先頭を進んでいたピーターは、根の一本の上に攀じ登り、音のする方向を眺めやった。そう遠くないところに、並行して連なる一対の低い壁が見えた。壁は蛇行しながら長々と地上を走り、視界の外へと消えている。壁は土のかけらをなんらかの粘着物質で接着し、築きあげたもののようだ。その粘着物質は、いまは乾いてカチカチだった。

壁と壁のあいだには、アリが長い長い行列を作っていた。行列は二列あり、それぞれに進行方向が異なっている。行列をはさむ左右の壁は、アリのハイウェイを保護するためのものらしい。ある地点で、二枚の壁の上端は左右から内側にカーブして、トンネルを形成していた。

ピーターはしゃがみこみ、ほかの者たちにも停まるよう合図した。そこから先は慎重に進み、最後は腹這いになって前進した。そばまでいくと、壁の上からそっとアリの行列を覗きこんだ。

このアリは危険だろうか？　アリの体長はピーターの前腕の長さしかなかった。大きな種類ではない。サイズを確認して、すこし安心した。なんとなく、ここらのアリはもっと大型だと思いこんでいたのだ。それでも、数はすさまじく多い。何百というアリは、自分たちが造った小トンネルにはいっていく列も出てくる列も渋滞することなく、すみやかにハイウェイを流れていく。

アリの体色は赤褐色で、トゲのような体毛が生えていた。頭部はツヤのある黒——石炭のような黒だ。アリのハイウェイからは独特の匂いがただよってきていた。交通量の多いフリーウェイから排気ガスの匂いがただよってくるのにも似ているが、もちろん、匂いはまったくちがう。刺激的で酸のような匂いだ。そこにほのかな芳香も混じっている。

「この刺激臭は蟻酸ね。防衛用のためだわ」

昆虫学専攻のエリカ・モルが説明し、ピーターの横にひざをついて、じっとアリを観察しだした。

ジェニー・リンもいった。

「この甘い匂いはフェロモンだよ。たぶん、巣臭だと思う。アリはこの手の匂いで、同じコロニーの成員かどうかを識別するんだ」

エリカがつづけた。

「これはみんなメス。すべて同じ女王アリの娘たちよ」

アリの列には、昆虫の死骸をまるごと運んでいる個体もいれば、解体した昆虫の一部を運んでいる個体もいた。食料運搬者はすべて、ハイウェイを同じ方向へ——院生たちから見て左へと進んでいた。

エリカは左のほうを指さし、ことばをつづけた。

「巣の入口が左のどこかにあって、その巣の中へ運びこもうとしているんだわ」

「種類はわかるかい？」ピーターはたずねた。

エリカは頭の中のデータベースをさぐり、名前を特定した。

「ええとね……ハワイには固有種のアリはいないの。ハワイに棲息するすべてのアリは、外来種なのよ。人間といっしょにハワイへきたから。このアリはまぎれもなくフェイドレ・メガケファラね」

「俗名はないのか？」リックがきいた。「おれはただの無知な民族植物学者なんだぜ」

エリカは答えた。

「艶大頭蟻（ツヤオオズアリ）と呼ばれているわ。最初に発見されたのはインド洋の島国モーリシャスだけど、いまは世界じゅうに広まっているの。ハワイでもっともありふれたアリがこれよ」

ツヤオオズアリは、この惑星でもひときわ破壊的な侵入外来生物の一種だ、とエリカは説明した。

「このツヤオオズアリは、ハワイ諸島の生態系に多大なダメージを与えていてね。ハワイ先住の昆虫を襲っては殺しているの。ハワイの昆虫のなかにはツヤオオズアリに襲われて絶滅しかかっている種もあるわ。鳥の雛まで殺すのよ」

「わたしたちにとっては、あまりいい話じゃないわね」カレンがいった。

鳥の雛はマイクロヒューマンよりもずっと大きい。その雛が殺されるとなると……。

「なんで大頭というのかわからないな」ダニーがいった。

エリカが答えた。

「頭が大きくないのは、そこに行列しているのが小型の働きアリだから。大きな頭を持つのは、大型の働きアリのほう」

「大型？」ダニーが不安の面持ちでくりかえした。「どんなやつなんだ？」

「いわゆる兵隊アリね。オオズアリの働きアリには、小型と大型の、ふたつのカーストがあるの。小型も戦いはするけれど、労働が基本で、個体数はたくさん。大型は戦士として巣を防衛するのがおもな仕事。こちらはからだが大きくて、あまり多くはないわ」

「じゃあ、その大型の兵隊はどんな姿をしてるんだ？」

エリカは肩をすくめた。

「だから、大きな頭を持っているのよ」

アリはすさまじい数で行軍しており、人間には持ちえぬエネルギーに満ちあふれているようだった。このアリも、一匹だけならたいした脅威ではない。だが、何千匹もが襲いかかってきたら……全個体が興奮し、飢えていたなら……たいへんなことになる。しかし、それほどの脅威であるにもかかわらず、若き科学者たちはアリの行軍にすっかり魅了され、なかなか目を離すことができなかった。

一同が見ている前で、別々の方向からきた二匹のアリが鉢合わせし、足をとめ、触角を触れあわせた。と、一匹が尾端を振り動かし、ガラガラという音を発しはじめた。それにうながされて、もう一匹のアリが相手の口器に液体のしずくを吐きだし、与えた。

エリカはその意味を説明した。

「いまね、巣の仲間に食べものをねだったの。ああして腹部の末端を振って、ガラガラという音をたてて、空腹であることを伝えているのよ。イヌが鳴き声で空腹を伝えるように、アリもこうやって――」

ダニーが口をはさんだ。

「アリがランチを吐きだして、別のアリの口につっこむとこを見てたって、おもしろくもなんともない。こんなことをしてるひまに、先へ進もうぜ」

アリのハイウェイはそれほど幅が広くはなく、やすやすと飛び越えられる程度だったが、万一の危険を考えて、一行はアリの行列を迂回することにした。ピーターが一同の思いを代表していったように、〝だれかが足首をアリに咬まれちゃかなわない〟からだ。

アリの道があるのとは反対側へ巨木をまわりこみかけたとき、ジャレル・キンスキーが立ちどまり、頭上に高くそそりたつ巨木の大きく広がった枝葉を見つめた。

「この樹――見覚えがあるぞ」とキンスキーはいった。「ジャイアント・アルベシアだ。だとしたら、この向こう側には補給ステーションがある。まちがいない」

キンスキーは目の前の根に這い登り、根にそってすこし歩いてから、ぴょんと飛びおりた。

「やっぱりそうだ」キンスキーはいった。「ステーションは近い」

ここから先はキンスキーがピーターに代わって先頭に立ち、枯れたシダの葉をかきわけ、草の茎の槍をふるって虫たちを突き飛ばし、草の葉や茎を押しのけながら、アルベシアの幹をまわりこんでいった。

これを機に、ピーター・ジャンセンは最後尾へ移った。ツヤオオズアリの外見には非常に油断のならないものがあり、一行が充分に離れるまで、後方に気を配っておきたかったのだ。最後尾を歩いていたのはリック・ハターだった。センダンを入れたバックパックを背負い、草の槍を携え、ゆっくりと歩いている。そのリックにピーターは声をかけた。

「なあ、リック。その槍、しばらく預かっててていいか？　しんがりはぼくが受け持つからさ」

リックはうなずき、槍を差しだして、そのまま歩きつづけた。

そのとき、先頭のキンスキーが草の葉を横に押しのけ、大声でいった。

「本社に帰りついたら、このサイズでも〈ジェネレーター〉を操作できる隠し制御装置を見つけなきゃ。たとえミスター・ドレイクの意向に反することになっても――」

そこまでいいかけて、ジャレル・キンスキーはぴたりと足をとめた。樹の根をいくつも越えた向こう、そう遠くないところに、テントの尖り屋根が見えたのだ。

「ステーションだ！　ステーションだ！」

キンスキーは叫び、テントに向かって走りだした。

そのさい、アリの巣の入口に気づかなかったのが悲劇の始まりだった。

アリの巣は一本のヤシの根元に造られていた。土くれを粘着物質で接着して築きあげたトンネルがぽっかりと口をあけている。その入口に向かって、キンスキーは正面から突進する形になった。

トンネルの周辺には十数匹のアリが警備についていた。見ると、どれもこれも、頭部が異様に大きい。

兵隊アリにちがいない。

兵隊アリの体長は、小型の働きアリの二、三倍はあった。ピーターの腕の全長よりまだ長い。体色はくすんだ赤褐色だ。からだのあちこちにはトゲのような体毛がまばらに生えている。頭部はてらてらと光る黒で、ほかの部分とくらべて極端に大きい。強靱な筋肉が詰まり、硬い装甲におおわれた頭部には、戦闘のために特化した大顎(おおあご)がひときわ目だつ。複眼は漆黒の大理石のようだ。

兵隊アリたちが侵入者に気づいた。何者かが巣に向かって突進してくる！

アリたちはただちにキンスキーを迎え撃った。

ここでやっと、キンスキーも巨大なアリたちが自分に殺到してくるのに気づき、急いで横にそれた。が、すでに兵隊アリは広く展開しており、まわりからキンスキーを追いつめにかかっていた。じきに、すっかり退路を断たれた。

キンスキーは走るのをやめ、あとずさった。もはや完全に包囲された格好だ。

草の槍をふりかぶり、キンスキーは叫んだ。

「くるな！」

そして、ふりかぶった槍で手近の兵隊アリに殴りかかった。兵隊アリは大顎であっさりと槍をはさみ、穂先をすっぱりと切断した。

即座に数匹の兵隊アリが飛びかかり、キンスキーを地面へ押し倒しにかかった。一匹が大顎で右の手首をはさむ。キンスキーは悲鳴をあげ、右手をふりまわし、大顎から手首を抜こうとした。が、アリは手首をがっちりとはさみこみ、巨大な頭をふってキンスキーを組み伏せようとしている。つぎの瞬間、手首から先がちぎれ、アリは右手を咥えたまま、反動でうしろへのけぞり、地面に落ちた。

キンスキーがいっそう大きな悲鳴を発し、切断された右の手首を左手で握りしめ、地面にがっくりひざをついた。手首からは鮮血が噴きだしている。また別のアリが背中に這い登り、耳のうしろに大顎をめりこませ、頸を刎ねにかかった。身悶えしつつ、キンスキーが仰向けに地面へ倒れこむ。すかさず、アリたちが飛びかかり、キンスキーの左右の手首と足首を咥え、ぐいぐいと四方へ引っぱりはじめた。八つ裂きにしようとしているのだ。胴体から手足をもぎとろうとしているのだ。

一匹が上体に這いあがり、あごの下に大顎をあてがった。

ぐはっという声があがり、唐突にキンスキーの悲鳴がやんだ。

と同時に、おびただしい鮮血がのどから奔出し、アリの頭を真っ赤に染めあげた。

そこへ小型の働きアリたちが応援に押しよせてきて、キンスキーは興奮したアリの山に呑みこまれ、姿が見えなくなった。

ピーター・ジャンセンは、さきほどからキンスキーのそばに駆けより、槍を振りたて、大声でわめいてアリたちを追いはらおうとしていたが、ことここにいたって、もはや救出しようがないと悟った。動きをとめ、槍をかまえたまま、兵隊アリたちの前に立ちつくし、恐怖の目で惨劇の現場を見つめる。だが、そこで気持ちを切り換え、みんなが逃げる時間くらいは稼ごうと思い、アリの群れに向かって進みだした。が、ふと横を見ると、カレン・キングがそばに立ち、ナイフの柄を握りしめている。

ピーターは怒鳴った。

「馬鹿っ、早く逃げろ!」

「逃げない」

カレンはきっぱりと拒否し、腰をかがめてナイフをかまえ、アリの群れに向きあった。金属製のナイフなら、アリの硬い装甲にも歯が立つかもしれない。みんなが逃げる時間を稼げるかもしれない。だが、こうしているあいだにも、兵隊アリたちはぞくぞくと巣からあふれだしてきつつあった。出てきた兵隊アリはすばやくあたりに散開し、敵をもとめてうろつきだす。

と、一匹の兵隊アリがこちらに向きなおり、ピーターとカレンに突進してきた。大顎をくわっと開いている。

ピーターはあわてて草の槍を突きだした。が、アリは敏捷に穂先をよけ、猛然と突進をつづけた。慄然とするほどのすばやさだった。

「まかせて、ピーター!」

カレン・キングが叫び、ピーターの二の腕を引いて後退させた。ついで、自分は後方へ思いきりジャンプし、空中高く、通常サイズの世界ではとても跳べないほどの高さにまで跳びあがり、兵隊アリとの距離を開きつつ、ネコのように着地した。着地したときには、早くも腰のベルトから防御用化学物質のスプレー容器を引き抜いている。中身はヴィン・ドレイクに見せるために持ってきたあの化学物質――ベンゾキノンだ。

アリはベンゾキノンをきらう。それには確信があった。カレンは襲いかかってきた兵隊アリに向け、スプレーを噴きかけた。

アリはぴたりと動きをとめ……向きを変えて逃げ去った。

「やった！」カレンは叫んだ。

ベンゾキノンのスプレーは効果覿面だった。兵隊アリたちがウサギのように逃げていく。目の隅では、ほかのアリたちも後退しだすのが見えた。うまくいった。これなら時間が稼げる。

カレンはスプレーをつづけた。なかには果敢に向かってくる個体もいるが、スプレーを浴びせられるたびに攻撃を中止する。だが、ボトルにはもともと少量の液体しかはいっていない。そして、巣からはいまもなお、ぞくぞくと兵隊アリが出てきつつある。巣全体が緊急警戒モードにはいっているのだ。

とうとう一匹がジャンプし、カレンの胸にへばりついてシャツを咬み裂いた。ついで、のどもとに狙いを定め、大顎を突きあげてきた。

「やーっ！」

掛け声をかけつつ、アリの後頭部を左手でつかみ、高々と持ちあげる。そして、複眼と複眼のあいだをめがけ、右手のナイフをぐいっと突きたてた。ナイフの刃が硬いキチン質を刺し貫く。

たちまち、貫通孔から透明の液体がほとばしった。血リンパ——昆虫の血だ。

すぐさまアリを放り投げた。脳を傷つけられたアリは地面に落下し、ひくひくと痙攣しだした。

しかし、アリに恐怖という感情はない。自己保存の本能もない。しかも、その個体数には限りがないように見える。

ほかのアリたちが殺到してくると、カレンはふたたび後方へジャンプして、サーカスの軽業師のように空中で一回転し、足から地面に着地した。

ついで、横に向きを変え、いったん大木から遠ざかる方向へと駆けだした。アリの巣があるのは現在地と補給ステーションの中間地点だ。テントにたどりつくには、巣を大きく迂回していくほかかない。

前方をほかの院生たちが必死に駆けていくのが見える。恐怖に駆られての、すさまじい逃げ足だった。草の葉やシダの茎を飛び越え、障害物を回避し、みんなカモシカのように逃げていく。カレン自身、そうとうに速い。

（どうしてこんなに速く走れるんだろう？　いままでこんなに速く走れたことはないのに

……)

通常サイズの世界とくらべて、マイクロワールドでは相対的にずっと強い力を出せるし、速く走れるようだ。おかげで超人的な怪力をふるうことができ、カレンは胸のすくような爽快感をおぼえた。

ハードル競争の選手のように、つぎつぎに障害物を飛び越えて、通常世界では考えられないほど大きくジャンプし、さまざまなものを飛び越えていく。これが通常世界であれば、時速八〇キロは出せているにちがいない。

(あの巨大アリを殺せた。このナイフと手だけで)

ほどなく、やっとのことで、アリたちの視界がおよぶ範囲から外に出た。行く手には、すこし離れたところに、補給ステーションのテントが立っているのが見える。

働きアリの群れは、いまもなおキンスキーの死体を切り刻んでいた。腕をちぎり、脚をちぎり、胴体をいくつもの小片に咬みちぎり、バキバキという胸の悪くなる音を響かせて肋骨や背骨を切断し、内臓を引きずりだしている。周囲に広がる血の海にも口器をつけ、チュウチュウと音をたてて血を吸っていた。そこらじゅうに血飛沫(ちしぶき)が飛び散り、ばらばらにされた衣服と臓物が散乱するなかで、アリたちは肉片を地下へ運びこみはじめた。

カレン・キングは走るのを中断し、しばしアリの巣をふりかえった。数匹の働きアリがキンスキーの頭を巣穴に運びこむのが見えた。

働きアリたちに地中へと引きずりこまれながら、切断された頭はうつろな目をこちらに向けていた。

そこには驚愕の表情が焼きついているように思えた。

15

Nanigen本社

10月29日

10:00 AM

オアフ島の中央部は晴天で、Nanigen本社の大会議室からは島の半分が見わたせた。

窓の外には、一面のサトウキビ畑が広がっている。本社の目と鼻の先を走るファリントン・ハイウェイは、そのサトウキビ畑の向こう側を横切って、北東方向へと向かっていく。ハイウェイのずっと向こうにはパールハーバーが見えた。港に浮かぶ海軍の艦艇がまるで灰色の亡霊のようだ。港の東にはホノルルの白い高層ビル群がそびえており、そのさらに向こうには鋸歯(きょし)状の山の稜線が地平全体に連なって、緑と青の霞(かすみ)にけぶっている。あれはオアフ島の北西から南東へななめに走る楯状山脈、コオラウ山脈の南端部にほかならない。有名なヌウアヌの断崖(パリ)もあそこにある。

山脈の上には雨雲が集いはじめていた。

「きょうは山脈に雨が降るな。いつものことだが」

ヴィンセント・ドレイクは考えにふけりながら、だれにともなくつぶやいた。

雨は今回の問題を解決してくれる。院生連中がまだアリに始末されていないとしても、雨さえ降れば万事解決だ。いや……しかし、まだ生き延びている者がいたとしたら、その連中は補給ステーションを見つけているかもしれない。細部ではあるが、この件はけして見逃さないようにしよう、と心の中にメモを書きつけた。

ややあって、ドレイクは窓に背を向け、磨きあげられた長い会議テーブルの端についた。テーブルにはすでにおおぜいが着席し、ドレイクが口を開くのを待っている。ドレイクの向かいにすわるのは、セキュリティ部門のチーフ、ドン・マケレだ。ほかにも、広報部長のリンダ・ウェルグレンとその秘書をはじめ、各部門の責任者や主だった者たちがすべて出席していた。

テーブルの下座には、ひとりぽつんと離れて、ノーフレームの眼鏡をかけた細身の男がすわっている。

男の名前はエドワード・カテル。博士号と医師の資格を持つ人物だ。Ｎａｎｉｇｅｎに出資した製薬企業グループ、ダヴロス・コンソーシアムから送りこまれてきたお目付役で、Ｎａｎｉｇｅｎとの交渉はひととおり任されている。Ｎａｎｉｇｅｎに対するダヴロス・コンソーシアムの出資額は十億ドルにものぼる。出資者の利益のため、Ｎａｎｉｇｅｎの経営状況を逐一監視するのが、このエドワード・カテルの仕事だった。

ドレイクはすでにしゃべりはじめていた。

「……のは、例の七人の院生のことだ。マイクロワールドの野外調査員として採用しようとしていたが、七人とも行方が知れない。七人の案内役を務めていたアリスン・ベンダーCFOもだ」

セキュリティのチーフ、ドン・マケレがいった。

「島の北海岸(ノースショア)にでも、サーフィン見学にいったんじゃないでしょうか」

ドレイクは腕時計を見た。

「それにしても、もう連絡してきていいころだろう」

「それでは、警察に捜索願いを出しておきましょう」

「そうしてくれ」

ドレイクは考えた。警察が崖の下に落ちた社用車の場所をつきとめ、アリスンの遺体と車に残っていた院生たちの衣類を発見するのは、いつのことになるだろう。車はすでに、どこかの砂州の切れ目にまで流されて、人目につきやすい状態になっているかもしれない。警察が墜落の原因を深く追及することはあるまいとドレイクは踏んでいた。捜索にあたる警官は、たぶんハワイ生まれの人間だ。ハワイ人はのんびりしていて、簡単な説明を好む。そのほうが仕事量がへるからである。とはいえ、念のため、あまり警察に興味を持たれることのないよう、ドン・マケレと広報部長にはこう命じた。

「いまのNanigenは、メディアの注目を浴びるべき時期ではない。爆発的な成長のとば口にいるんだ。〈テンソル・ジェネレーター〉のささやかな不調が調整されるまでは、鳴りをひそめておく必要がある。とりわけ、マイクロ酔いの件がなんとかなるまではな」広報部長のリンダ・ウェルグレンに顔を向けた。「きみの仕事は、この件が公になるのを防ぐことにある」

「承知しました」ウェルグレンはうなずいた。

「メディアの取材を受けたら、愛想よく協力的に応対してくれ。ただし、情報はいっさい与えるな。きみの仕事は、退屈なやつと見なされて、見切りをつけられることだと思ってほしい」

「わたしの履歴書にはこうあります」ウェルグレンはほほえんだ。「現在進行中の危機に関し、中身のない冗漫な言辞を弄することで、メディアを煙に巻く経験に富む――つまり、事態が紛糾したときは、パン（クランペット）の焼き加減を講釈する聖公会の専任牧師ばりに中身のない受け答えに終始し、メディアの追及をのらりくらりとかわす技術に長けているということです」

　セキュリティ・チーフがたずねた。

「院生たちは〈テンソル・コア〉に入っていないんですね？」

「むろんだ、入っていない」ドレイクはきっぱりと否定した。

リンダ・ウェルグレン広報部長がノートになにかを書きつけてから、こうたずねた。

「では、ミズ・ベンダーの身になにが起こったのか、見当はつきますか？」

ドレイクは心配そうな表情をつくろった。

「正直にいうと、このところ、アリスンのことはずっと気がかりだった。ひどい鬱状態にあったのは、みなも知っていたとおりだ。もしかすると、心が疲れていたのかもしれない。アリスンはエリック・ジャンセンと恋仲だった。そのエリックが、あんなに悲劇的な形で溺死したわけだから……とにかく、アリスンは心の中で葛藤していたらしい。それだけはいっておこう」

リンダ・ウェルグレンは問いを重ねた。

「ミズ・ベンダーがみずからの命を断った――その可能性はあるとお考えですか？」

ドレイクはかぶりをふった。

「わからん」それから、ドン・マケレに顔を向けて、「警察には、アリスンの精神状態のことも話しておいてくれ」

以上をもって、会議はお開きとなった。リンダ・ウェルグレンはノートを脇にはさみ、ほかの者たちとともに会議室を出ていった。

が、しんがりのドン・マケレが出ていこうとしたとき、ヴィン・ドレイクはそのひじをとり、そっと声をかけた。

「まだだ」

セキュリティ・チーフは室内に残った。ドレイクがドアを閉める。

これで、会議室に残るのは、マケレとドレイク、そしてダヴロスから送りこまれてきたアドバイザー、ドクター・エドワード・カテル、この三人だけとなった。カテルはいまもテーブルの端についている。会議がはじまって以来、ひとことも口をきいていない。

ドレイクとカテルとは古くからのつきあいだ。これまでも、ふたりで何度となく取引を行ない、大金を動かしてきた。エド・カテルの最良の強みは感情をいっさい表に出さないところにある、とヴィン・ドレイクは思っている。カテルと話していても感情はまったく読みとれない。医師の資格を持ってはいるものの、もう何年も患者を診てはいないはずだ。この男がなによりも優先するのは、金、取引、成長にほかならない。ドクター・カテルは、一月のスレート屋根のように冷え冷えとした精神の持ち主なのである。

しばし待ってから、ドレイクはマケレにいった。

「じつをいうと、ほんとうの状況は、いましがた広報部ほかの連中に話したのとは異なる。院生たちはマイクロワールドにいった」

「なにがあったんです？」マケレはたずねた。

「あいつらはな――産業スパイだったんだ」

ここではじめて、カテルが口を開いた。

「なにを根拠にそう思うんだね、ヴィン？」

おだやかな、落ちつきはらった声だった。

「ゆうべ、〈プロジェクト・オミクロン〉の研究室に、ピーター・ジャンセンがいるのを見つけた。立入禁止区域といってあるのにだぞ。見ると、手にはUSBメモリーを持っているじゃないか。しかも、歩みよっていったら、ひどくうしろめたそうな顔をしおった。なにはともあれ、急いであいつの首根っこをつかんで、立入禁止区域の外へ放りださねばならなかったよ。ほうっておいたら、ボットたちに殺されていたところだ」

カテルは片眉を吊りあげた。眉だけにかぎらず、この男はヨガの行者のように、顔面の筋肉を自由自在にコントロールできる。

「院生がひとりでのこのこ入っていけるようでは、〈オミクロン〉まわりのセキュリティは甘いということにならないかね」

ドレイクはいらだちをにじませた。

「あの研究室のセキュリティは充分に堅いさ。だが、二六時中、セキュリティ・ボットを作動させておくわけにもいかんじゃないか。だれもあの部屋には入れなくなってしまう。それにだ、セキュリティの件を持ちだすなら、こちらもいわせてもらうぞ、エド。院生のリクルート許可を得るにあたって、レイ・ハフ教授に金を積んできたのはきみだろうが」

「金は一セントたりとも払っていないよ、ヴィン。Ｎａｎｉｇｅｎの株を握らせただけさ。こっそりとな」

「そこになんのちがいがある？　利益供与したことに変わりはあるまい。いずれにせよ、ケンブリッジで裏工作をして、あの院生たちをここにこさせるお膳立てをととのえたのはきみだ。産業スパイをつかまされることになった原因は、きみの眼鏡ちがいにある」

「もとはといえば、マイクロ酔いの問題をいまなお解決できていないことに問題があるのではないかね？」ドクター・カテルは淡々とした口調で切り返した。「きみは最初から、院生たちをマイクロワールドに送りこむつもりだった。そうだろう？　当人たちにそれと知らせないまま、命にかかわる多大なリスクを背負わせて？　それともこれは、わたしの勘ちがいか？」

ドレイクはカテルの切り返しを無視し、室内を歩きまわりながら、

「院生たちはピーター・ジャンセンというやつが率いている」と口早につづけた。「亡くなったわが技術責任者、エリック・ジャンセンの弟だ。ピーターのやつ、兄が死んだのはＮａｎｉｇｅｎのせいだと勝手に思いこんでいて、復讐をもくろんでいるんだ。わが社の企業秘密を盗もうとしているにちがいない。もしや、うちのテクノロジーを売却しようとたくらんでいるのかも――」

「どこに売る？」カテルが鋭くたずねた。

「問題にするようなことか？」

カテルがすっと目を細めた。

「問題だとも、なにもかも」

カテルのことばなど耳にはいっていないようすで、ドレイクはつづけた。制御室オペレーターで、

「うちの社員にもひとり、スパイ行為に加担しているやつがいる。

ジャレル・キンスキーという男だ」

「加担していると思う理由は？」カテルがたずねる。

ドレイクは肩をすくめた。

「キンスキーもいっしょになって消えたからさ。あいつもマイクロ化して、ワイパカ自然植物園にいると思う。やつめ、金に釣られて院生たちのガイドを務めているにちがいない。院生たちがしようとしているのは、われわれがマイクロワールドでどのような活動をし、なにを見つけようとしているのか、それをさぐりだすことだ」

ドクター・カテルは唇をすぼめただけで、なにもいわなかった。

「では、さっそく捜索チームを編成して――」ドン・マケレがいいかけた。

ドレイクは途中でマケレをさえぎり、

「それにはおよばん。いまごろはどうせ、みんな死んでいる」といって、セキュリティ・チーフにじろりと鋭い目を向けた。「いずれにしても、きみの責任のもとに、万全の警備

体制をとってきたはずのNanigenは、やすやすと院生たちのスパイ行為をゆるした。そもそも、連中が〈オミクロン〉の部屋へ侵入したことに気づかなかったのは、どういうわけだ？　なにか言い分はあるか？」

ドン・マケレは口もとをぐっと引き結んだ。マケレはアロハ・シャツを着てきており、下腹はぽっこりと突きでている。しかし、むきだしの腕は筋骨たくましく、いかつくて、すこしも脂肪がない。屈辱と憤りで力の入ったセキュリティ・チーフの腕は、まるで岩のように硬くなっていた。

ドン・マケレは元海兵隊の情報士官だ。今回のようなセキュリティ上の過失——目と鼻の先でスパイの一団に潜入されるなどという失点は、とうていゆるされるものではない。

「ただちに職を辞します」とドン・マケレはいった。「即刻、手続きをとってください」

ドレイクはほほえみ、セキュリティ・チーフに歩みよって、その肩にぽんと手をかけた。レーヨンのシャツごしに、マケレの肌が汗ばんでいるのがわかった。選びぬいたわずかなことばで、屈強な元海兵隊士官に冷や汗をかかせたと思うと、なかなかに気分がよかった。

「それは受けいれられないな」ドレイクは目を細め、鷹揚な表情を作った。自分はいま、セキュリティ・チーフに恥をかかせた。こんどは汚名をすすがせてやる番だ。「なぜなら、きみにはしてもらうことがあるからだ。ワイパカ自然植物園に赴いて、補給ステーションを回収してきてほしい。ひとつ残らず、ぜんぶここへ持ってきてくれ。院生たちがなにを仕掛けたのかわかったものじゃない。ステーションは洗浄して、改めて配置しなおさねばならんだろう」

回収してしまえば、たとえ院生たちが生き残っていたとしても、避難場所はなくなる。

ドクター・カテルがアタッシェ・ケースを持ちあげ、ドアに歩きだした。戸口でちらとドレイクを見やり、意味ありげにうなずく。そして、ひとこともいわず、外へ出ていった。

ヴィン・ドレイクにはドクター・カテルのうなずきが意味するものがよくわかっていた。早急に、こんどのごたごたを解決しろ、ダヴロス・コンソーシアムに報告せざるをえなくなる前に。そういう意味だ。

ドレイクは窓ぎわに歩みより、外を眺めやった。いつものように、はるか遠いコオラウ山脈には、貿易風の影響で霧がたちこめ、雨が降っている。心配することはなにもない。なぜなら、武器も持たず、防護装備もない人間がマイクロワールドで生存できる時間は、短ければ数分、長くても数時間だからだ。日単位で生き延びることなど、とうていできはしない。

自分自身に語りかけるようにして、ドレイクはつぶやいた。

「自然が片をつけてくれるさ」

16

ステーション・エコー

10月29日
10:40 AM

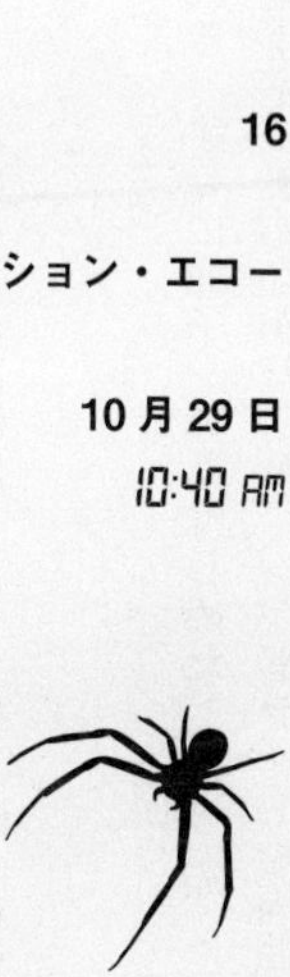

七人の院生は、テントの入口に集まった。テントのフラップの上にはこんな表示が出ていた。

ステーション・エコー
Nanigenマイクロテクノロジーズ所有

七人はショック状態にあった。キンスキーの死にざまのすさまじさに心底から恐怖して、全員、心が痺れたようになっている。

同時に、自分たちがいかに速く走れるのかを知って、呆然としてもいた。

ダニー・マイノットはタッセル・ローファーを失ってしまっていた。歯を食いしばり、オリンピックのスプリンターも恥じいる速さで走りつづけるうちに、両方とも、どこかで脱げてしまったのだ。ダニーは泥だらけの足でその場に立ちつくし、無言でかぶりをふるばかりだった。

院生たちはさらに、カレン・キングの戦いぶりも目のあたりにした。敏捷にジャンプし、身をひねり、空中高く舞いあがるその動きは、常人の能力を大きく超えたものといわざるをえない。

どうやらマイクロワールドでは、かつて夢にも見たことがなかった、超人的な力を発揮できるらしい。

七人は補給ステーション内を急いで調べた。アリの食料調達隊の列がいつ姿を現わすかわからないからだ。テント内の床はコンクリート製で、その上にいくつもの収納ケースが積み重ねてあった。床の中央には丸いスティールのハッチがあり、回転式の開閉ハンドルがついていた。潜水艦の水密扉についているようなやつだ。

ピーター・ジャンセンはハンドルをまわし、ハッチを引きあけた。ハッチのすぐ下には梯子(はしご)があり、暗闇の奥へとつづいていた。

「ぼくがようすを見てくる」

ヘッドライトを頭につけ、スイッチをいれる。すぐに梯子を降りはじめた。

まもなく、足が床についた。そこは暗い地下室のまんなかだった。ヘッドライトを周囲にふりむけてみると、ビームにいくつものベッドとテーブルが浮かびあがった。壁に電源スイッチの列があったので、かたはしからオンにしていく。照明がともり、室内が明るくなった。

　そこはコンクリートの地下シェルターだった。質素な居住設備が用意されており、壁の二面に二段ベッドがならんでいる。別の壁にはキャビネットが数台。一角にはダイニングエリアもあり、そこにはテーブルが一脚とベンチが数脚、それと電気コンロが一台置いてあった。ドアがあったのであけてみた。ドアの向こうにはシェルターの電源が格納されていた。単一電池が二本だった。これは縮小されておらず、通常サイズのままだったので、ピーターよりもずっと大きくそびえていた。ドアはもうひとつあって、その向こう側にはトイレとシャワーがあった。ダイニングエリアには収納ケースも用意されており、その中には真空パックされたフリーズドライの非常食が収められていた。

　総じてここは、核シェルターに準ずる造りだといっていい。このシェルターの中なら、危険な生物がうようよしているここの環境下でも、捕食動物から安全に隠れていることができるだろう。

「ディズニーランドのライドとはわけがちがうな」とピーター・ジャンセンはいった。

　ピーターはいま、シェルターのテーブルに力なくすわっている。もうくたくただった。

ものがまともに考えられない。心の中で何度も何度も再生されているのは、キンスキーの死にざまだ。

カレン・キングは壁にもたれかかっている。全身に浴びたアリの返り血は、ねばねばとして透明で、かすかに黄色味を帯びており、乾きが早い。

ダニー・マイノットは、背中を丸めてダイニングテーブルに腰をかけ、またぞろ指先で顔と鼻をいじりだしていた。

居住エリアのテーブルには、コンピュータが一台置いてあった。

「これを使えば、なにかわかるかもしれないね」

ジェニー・リンがそういって、電源を投入した。コンピュータは起動したが、現われたのはパスワードの入力画面だった。もちろん、パスワードなどだれも知らない。そして、知っていそうなジャレル・キンスキーは、もはやだれの力になることもできない。

「ここも安全だとはいいきれないぜ」リック・ハターがいった。「いつドレイクのやつがやってくるか、わかったもんじゃないんだから」

アマール・シンがうなずいた。

「ぼくとしては、食料と使えそうな装備を回収して、早々に出ていくことを提案したい」

「外にはいきたくないわ」これはエリカ・モルだ。

寝台にすわりこんだエリカの声は震えていた。なぜ自分はミュンヘン大学を離れ、留学したりしたのだろう？　ヨーロッパの研究施設の安全な世界に帰りたかった。アメリカ人というやからは火遊びが好きだ。水爆、メガワット級レーザー、無人攻撃機（キラー・ドローン）、縮小されたマイクロヒューマン……。アメリカ人は危険な悪魔ばかりを好んで生みだす。自分の力でコントロールできもしないテクノロジーの悪魔を目覚めさせる。そのくせ、そんな悪魔の力を楽しんでいるようでもある。

「だけどね、いつまでもここにいるわけにはいかないのよ」カレンがエリカに話しかけた。やさしい声だった。エリカがひどく怯えているのが、はたからもはっきりわかるのだろう。

「わたしたちが相手にしているもっとも危険な生物は昆虫じゃないわ。人間よ」

もっともな指摘だなとピーター・ジャンセンは思い、やはり当初の計画どおり行動したほうがいいと提案した。駐車場にたどりついたら、Ｎａｎｉｇｅｎ本社にもどるトラックに乗りこみ、なんとかして〈テンソル・ジェネレーター〉にかかる――。

「とにかく、できるだけ早く通常サイズにもどらなきゃならない。時間はそんなにないんだ」

「でも、〈ジェネレーター〉の動かしかた、わかんないよ」ジェニー・リンがいった。

「それはたどりついてから考えればいい」

「トラックに乗りこむのに使えそうな道具はここにもあるぞ」リックがいった。「バックパックにある縄梯子（なわばしご）も役にたつだろう」

そういいながら、収納ケースの中をあさっていたリックは、とある道具を取りだした。無線機のヘッドセット——のどマイクつきの無線ヘッドセットが二台だ。バックパックにはいっていた二台と合わせれば、これで都合四台そろったことになる。

「するべきことはひとつだろ」ダニー・マイノットが、つぶやくようにいった。「助けを呼ぶんだ」

そういって、無線ヘッドセットを指さした。

「助けって——Ｎａｎｉｇｅｎにか？」リックがいった。「そんなことをしたら、ヴィン・ドレイクがさがしにくるぞ。虫眼鏡すら持ってきやしない。靴さえはいてりゃいいんだ。おれたちを踏みつぶすためにはな」

「ドレイクに聞かれる可能性を考えると——」ピーターがいった。「どうしても使わざるをえないとき以外、無線の使用は避けたほうがよさそうだな」

「なんでそんな用心をしなきゃならないんだよ？」ダニーがいった。「どのみち、助けを呼ばなきゃすまないんじゃないか」

ピーターたちが議論するあいだ、ジェニー・リンは話に加わらず、壁のキャビネットをつぎつぎと開き、その中身をたんねんにチェックしていった。あさるうちに、調査記録のノートが見つかった。手にとってぱらぱらと中を覗いてみる。最初の何ページかは手書きの文字で埋められていた。たいていは、天気の記録やサンプル収集活動の行動記録だった。

これは役にたちそうにないなと思いかけたとき——それに出くわした。地図だ。

「これ見て、みんな」

ジェニーはみんなのところへノートを持っていき、テーブルに広げてみせた。

そのページにはマーノア渓谷のラフな地図が描いてあった。それによると、補給ステーションは都合十一ヵ所あり、〈シダの小谷〉全体と、タンタラス山頂へいたる山腹に点在していた。グリーンハウスと駐車場から遠ざかるにつれ、ステーション同士の間隔は長くなっていくようだ。各ステーションには、NATOのフォネティック・コードに準拠したコード名が割りふられており、アルファー、ブラヴォー、チャーリーときて、最後がキロだった。一ヵ所には矢印があり、こんな文字が付されていた。

タンタラス基地へ——巨岩

タンタラス火口跡は地図に描かれていない。基地自体もだ。

大雑把で不完全な地図ながら、それでも貴重な情報をいろいろ含んでいた。ありがたいのは、補給ステーションの設置場所がおおまかに書いてあることだった。各ステーションには、樹、岩、シダの茂みなど、各種の目印が付されており、その目印がわかっていれば位置を特定できる。駐車場のそばにも補給ステーションがひとつあった。アルファーだ。

地図によれば、その目印はホワイト・ジンジャーの茂みだった。

「この地図があればステーション・アルファーまでいけそうだな」ピーター・ジャンセンがいった。「アルファーにとどまりはしないが、ここまでいけば、駐車場はすぐそこだ。すくなくとも、補給品と情報はもっと手にはいるかもしれない」

「なんだってここを出る必要があるんだよ？」ダニーがいった。「キンスキーのいってたとおりじゃないか。ドレイクと交渉するべきだ」

「そんなまね、できるわけないだろ！」リックが声を荒らげた。

「言いあいはやめよう！」アマール・シンが割ってはいった。争いは好むところではない。もともとリックはカレンと折り合いが悪く、すぐに口論をはじめるところへ持ってきて、ここにきてからは、ダニーにもことあるごとに食ってかかるようになっている。「リック、人にはそれぞれ考えかたがあるんだ。気持ちはわかるが、もうすこし……」

「寝言はやめろ、アマール。こいつのいうとおりにしようもんなら、おれたちゃみんな、殺されちまう。だいたい、この馬鹿は――」

ピーター・ジャンセンは事態がどうしようもなく紛糾しだすのを感じていた。グループの破滅を招くものがあるとしたら、それは内紛だ。この七人はひとつのチームとして行動しなければならない。さもないと、あっという間にみんな死ぬはめになる。なんとかして、勉強こそできるが我は強く、意見を曲げないこの院生たちに、生きぬくうえで必要なのは協調であることを理解させないと……。

ピーターは立ちあがり、テーブルの上座にまわって、口論が一時的に収まるのを待った。ようやくことばの応酬が途切れると、その隙をつくようにして、全員に語りかけた。

「もう気がすんだか？　それじゃあ、ひとついっておくことがある。ここはケンブリッジじゃない。学問の世界でなら、ライバルの足を引っぱったり、ほかの者よりも優秀であることを誇示する生存戦略も有効だろう。しかしこの森では、それは通らない。生き延びることが第一なんだ。生きぬくためには、協調する必要がある。ぼくらを脅かす捕食者は、全員で協力して立ち向かい、殺さなくてはならない。でないとこちらが殺されてしまう」

「出たよ、殺すか殺されるかの論理が」ダニーがげんなりした顔でいった。「そんなのは時代遅れの似非(えせ)ダーウィニアン哲学だ。ヴィクトリア時代の遺物だ」

「そうはいうが、ダニー、生きるためにはなんでもしないと、この先はおぼつかないぞ」

ピーターは説得に努めた。「それに、殺すことが目的じゃない、重要なのは生きることだ。ぼくらは人類だろう？　人類のなんたるかを考えてみるといい。百万年前、人類の祖先がアフリカの平原で生き延びられたのは、チームとして行動したからだ。チームというより、群れ(バンド)と呼んだほうが適切かな。そのころの人類は、群れ(バンド)を構成していたんだ。百万年前の人類は、食物連鎖の頂点にいなかった。ありとあらゆる捕食動物の——ライオン、ヒョウ、ハイエナ、ヤマイヌ、ワニなどの——狩りの対象となっていた。しかし、われわれ人類は、大むかしから、そんな捕食動物を退けてきた。それを可能にしたのは、脳、武器、そして協調——チームワークだ。今回のような旅は、協調を優先するグループでないとやりとげられない。かつてだれも見たことのない自然の姿を間近から目のあたりにできる、これは千載一遇の機会ではある。しかし、どんな行動をとるにしても、みんなで協力してことにあたらないかぎり、ぼくらは死ぬ。チームで最弱のメンバーも生き延びられるようにすることが、ぼくらのとるべき行動なんだ」

ピーターは口をつぐんだ。

すこしいいすぎただろうか。気位の高い院生相手に、説教めいた印象を与えてしまっただろうか。

一同がピーターのことばを咀嚼しているあいだ、沈黙がおりた。最初に口を開いたのは、ダニー・マイノットだった。ピーターの顔を見すえて、ダニーはこういった。

「いま、最弱のメンバーといったろ。それはぼくのことだな？」

「ダニー、だれもそんなことは——」

ダニーはさえぎった。

「悪いけど、ピーター、ぼくは阿呆みたいに口をあけた毛むくじゃらの原人じゃないんだ。毛深い手で石ころをつかんで、蛮声をあげながらヒョウの頭にたたきつけたりもしない。

都市の環境に慣れ親しんだ、教育のある人間だ。外に待ち受けてるのは、ケンブリッジのハーヴァード・スクエアじゃない。ピット・ブル・テリアほどもあるアリが這いまわる、緑の地獄だ。あんな地獄に出るくらいなら、ぼくはこのシェルターに残って助けを待つ」コン、と壁をたたいた。「ここならアリもはいってこられないからな」

「だれも助けになんかこないわよ」カレンがダニーにいった。

「それは連絡してみなきゃわからないだろう」

ダニーはぷいとテーブルを離れ、ベッドのもとにいき、下の段にすわりこんだ。

アマールが意見を述べた。

「ぼくはピーターに同感だ」そういって、ピーターに顔を向ける。「チームとしての行動に賛成する」

それだけいうと、壁にもたれかかり、目をつむった。なにか考えごとをはじめたようすだった。

「わたしもチーム行動に賛成」カレンがいった。

「ピーターのいうとおりだわ」エリカ・モルも賛成した。

「やっぱり、リーダーがいるよね」ジェニー・リンがいった。「それにはピーターがいいと思うんだ」

「グループのだれともうまくやっていけるのは、ピーターだけだからな」リックがいって、ピーターに向きなおった。「おれたちのリーダーになれるのは、おまえだけだよ」

決をとることになり、多数決でピーターがリーダーと決まった。

ダニーだけは票決に加わることを拒否したが、ともあれ、これでチームとして行動する方針が定まったわけだ。

リックがいった。

「なにはともあれ、腹にものをいれようぜ。飢え死にしそうだ」

じっさい、だれもが極度の空腹をおぼえていた。顧みれば、前夜は食事をとっていない。夜どおし行軍していたのに加えて、ついさっきは、アリから逃げるため、シェルターまで全力疾走してきたことでもある。

「そうとうのカロリーを消費したはずだよな」

「こんなにおなかがへったの、生まれてはじめて」エリカ・モルがいった。

「なにしろ、からだがこうも小さいからね。カロリーの消費がずっと速いのかもしれない。ほら、ハチドリとおんなじよ」

七人はフリーズドライ食品を取りだし、真空パックを開いて、あるいはテーブルにつき、あるいはベッドにだらしなく腰かけて、むさぼるように食べた。真空パックのストックは多くはなく、またたく間に消えた。ほかにチョコレートの大きなブロックがあったので、カレンがナイフを使って七つに切り分けた。チョコレートもまた、あっという間に消えてなくなった。

駐車場までの行程で役にたちそうなものをもとめて、シェルター内部をあさるうちに、ねじ式のふたがついた、実験室用のプラスティック・ボトルが大量に見つかった。これはひとまずテーブルにならべた。ボトルは水筒としても使えるし、途中で見つかるであろう化学物質の容器にも使える。

ジェニー・リンがいった。

「あたしたちにも化学兵器がいるよね。昆虫や植物が持ってるみたいなの」

「ああ。おれのクラーレを入れておく容器がいるしな」リックがいった。

「クラーレねえ」カレンがいった。「たしかにね」

「強烈に効くぞ、あの毒は」

「あんたがほんとに作り方を知ってるんならね」

「知ってるさ！」リックはむっとして答えた。

「じゃあ、だれに教わったのよ、リック？　狩人？」

「論文で読んで——」

「クラーレの論文？　へーえ」

顔を真っ赤にして怒るリックをよそに、カレンはほかの作業をするため、くるりと背を向けた。

あるキャビネットには鋼の山刀（マチェーテ）が三挺見つかった。腰に吊るためのベルトとホルスターも三挺ぶんあり、各ベルトのポケットにはダイヤモンド・シャープナーも入れてあった。

ピーター・ジャンセンはマチェーテを引き抜き、親指でその刃に触れてみた。

「うーん、こいつは鋭い」

ためしに、木製のテーブルに軽く打ちつけた。木が柔らかいチーズと化したかのように、刃は深々と板にめりこんだ。メスよりもはるかに切れ味が鋭い。

「ミクロトーム（マイクロ）なみの切れ味だ」とピーターはいった。「うちのラボでも使ってるだろう——ほら、生物組織を薄くスライスするとき」

つぎはダイヤモンド・シャープナーを手に持ち、マチェーテの刃面にあてがって、軽くこすってみた。このシャープナーはいうまでもなく、マチェーテの切れ味を維持するためのものだ。

「刃は極度に研ぎすましてある。それだけに、あっという間に刃が鈍るはずだ。しかし、シャープナーがあれば、刃の切れ味を維持できる」

このマチェーテは、草葉のあいだに道を伐（き）り開くのに重宝するだろう。

カレン・キングがマチェーテを何度か振り、

「いいバランスね」といった。「よくできた武器だわ」

マチェーテを振りまわすカレンから、リックがあわててあとずさり、文句をいった。

「危ないな、だれかの頭を斬り落としたらどうすんだ」

カレンは薄く笑って、

「ちゃんと考えて振ってるわよ。あんたはセンダンと吹矢に専念してれば？」

「よせよ、いちいちつっかかるのは！」リックが怒鳴った。「なんでそうなんだ、いつもいつも！」

ピーター・ジャンセンは、こんども割ってはいった。ついさっき、チームで動くことに同意したのに、すぐ口論をはじめてしまうのは困りものだ。

「たのむよ、リック——カレンもそのへんで——言いあいは控えてくれるとありがたい。反目はみんなの安全を脅かすから」

ジェニー・リンがリックの肩をぽんとたたき、なだめるようにいった。

「カレンはね、ほんとは怖いんだよ」

カレンとしては不本意ないわれかたではあったが、あえて反論はしなかった。じっさい、ジェニーのいうとおりだったからだ。こんなマチェーテ程度では、とても捕食動物を追いはらえるものではない。鳥にでも襲われたらひとたまりもないだろう。たしかにリックにつっかかるのは、自分の恐怖をまぎらすためもあった。しかし、その結果、怖がっていることをみんなに知られてしまった。さすがに決まりが悪かった。

頭を冷やすため、カレンは梯子を昇っていき、ハッチを開いて一階へとあがった。一階にも収納ケースがいくつかあったので、中身をあさりはじめる。

ケースのひとつには保存食料があった。ほかのケースにはいくつものガラス瓶や採取済サンプルがあった。前にきた調査班が残していったものだろう。

一角にある防水シートの下には、一本の金属製の棹が転がされていた。カレンのいまの背丈よりも長い棹だ。その一端はとがっており、反対端は棹の直径の三倍ほどに広がって、平らな円板になっている。しばらくのあいだ、この長い金属の棹の正体がわからなかった。が、頭の中で縮尺を換算したとたん、すぐになんであるかがわかった。

急いで梯子を降り、発見したもののことをみんなに報告する。

「ねえ！　虫ピンを見つけた！」

どういう目的でテントに置いてあったのかはわからない。なにかを地面に固定するためかもしれない。ピンとしては極細の部類だが、虫ピンは鋼鉄でできているから、本格的に尖らせさえすれば、ちょっとした武器になる。

「ダイヤモンド・シャープナーを使えば、虫ピンの先端をうんと尖らせられるでしょう」

カレンはいった。「先端に切り欠きを刻めば、返しをつけられるしね。つまり、矢尻よ。いったん相手のからだに刺されば、簡単には引き抜けないわ。銛（もり）と同じ理屈」

加工はテント内の一階部分で行なわなければならなかった。長すぎて地下には持ちこめなかったからだ。一行はさっそく、ダイヤモンド・シャープナーを使って虫ピンの加工に取りかかった。最初に円板から数ミリのところでピンを切断する。円板がなくなり、短くなったことで、槍のように持ち、投げられるようになった。つぎに、交替で虫ピンの先端に切り欠きを刻み、矢尻の返しをつけた。ダイヤモンド・シャープナーのおかげで、鋼鉄でも比較的簡単に加工を進めることができた。

作業がすむと、ピーターはできあがった銛を取りあげ、持ちぐあいをたしかめた。いいバランスだ。ごつくて光沢のある鋼鉄の銛だというのに、空気のように重さを感じない。やすやすと動かせる。この程度の重さしかない鋼鉄であっても、十二分に鋭く先端を尖らせてさえおけば、相対的に強くなったマイクロヒューマンの力で思いきり投げることで、昆虫にそれなりのダメージを与えられるだろう。

ダニー・マイノットは、出発の準備にいっさい手を貸そうとはしなかった。ほかの者が荷物をまとめるあいだも、ひとりベッドにすわり、脚をベッドの上に引きあげ、腕組みをして、準備のようすを黙念と眺めていた。

ピーターはダニーが心配になり、そばに歩みよって、静かに話しかけた。

「なあ、いっしょにきてくれないか。ここは安全じゃないんだよ」

ダニーはむすっとして答えた。

「ぼくを〝最弱のメンバーだ〟といった」

「きみの力が必要なんだ、ダニー」

「自殺行為をするためにか？」

ダニーは辛辣な口調で答え、動くことを頑(かたくな)に拒否した。


この間に、リック・ハターは吹矢作りに着手していた。

最初に、マチェーテを持ってテントの外に出た。マチェーテはアリがいた場合の用心も兼ねている。テントの外には、数歩離れたところに枯れ草があったので、その茎を何本か切りとり、テントの中へ運びこんだ。それを地下に持ちこんで、まず縦に細く切り裂く。枯れ草は竹のように硬かった。裂いた茎は細かく切り分けて、二十数本の吹矢に仕立てた。だが、これからまだ吹矢の先端を焼き固める作業が残っている。電気コンロの前にいってスイッチを入れた。赤熱した電熱線の上に吹矢をかざし、先端をたんねんに焼き固めてる。それがおわると、マットレスの一枚を引き裂き、詰め物を引きだした。

吹矢の後端には通常、やわらかい素材で〝風受け〟をつける。息を吹きこみ、吹筒内の矢を射出するには、吹いた息が矢と筒の隙間から前に漏れないよう、矢の後端で密閉性を高めてやらねばならない。そのための仕掛けが風受けである。だが、風受けを吹矢の胴にくくりつけるには、なんらかの糸がいる。

「なあ、アマール――例のクモの糸、まだあるか？」

アマールはかぶりをふった。

「ない。ピーターをヘビから救おうとしたとき、使いはたしてしまった」

まあ、ないならないでかまわない。リックはキャビネットをあさって一巻きのロープを見つけた。その端を適当な長さに切り、指でばらばらにほぐす。丈夫な糸が何本もとれた。つぎに、マットレスの詰め物を小さくちぎって吹矢の後端にあてがい、作った糸の一本で結わえつけて、風受けに仕立ててあげた。これで本格的な吹矢のできあがりだ。焼き固めた矢尻、そして風受け。あとは毒を塗るだけでいい。

もっとも、これがそのまま実用になると思う院生はひとりもいなかった。まず試し吹きをしてみないことには、使いものになるかどうかわからない。

吹筒には草の茎の一本を選んだ。長さは一センチ強だ。その吹口から、できたばかりの吹矢を押しこみ、吹筒の狙いをベッドの木枠につけ、ぷっと吹いた。吹矢はヒュッという音をたてて部屋を横切っていき、木枠に命中して――跳ね返った。

「くそっ」リックは小声で毒づいた。

吹矢は木にすら刺さらなかった。これでは昆虫の外骨格に刺さるはずがない。

「失敗ね」カレンがいった。

「やっぱり、矢尻に金属をつけないとだめか」リックはつぶやいた。

だが、その金属をどうする？ アマールのバックルは加工がむずかしい。

そうだ、テーブルウェアだ。たしかステンレスの食器があった。

リックはダイニングエリアからステンレスのフォークを取ってきて、歯の一本を曲げた。それから、ダイヤモンド・シャープナーを使って折り曲げた部分を切りとり、その先端を削りあげ、鋭く尖らせた。この金属針を草の茎で作った吹矢の先端に取りつけ、ふたたび吹筒に押しこみ、ベッドに向けて吹く。

トスッ。

小気味よい音をたてて、こんどはみごと木枠に刺さり、突き立ったままビーンと震えた。

「よし、いいぞ。これなら甲虫にも刺さる」

リックはシェルターじゅうのフォークを持ってきて、歯をすべて切りとり、一本一本、吹矢の先端に取りつけていった。かくして、二十数本の吹矢ができあがった。吹筒も数本できている。できた吹矢は、湿らないようにするためと損傷から防ぐため、居住エリアで見つけたプラスティックのケースに収めた。

つぎはクラーレを作る番だ。そのためには、いろいろと材料を集めなくてはならない。よいソースと同じように、よいクラーレも多彩な材料を組みあわせて作られる。

いまのところ、クラーレの材料に使えるのは、くる途中で拾ったセンダンのあの実しかない。これは一階のテント内に置いてある。猛毒のセンダンを地下シェルターに持ちこむことには、みんなが難色を示したからである。有毒の成分が放出されていれば、たしかに、全員、気分が悪くなるかもしれない。それと同じ理由で、クラーレを電気コンロにかけて煮るわけにもいかなかった。シェルターの中でクラーレを煮ようものなら、全員が毒気に冒されて、へたをすると死んでしまう危険もある。どのみち、一種類しか材料がない以上、ほかの材料を取りに外へいく必要があった。

したがって、材料を集めたら、焚火を起こし、屋外でクラーレを煮なくてはならない。


一同は双眼鏡をもう二台、ヘッドライトをもうふたつ発掘し、見つけだしたいくつかのダッフルバッグに分散して収めた。

アマール・シンはダクトテープも一本発見し、ジョークをいった。

「こんなスーパージャングルでは、ダクトテープがないと生きぬけないからな」

そのとき、キャビネットを開いたリック・ハターが大声でみんなに呼びかけた。

「お宝発見!」

引きだしたのは、実験用のエプロン、ゴム手袋、保護ゴーグルなどだった。

「どれもこれも、クラーレ作りに欠かせないものばかりだ。いいぞ、いいぞ!」

リックはこれらもダッフルバッグのひとつに詰めこんだ。

あとは容器だ。植物を煮てクラーレを作るためには適当な容器がいる。シェルター内の小さなキッチンをさがしてみると、床にちかい棚の底に大きなアルミの鍋が見つかった。リックは鍋の取っ手をダッフルバッグのDリングにひっかけ、バッグを肩にかけて、その重さを量ってみた。意外にも、これほどかさばるのに、バッグはほとんど重さを感じさせなかった。

「いまのおれは、アリさんなみの力持ちってわけだ」

いっぽうジェニー・リンは、収納ケースを調べていて軍用コンパスを見つけた。これは朝鮮戦争以来、合衆国軍で使われているタイプで、使い古して傷だらけになったしろものとはいえ、これさえあればまっすぐ進むことができる。GPSユニットもさがしてみたが、ステーションのどこにも見つからなかった。

「GPSがあって、このサイズでちゃんと機能するにしても、どっちみち、ものの役にはたたないさ。だから置いてないんだ」ピーターが説明した。「GPSユニットの精度は、通常世界では一〇メートルというところだろう。ぼくらの縮尺に直せば、一〇メートルは一キロに相当する。このサイズの人間がGPSを使っても、現在地は半径一キロの範囲のどこかも同然で、細かい位置までは特定しようがない。GPSよりもコンパスのほうが、このサイズではずっとあてになるんだよ」

そうこうするうちに、準備はおおむね整った。腹ごしらえもすんで、持っていく荷物もまとめてある。

この時点で、全員が突発的な眠けをおぼえた。

ピーターは腕時計を見た。正午すこし前だ。

「最後の仕上げはあとにしましょう」カレン・キングがいった。

昨夜はだれも眠っていない。徹夜なら、みんなラボで慣れているし、なかでもカレンは自分のスタミナに自信があったが、さすがにもう限界だった。

（だけど、どうしてこんなに突然、疲れが出たのかしら？）とカレンは思った。（もしかすると、からだのサイズと関係があるのかもしれない。カロリー消費が急激に……）

朦朧（もうろう）として、考えをまとめられない。それ以上は眠けに抵抗できず、カレンはベッドに這いずりこんだ。横になったとたん、たちまち眠りこんだ。

眠りこんだのは、ほかのみんなも同様だった。

17

マーノア渓谷

10月29日

1:00 PM

一台のピックアップ・トラックがトンネルを通りぬけて、ワイパカ自然植物園の敷地に乗り入れ、温室（グリーンハウス）前の駐車場に停車した。真新しい黒塗りのピックアップ・トラックだ。運転席から降りたのは、Ｎａｎｉｇｅｎのセキュリティ・チーフ、ドン・マケレだった。背中にはナップザックを背負い、腰のベルトには鞘つきのナイフを吊っている。

おもむろに、駐車場から森のほうへ歩きだし、入口にはいってすぐの、大きなホワイト・ジンジャーの茂みでしゃがみこむと、腰のナイフを引き抜いた。ナイフはＫＡ－ＢＡＲ（ケイ・バー）——黒い刃の軍用サバイバル・ナイフだ。ナイフの背を使って、慎重にジンジャーの茎をかきわける。小さなテントがあらわになった。ジンジャーの葉むらの陰に隠された、補給ステーション・アルファーだ。よく見ようと葉のあいだに顔をつっこみ、ナイフの尖端で、そうっとテントの小さなフラップをあけた。そして、つぶやくように問いかけた。

「だれかいるか？」

たとえマイクロヒューマンが返事をしたとしても、声が聞こえないことはわかっている。どのみち、テントにマイクロヒューマンの姿はなかった。ステーション・アルファーは、一カ月前、最後にここへきた野外調査班が引きはらうさい、きちんとあとかたづけをし、整頓していったままの状態にある。

ナイフの先をステーションの横の土に突きたて、刃を上下させながら、テントの周囲の土を円形に切っていった。つづいて、地下シェルターを抉りだした。シェルターから土がぼろぼろと落ちていく。シェルターの上でテントが風にはためき、はたはたと震えていた。

ドン・マケレは立ちあがり、シェルターを靴の側面に何度かたたきつけ、土をあらかた落としてから、シェルターをナップザックに放りこんだ。

ついで、地図を取りだし、ルートを確認した。つぎはステーション・ブラヴォーの番だ。〈シダの小谷〉へいたる小径にそってすばやく歩いていき、一五メートルほど先で小径をはずれ、森の下生えのあいだに分け入った。地図によれば、ステーション・ブラヴォーはコアの樹の南側にある。ステーションを見つけやすいよう、樹の幹に目印をつけてあった。光を反射する蛍光オレンジのタグが釘で幹に打ちつけてあったのだ。地に片ひざをつくと、すぐにテントが見つかった。

中を覗きこむ。だれもいない。地下シェルターはどうだ？

立ちあがりながら、大声で「ヘイ！」と呼びかけ、テントのそばの地面を思いきり踏みつけた。これで、シェルターの中にだれかいても、あわてて飛びだしてくるだろう。だが、反応はなかった。動きもだ。小さな人影はどこにも見られない。ナイフを土に突きたててシェルターを抉りだし、ステーション・ブラヴォーをナップザックに入れた。

ふたたび地図を確認し、丘の上に視線を移す。斜面を上のほうへと目でたどっていき、絶壁（パリ）を見あげ、はるか上にそびえるタンタラスの火口跡で視線をとめた。

すべてのステーションをいちいち回収し、Ｎａｎｉｇｅｎに持って帰ることは、時間の無駄に思える。マイクロワールドは院生たちを跡形もなく呑みこんでしまったのだから。しかし、ドレイクの命令にはしたがわねばならない。シェルターを回収するということは、院生たちが生き延びる唯一の望みを断つということだ。それはべつに気にしていなかった。どうせ院生たちはもう確実に死んでいるのだ。自分はなにもやましいことはしていない。浄化のためにステーションを回収しているにすぎない。

小径を通らず、鬱蒼と茂った密林をものともせずに、山の斜面を横切って、最短距離で移動しながら、マケレはフォックストロット、ゴルフ、ホテルと、順次、ステーションを掘りだしていった。こんどは山腹を上に昇り、ステーション・ジュリエットを見つけて掘りだした。さらに高みではステーション・インディアを見つけて掘りだし、土を払った。つぎはステーション・キロの番だ。だが、いくらさがしても、キロはどこにも見つからなかった。まるで消えてしまったかのようだ。絶壁のふもとには小さな滝があり、キロはその横に生えた蔓植物の茂みの中に埋めてあるはずなのに、どうさがしても見つからない。おそらく、豪雨が降ったときに流されてしまったのだろう。ステーションが流されるのはときどきあることだ。この地の天候は、極度に小さなステーションには、はなはだ苛酷なものなのである。

折り返すことにして、まっすぐに斜面を下り、〈シダの小谷〉の奥へ分け入りはじめた。残る目標はステーション・エコーのみだ。これは〈シダの小谷〉の奥深く、アルベシアの木立ちのただなかにある。

「ヘ――イ――！」

すさまじい轟音がシェルターの内部に轟き、院生たちは飛び起きた。シェルター自体が大きく縦揺れし、ギシギシ鳴っている。院生たちはベッドから放りだされ、部屋じゅうをあちこちに転がった。直下型大地震の直撃を食らったような感じだった。すべての照明がふっと消えた。暗闇の中、キャビネットや収納ケースその他の設備が倒れ、ぶつかりあう音が響く。

ピーター・ジャンセンは即座になにが起きたかを悟り、

「みんな、外へ！」と叫んだ。「外へ出ろ！　早く！　急げ！」

ベッドの横を手さぐりし、そばに置いておいたヘッドライトをさぐりあて、スイッチを入れる。

ふいに、天井の照明がともった。いったんずれた乾電池の接点が、震動でまたもどったらしい。

リック・ハターが吹矢を入れたダッフルバッグをつかみ、梯子を昇りだした。カレン・キングもあとにつづく。ほかの者たちはそれぞれに、ダッフルバッグやマチェーテなど、手近にある荷物に手を伸ばしている。

先頭をゆくリックが梯子の最上段にたどりつき、ハッチの回転式開閉ハンドルに両手をかけた。が、まわそうとしたとたん、シェルター全体がすーっと空中に上昇しだすような感覚をおぼえ、梯子から転げ落ちた。ほかの者たちも床に投げだされている。

唐突に、シェルターが横倒しになった。ついで、耳を聾する轟音、骨まで揺さぶられるような轟音が響き、シェルターを震動させた。

「――くそっ！――しく――じった――」

そのことばは、砲兵隊の火砲斉射がいっせいに着弾したような轟音となって響きわたり、シェルターを揺り動かした。

ステーション・エコー周辺の土に丸く切れ目を入れ、土中からステーションを取りだし、ドアのフラップの中を覗きこむ。

テント内の補給品は床に散らばっていた。

　これは正常な状態ではない。

　ドン・マケレは地下シェルターの中を覗くことにした。ハッチをあけるためにテントをはぎとって、親指と人差し指を使い、ハッチの回転式ハンドルをつまむ。が、まわそうとしたとたん、ハンドルが折れてしまった。これではハッチをあけようがない。

「くそっ！　しくじった」

　ステーションを横倒しにして地面に置き、片ひざをついた。それから、ナイフの尖端でハッチをつついた。だが、そんなことではハッチをあけられそうにない。固く閉じられているため、ナイフの尖端ではこじあけようがないのだ。

やむなく、ナイフを大きくふりかぶった。

　ステーションを開くには、もう切断するしかない。

　だしぬけに、横倒しになったシェルターの、いまは上に位置する壁面をつん裂き、巨大な黒い剣のようなものが打ちこまれてきた。コンクリート壁が大きく裂け、砕けた破片が部屋じゅうに降りそそぐ。院生たちにはわからないが、これはKA-BAR（ケイ・バー）のサバイバル・ナイフだ。

マイクロヒューマンの視点から見れば、ナイフには十階建てのビルほどの高さがあった。ナイフは勢いよく床を貫き、下の地面に深々と突き立った。上の壁には大きな穴があいている。と、ナイフが上下動をくりかえし、ノコギリが板を切るようにして、その穴を切り広げはじめた。シェルターを切断しようとしているのだ。

リックは梯子にしがみつき、必死に回転ハンドルをまわしつづけた。やっとのことで、ハッチをあけることができた。すぐさま、持っていたダッフルバッグをハッチの向こうに放り投げ、頭をハッチの外へ突きだす。その瞬間、シェルターはまたもや空中に持ちあげられた。ハッチから頭を突きだした状態で、リックは下を見た。テントはなくなっており、地面が下方へ遠ざかっていこうとしていた。

シェルターがななめにかしぐ。梯子にしがみつこうと、リックは内側に頭をひっこめた。つぎの瞬間、シェルターはまたもや完全に横倒しとなり、リックは梯子の上へ横たわる形になった。ほかのみんなはリックのすぐうしろにいる。梯子に横たわった者もいれば、梯子にぶらさがった格好の者もいる。

リックは下にぶらさがったアマールに手を貸し、上へ引っぱりあげ、ハッチの向こうへ押し出した。アマールの姿はすぐに見えなくなった。下へ落ちていったのだ。シェルターがふたたびかしぎ、さらに高みへあがりだす。すぐうしろにいるピーター・ジャンセンがリックに向かって叫んだ。

「アマール以外もだ！　ハッチの外に出そう！」

ふたりは協力して、まずダニーをハッチの外に押し出した。ダニーは悲鳴をあげて下に落ちていった。つぎにエリカも押し出した。

シェルター内をふりかえると、ジェニー・リンが巨大な剣の峰とコンクリート壁に片腕をはさまれ、身動きがとれなくなっていた。腋の下に食いこんだ剣の峰により、壁に押しつけられた状態にある。カレン・キングがジェニーの腕を引き抜こうと奮闘しているが、シェルターが昇っていくあいだもナイフの刃は動いているため、へたをすればふたりとも切断されかねない。

「腕が……」ジェニーが泣き声を出した。「動けない」

その瞬間、シェルターの傾斜角がまた変わり、テーブルがジェニーに向かって勢いよくすべりだした。さいわい、テーブルはナイフの刃先に引っかかってとまったが、こんどは落下してきたコンクリート片がテーブルにぶつかり、跳ね返ってカレンを直撃しかけた。あわやぶつかる寸前、カレンはコンクリート片を蹴り飛ばし、難を逃れた。一瞬、自分の力に驚いたようだったが、すぐさまジェニーに注意をもどし、腕を抜こうと苦闘しだす。

ふたたび、降下がはじまった。シェルターが勢いよく地面に激突した。その反動により、ナイフの刀身はザクッと勢いよく前進し、ジェニーの腕を解放すると同時に、シェルターをまっぷたつに断ち切った。かろうじて難を逃れたカレンとジェニーは屋外へ転がり出た。

真上には青空が広がっている。その空に巨大な男がそそりたっていた。見たこともない男だった。

男が口を開き、重低音の轟きを発した。そして、高々とナイフを振りかぶった。

カレンは必死にジェニーを助け起こし、自分も立ちあがった。見ると、ジェニーの片腕が異様な方向に曲がっている。ナイフはいまにも振りおろされる寸前だ。

「走って!」カレンは叫んだ。

つぎの瞬間、ふたりをめがけて、巨大なナイフが襲いかかってきた。

18

〈シダの小谷〉

10月29日

2:00 PM

ナイフはカレンとジェニーのあいだの地面に突き刺さり、地中のかなり深くにまで潜りこんだ。ついで、大地を震撼させる轟音とともに刀身が引きあげられた。ジェニーは地に両ひざをつき、片腕を押さえてうめいている。

カレンは片手でジェニーを立ちあがらせ、勢いよく背中にかつぎ、猛然と駆けだした。ふたたびナイフが下に振りおろされてきたが、そのときにはもう、カレンはシダの葉陰に飛びこんでいた。いまもジェニーを背にかついだままだ。

大地が地響きをたてて揺れた。その地響きが遠ざかっていく。まっぷたつに断ち割ったステーションをかかえて、男が歩み去ろうとしているのだ。壊したステーションをナップザックに放りこむのが見えた。男はそのまま歩きつづけ、やがて姿が見えなくなった。

静寂が訪れた。ジェニーは泣いている。

「腕が……」ジェニーがいった。「痛い……すごく」

ジェニーの腕は折れていた。曲がっているのがはっきりとわかる。

「心配しないで。きっと治してあげる」

カレンはなるべく希望が持てる声を出そうとした。じっさいのところ、ジェニーの骨折はそうとう深刻そうだ。たぶん上腕骨が複雑骨折しているだろう。そばの地面にダッフルバッグが落ちていたので、カレンはジッパーをあけ、無線ヘッドセットを出して装着し、スイッチを入れて呼びかけた。

「こちらカレン。みんな、だいじょうぶだった？　だれか聞いてる？　わたしはジェニーといっしょ。ジェニーが腕を折ったの。だれか聞いてる？」

ピーターの声が応答した。

「こっちはだいじょうぶだ。きみたちふたり以外はそろってる。みんなぶじだ」

別れ別れになった一行はシダの茂みの陰で合流し、落葉をベッド代わりに、ジェニーを横たえさせた。だが、医療の心得がある者はひとりもいなかった。

カレンは救急キットを開いてみた。モルヒネと注射器があったので、それをジェニーに見える位置に持っていき、たずねた。

「これ、射ってほしい？」

ジェニーはかぶりをふった。

「いい。朦朧として動けなくなる」

たしかに、いくら痛くても、この状況下で意識が朦朧としているのはまずい。かわりにジェニーには、鎮痛剤を二錠服ませた。服ませおえると、カレンは布を細く裂き、三角巾に仕立てあげて、折れた腕を吊ってやった。それから、みんなで手を貸して、ジェニーを立ちあがらせた。ジェニーはなんとか立ちあがったものの、顔色は蒼白で唇の色も悪く、ふらふらしていた。

「あたしは……だいじょうぶ」

だが、およそだいじょうぶといえる状態ではない。腕はひどく腫れあがり、皮膚の色もどす黒くなってきている。

内出血を起こしているのだろう。

カレンはピーターの視線をとらえた。ピーターも思いは同じのようだった。ジャレル・キンスキーがいったマイクロ酔いの症状を思いだしたのだ。ほんのささいな傷でも出血がとまらず、死にいたる——。そしてこれは、けっして小さな傷といえるものではない。

ピーターが腕時計を見た。午後二時。ということは、全員、二時間ほど眠っていたことになる。

地面にはいくつもの破片が散乱していた。まるで難破船の破片が打ちあげられたようなありさまだった。あちこちにダッフルバッグやバックパックが散らばっている。ほかにも、ナイフで裂かれたさい、シェルターからこぼれたものがいろいろ落ちていた。マチェーテと銛（もり）もあったし、リックのセンダンも付近の地面に転がっているのが見つかった。テント内の地上部分から転げ落ちたらしい。

すくなくともこれで、生き延びるための装備と補給物資は回収できた。しかし、つぎはどこへいく？　ステーション・エコーが持ち去られたのであれば、ほかのステーションも持ち去られたのではないか？　あの男にこちらの姿を見られただろうか。あの男はヴィン・ドレイクの部下なのか？

院生たちとしては、最悪の事態を想定するしかなかった。

つまり、見つかったものとして行動することだ。ステーションもすべて持ち去られたと考えよう。では、どこへ避難する？　どこへいこう？　どうやってNanigen本社にもどる？

どうしようかと考えているうちに、空がにわかに暗くなってきた。ふいに突風が吹いて、近くにそびえるハイワレの葉がざわざわと吹きあおられ——これはミズビワソウ属の植物だ——綿毛状の葉裏があらわになった。

ピーターは頭上を見あげた。

高みではすでに強風が吹き荒れており、枝葉が大きく揺らいで、無数の葉が翻っている。奇妙な音が聞こえたのはそのときだった。

バシャッ。

深く響く異様な音だ。

バシャッ。

ふたたび聞こえた。

一同は呆然とその光景を見つめた。院生たちの頭よりも大きな、ひしゃげた形の水球が目の前に降ってきて、地面に激突しては、百もの小滴となって周囲に飛び散っていく。

午後の雨が降りだしたのだ。

「高地へ逃げよう！」ピーターは叫んだ。「こっちへ！」

手近に転がった装備をひっつかみ、一行は上り勾配の地面めざして駆けだした。カレンはジェニーを背中におぶっている。

院生たちのまわりに、雨粒は砲弾のように降りそそぎ、つぎつぎに炸裂した。


Nanigen本社の社長室では、ヴィン・ドレイクがすぐ前のコンピュータ画面から目を離した。それまでドレイクは、気象レーダーがとらえたコオラウ山脈の天候状況を、ずっとチェックしていたところだった。なんともたのもしい貿易風ではある。オアフ島の風上側（ウィンドワード・サイド）に連なる山脈壁にぶつかった貿易風は、山脈にたっぷりと水分をもたらす。コオラウ山脈の尾根は、地球でもひときわ湿潤な場所といっていい。

　そのとき、ドアにノックの音がした。はいってきたのはセキュリティのチーフだった。ドン・マケレはドレイクのそばまでやってくると、デスクにステーション・エコーの破片を置き、報告した。

「院生たちがいました。ベッドは寝乱れていて、トイレを使った形跡もあります。げんに、ふたりが地面を駆けていくのも見ました。とまれと命じましたが、いうことを聞きません。ナイフでとめようとしましたが、かまわずに逃げていきます。あっという間にシダの陰へ駆けこんで、姿が見えなくなりました。ゴキブリなみのすばやさでした」

「不手際だな」とドレイクはいった。「たいへんな不手際だ、ドン。あとくされなく処理するよういっておいたはずだぞ」

「どう処理すればいいでしょう」

　ヴィン・ドレイクは椅子の背にもたれかかり、金メッキされた高価なシャープペンシルでコンコンと自分の歯をたたいた。背後の壁にかかっているのは、ドレイクの肖像画だ。これはブルックリンでも新進気鋭のアーティストに依頼した絵で、ドレイクの顔は大胆な色遣いで描かれている。いかにも権力を感じさせるイメージから、ドレイクはいたくこの絵が気にいっていた。

「ただちにマーノア渓谷入口のセキュリティ・ゲートを閉鎖しろ。連絡トラックの運行も中止だ。渓谷を封鎖する。それから、部下の中でもっとも優秀な者をふたり選んで連れてこい」

「それなら、ティリアスとジョンストンがいいでしょう。わたしがカブールで鍛えあげた猛者たちです」

「マイクロワールドの経験は？」

「何度もいっています」マケレは答えた。「ふたりの任務は？」

「院生たちを連れもどすことだ」

「しかし、渓谷を封鎖するのであれば——」

「いいから、いわれたとおりにしろ、ドン」

「わかりました」

「ふたりとは外で会う。B駐車場で、二十分後に」

雨粒がつぎつぎに降下してきては、地面にあたって炸裂し、土まじりの飛沫をあたりに撒き散らす。

カレンの見ている前で、先頭を駆けるピーターが背中に雨粒の直撃弾を食らい、飛沫の雲に包まれて姿が見えなくなった。一瞬ののち、前のほうで地面に伸び、咳きこんでいるピーターが見えた。背中を突き飛ばされる形で、前に吹っとんだのだ。そんなピーターに手を貸す余裕もなく、院生たちは走りつづけた。ぬかるみで足がすべる。そのあいだにも、雨粒の砲弾は周囲のいたるところに着弾し、炸裂しつづけている。

そのとき——貨物列車が近づいてくるような轟音が聞こえた。

〈シダの小谷〉に走る裂け目のひとつを、雨水が猛烈な勢いで流れてくる。

ミニチュアの鉄砲水だ。

岩をまわりこみ、木生シダの基部を通過した濁流は、褐色の水の壁となって院生たちになだれかかった。巻きこまれた者たちが必死に泳ぎだす。ジェニーを背負って駆けていたカレンは、鉄砲水の急襲を受け、背中のジェニーをもぎとられた。ジェニーが悲痛な悲鳴をあげて流されていくのが見えた。

「ジェニー！」

カレン自身、激流に翻弄された。ジェニーの姿はもう見えない。すぐ横を流れてきた草の葉に、カレンは必死でしがみついた。葉っぱはくるくると回転しながら、激流に乗って流されていく。

ふと見ると、葉の上にはすでにリックが乗っていた。片ひざをつき、手を差しのべて、リックは大声で怒鳴った。

「手を出せ！」

カレンは手を差しだした。リックはその手をぐっとつかみ、葉の上に引きあげてくれた。

カレンはしばらく咳きこみ、あえぎつづけた。激流に流されつつ、葉っぱは依然としてくるくると回転をつづけている。

「――ジェニーが――流された！」

やっとのことでカレンは叫び、必死の思いで周囲を見まわした。片腕が折れた状態では、この激流を泳ぎきれるはずがない。

行く手にダニー・マイノットが見えた。下流に突出した〝大岩〟に這い登れたようだ。岩に裂かれて、押しよせる激流はふたつに分かれ、岩の左右を流れ過ぎていく。

水に呑まれた地虫が、カレンとリックの乗った葉のそばを、丸太のように回転しながら流されていった。ふたりはそれからも周囲に目を配りつづけ、やっとのことでジェニーを見つけた。そう遠くない位置を流されていく。流されながら、必死に泳ごうとしているが、片腕を吊った三角巾がじゃまで、折れた腕はばたつかせることしかできない。頭が水中に沈んだ。が、すぐにまた浮かびあがってきた。

リックは葉の上で腹這いになり、

「ジェニー！」と呼びかけた。「手を伸ばせ、ジェニー！」

「葉っぱを放さないで、リック！」

カレンは叫び、危ういところでリックの脚をつかんだ。ジェニーを助けようとして身を乗りだすあまり、リックが葉からすべり落ちそうになったのだ。

ジェニーは横向きになり、折れていないほうの腕を差しだした。が、その手はリックの指先をかすめただけだった。ジェニーがむなしく、目の前を流されていく。もうすこしのところで手をつかみそこねたリックは、もどかしさのあまり、絶叫を張りあげた。

ダニーが乗った岩に向かって、ジェニーが流されてきた。

「ダニー、手を!」

ジェニーが叫び、折れていないほうの腕を差しだしてきた。激流はジェニーのからだを翻弄しており、いまにも水中に引きずりこんでしまいそうな勢いだ。

ダニー・マイノットは反射的に手を出した。指先がジェニーの指先に触れる。ジェニーがその指にしっかりと自分の指をからみつかせた。ダニーは反対の手も伸ばし、どうにか三角巾の下に指をかけた。そのまま、ジェニーを引きよせる。そのとたん、ずるっと足がすべり、岩の上から落ちそうになった。

結果的に、折れた腕を握りしめる形になり、ジェニーが苦痛の声をあげた。それでも、手を放されるよりはましだと思ったのだろう、叫びながら折れてないほうの腕を伸ばしてきて、ダニーのシャツをぐっとつかんだ。

「放さないで、おねがい!」

ダニーはあわてた。溺れかけた人間は助けにきた人間を道連れにしやすい。溺れかけた人間のことはよく知っている。溺れかけた人間ははなはだ危険だ。このままでは自分の身が危ない。

ダニーはきょろきょろと周囲を見まわした。だれかに見られてはいないか？　上流から葉っぱに乗ったリックとカレンが流されてくる。だが、葉っぱはくるくる回転しており、ふたりが向こうを向いているうちなら見られる恐れはない。

「すまない」とダニーはいった。

そして、折れた腕をつかんでいた手を放した。

ジェニーのからだが水流に押しやられだす。

とうとう、ダニーのシャツを握っていた手がはずれた。

（あのままでは、おれも水中に引きずりこまれるところだった……）とダニーは思った。

（ジェニーにしがみつかれて溺れるところだったんだ。それはまちがいない）

流されていくジェニーから、ダニーは顔をそむけた。ジェニーの顔に浮かんだ表情を、さすがに正視することができない。

（だけど、ジェニーを救うために、できるだけのことはした。あそこで手を放さなければ、こっちまで水中に引きずりこまれていただろう……いっしょに溺れ死ぬはめになっていただろう……どっちみち、ジェニーはもう助からなかった。おれは善良な人間だ……）

ダニーは岩の上で身を丸めた。岩のまわりを激流がごうごうと流れ過ぎていく。

自分がしたことはだれにも見られなかった。ジェニー以外には。

ジェニーの目に浮かんだ、あの表情……。

乗った葉が一回転し、ふたたびダニーが乗った岩に相対したとたん、カレンとリックは思わぬ光景を目のあたりにした。

ジェニーが下流へ押し流されていく！

カレンは叫んだ。

「だめ！　ジェニー！　ジェニー！」

いったん沈んだジェニーの頭が、もういちど水面に浮かびあがってきた。

そして、また沈み……それっきり見えなくなった。

19

Nanigen 本社

10月29日

2:30 PM

ヴィン・ドレイクは駐車場を横切り、ティリアスとジョンストンのもとへ歩いていった。ふたりは駐車場のはずれで二台の車のあいだに立ち、ドレイクを待っていた。

余人に聞かれたくない話をするなら、屋外でするにしくはない。屋内では、いつどこで盗聴され、記録され、保存されるか、わかったものではないからだ。もちろん、屋外でも盗聴される恐れはあるが、屋内よりずっとましだろう。ディテールは外に漏れないようにしなければならない。ディテールは証拠だ。証拠は漏れる。流出した証拠は世界じゅうに拡散しかねない。そうなったらコントロールできなくなる。

ドレイクはふたりにいった。

「セキュリティに穴があった」

ティリアスはスキンヘッドに剃りあげた頭を小さくかしげて、ドレイクのことばに耳をかたむけている。この男は小柄で細身の、危なげな目をした人物だ。小さな落とし物でもさがしているかのように、絶えず目を落ちつきなく地面のあちこちに向けていて、それがいかにも不審な印象を与える。

ジョンストンはティリアスよりもずっと背が高い。サングラスをかけ、両手をうしろで組み、休めの姿勢で立っている。薄くなりかけた頭髪のあいだにはタトゥーが光っていた。

ドレイクはことばをつづけた。

「相手は産業スパイだ。そいつらはＮａｎｉｇｅｎを破滅させかねない。われわれはそのスパイたちが外国政府から送りこまれてきたものと見ている。あるいは耳にしているかもしれんが、Ｎａｎｉｇｅｎが極秘裏に行なっている活動には、非友好国の政府がおおいに知りたがる性質のものがあるんだ」

「われわれはなにも知りません」ティリアスが答えた。

「そう、それでいい」とドレイクはいった。「きみたちはなにも知らない」

そのとき、だれかの車がやってきて駐車場にすべりこみ、停車した。ドレイクはことばを切ると、ふたりをうながして車に背を向け、駐車場の端にそって歩きだした。そのまましばらく無言を通して、やってきただれかが屋内にはいるまで待つ。車が停まっていない駐車区画のそばに、アカシアの茂みがあった。貿易風がその葉を揺らし、鈴生り（すずなり）になった莢（さや）をざわつかせている。

ドレイクは建物に向きなおり、スティール製の社屋を見つめながら、いった。

「ぱっとしない建物だろう？　しかしだ、近い将来、この社屋で行なわれるビジネスは、すくなくとも一千億ドルの価値を持つ」額の大きさが両名に認識できるよう、ドレイクは間を置いた。「Ｎａｎｉｇｅｎ発起人と同条件で株式を得た幸運な創業時出資者のために、とてつもない富が産みだされるのだ」

ドレイクは目をすがめて太陽を見あげてから、顔を横に向けて、ふたりのセキュリティ要員を見すえた。

「創業時出資者の得る株がどういうものか、知っているか？　この種の株の所有者はな、その会社が株式公開したあとでその株を売れば、創業者利益と同等の、莫大な利益を手にできるんだ」

このふたり、雇い主がなにをいおうとしているかわかっているんだろうか？　どちらの顔にも、まったく表情が浮かんでいない。なにを考え、なにを感じているか、すこしでも手がかりになる要素はいっさいなかった。

プロフェッショナルの顔だな、とドレイクは思った。

「きみたちふたりにはマイクロワールドへいってもらう。目的はスパイを捕捉することだ。自然界での行動にさいしてはフル装備を許可する。六脚類型(ヘクサポッド)ウォーカー、武器各種、そのほか、必要なものはすべて自由に使っていい。スパイたちは地面に落ちた。落ちた場所は補給ステーション・エコーから半径二〇メートル以内だと見られる。したがって、捜索はエコーからはじめるといい。行方不明のスパイたちがマイクロ山道を通っている可能性は高い。補給ステーションへ避難するためだ。だが、ステーションはすべて取り除いてある。例外はステーション・キロのみ――キロだけは見つからなかったそうなのでな。きみたち両名には、マイクロ山道のネットワークをたどり、ステーションの跡地から跡地へと移動して、スパイを捜索してほしい。ただし……ああ……」

誤解の余地なく、明確に意図を伝えるには、どう表現すればいいだろう？

「行方不明のスパイたちは見つかるかもしれん。しかし、ここが重要なのだが――捕縛が成功することは、ない。わかるな？　きみたちが懸命の捜索を行なっても、結局、スパイは見つからずじまいとなる。どうして見つからないのか、それはわたしの与り知らぬことだ。ともあれ、スパイたちはいずこへともなく消えてしまう。といって、スパイの身になにが起こったのか、あらぬうわさが立つのも本意ではない。いっそなんの痕跡も見つからないほうがすっきりするだろう。痕跡がなければ、うわさも立ちようがない道理だ。その場合……特別の報賞があると思ってくれてよい」

ドレイクは両手をポケットにつっこみ、ふたりに背を向けた。強風が顔をなでていく。

「任務に失敗すること――」おだやかな声でつけくわえた。「これ以外に選択肢はない」

ふたたび向きなおり、ふたりの顔を見た。反応はなかった。ふたりの顔にはいっさいの表情が浮かんでいない。小鳥がすぐそばを飛んでいき、アカシアの茂みに舞いおりた。

「捕捉任務に失敗すれば、きみたちにはそれぞれ、報賞として、Ｎａｎｉｇｅｎの創業時出資者のみが得られる株を一株ずつやる。Ｎａｎｉｇｅｎが上場しさえすれば、一株にはすくなくとも百万ドルの値がつく。わかるな？」

ふたりはガラス玉のように無機質な目でドレイクを見返すばかりだった。

だが、このふたりにはわかっている。ドレイクには確信があった。

「いまやきみたちは、ベンチャー投資家だ」

ドレイクはそういって、ティリアスの肩をぽんとたたき、社屋に引きあげた。


降りだしたときと同様に、雨は唐突にやんだ。雲が晴れるにつれて陽光が射し、薄い靄がかかって、森の中はぼうっと黄金色にけぶって見えている。水はみるみる引いて地面を這う細流となり、まもなくそれも消えて、雨水はすべて、マーノア渓谷を流れる川に吸いこまれた。

せっかく用意した荷物も、大半は鉄砲水で流されてしまった。ジェニーの姿はどこにも見えない。六人の院生はいったん一ヵ所に集まり、たがいの無事を確認してから、周囲に散らばって捜索をはじめた。荷物探しもあるが、おもな目的はジェニーの捜索だ。四台の無線ヘッドセットで連絡を取りあいながら、水の流れたあとにそって斜面を下っていく。

「ジェニー！　聞こえてる？　ジェニー！」

口々に呼びかけたが、返事がない。姿も見えない。

ほどなく、リックがいった。

「おれの銛だ──」

銛はそう遠くまで流されてはいなかった。吹矢のプラスティック・ケースを収めたダッフルバッグも石に引っかかっていた。センダンの実までもが見つかった。それとわかったのは、ある葉の先端の下で、独特の黄色い光沢を放っていたからだ。

ジェニー・リンを捜索するカレン・キングは、恐怖にわしづかみにされていた。からだの震えがまだとまらない。激流に消えるまぎわ、ジェニーの顔に浮かんだあの表情──。人間がいだく恐怖のなかでもとくに恐ろしいものは、人間によってもたらされる恐怖にほかならない。あのときジェニーは、いったいなにを見てあんな表情を浮かべていたのだろう？

捜索をつづけるうちに、カレンの目は奇妙なものをとらえた。なにか青白くてやわらかそうなものが小枝の下から突きだしている。

人間の手だった。

これは……ジェニーだ！

ジェニーのからだは小枝の下敷きになり、押しつぶされて、異様な角度に歪んでいた。

全身、泥まみれで、顔には溺死したことをうかがわせる、悲惨な表情が焼きついている。折れた腕は鋭角的に曲がり、まるで濡れたボロ布のようなありさまだった。

ジェニーは大きく両目を剝いており、うつろな眼差しを天に向けていた。不気味なのは、その全身にからみついたスパゲッティのような糸だ。細い糸は縦横に交錯して、ベールのように全身をおおっている。カビだった。早くもカビの菌糸が根を張りはじめたのだ。

カレンは遺体のそばにひざをつき、ジェニーの顔から菌糸を取り除くと、そっとまぶたを閉じさせた。そして、泣いた。

ほかの者たちも遺体のそばに集まってきた。

死体を目のあたりにしたリックは、気がつくと涙を流しており、予想外の自分の反応に当惑をおぼえた。必死に涙をこらえようとしたが、どうしてもこらえきれない。涙が頰をつたい落ちていく。ピーターがすぐそばに歩みよってきて、リックの肩に腕をまわした。リックはその腕を振りはらった。

「ぼくだってできるだけの努力はしたんだ」ダニーがいった。ダニーも涙を流していた。

「でも、力がおよばなかった」

エリカがダニーを抱きしめた。

「あなたもがんばったのね、ダニー。わたし、誤解していたようだわ。あなたがそんなに勇敢だったなんて」

そのとき——亡骸からなにかがきしむような音がしだした。目をやると、カビの菌糸が織りなすベールがひくついている。

「いったい……？」

エリカがいいかけ、よく見ようとしゃがんで顔を近づけた。そのとたん、恐怖の表情になり、大きく目を見開いた。

震えながら、一本の菌糸がぐぐっと曲がっていく。まるで曲げた指のようだった。ついで、その先端が遺体の肌に触れ、ひっかくような音をたてたかと思うと、ずぶりと体内にめりこんだ。養分をもとめているにちがいない。カビのベールはすでに遺体を食らいはじめているのだ。

エリカは蒼白になり、立ちあがった。

ピーターがいった。

「埋めてやらなきゃ——いますぐに」

銛とマチェーテを使って、院生たちは土を掘った。土はやわらかく生物に富み、無数の節足動物がうじゃうじゃと這いまわっていた。むしろ土そのものが、生命を持った一個の生物といってもいいほどだった。生命を持っていないのは、地面に横たわるジェニーだけだ。

院生たちは掘りあげた穴の中に亡骸を収め、折れた腕を伸ばしてやり、胸の上で両手を組ませてやった。カビを取りのけようとしたが、菌糸はすでに硬さを増しており、いたるところで遺体にしっかりと根を張っていた。

エリカ・モルは泣きじゃくっている。ピーターは地面に落ちていたハイビスカスの花弁から一部を切りとり、遺体の上にかけてやった。一見、白い屍衣のようにも見える花弁は、下でうごめくカビの活動を隠してくれた。

エリカが祈りのことばを捧げようといった。エリカは宗教を信じない。すくなくとも、自分ではそう思っている。しかし、カトリックの家で育てられたうえ、ミュンヘンの保育園で修道女たちから教わったこともあって、『旧約聖書』の詩篇第二十三篇はかろうじて暗記していた。

つっかえつっかえ、語句を思いだしながら、エリカはドイツ語で祈りはじめた。

「デア・ヘル・イスト・マイン・ヒルテ――」

ピーターも英語で小さく第二十三篇をつぶやきはじめた。

「主（しゅ）はわが羊飼（みちびきて）いなり。われ満ちたらざることあらじ。主はわれを緑の牧場（まきば）に横たえさせたまい……」

「魔術的な呪文だな」ダニーがいった。「そのことばが、いわゆる〝現実〟面での救いをもたらすことはない。だけど、心理学的な面では救いになるのかもしれない。祈りというものは脳の原始的な部分を刺激するんだと思う。じっさい、すこし気分がよくなったよ」

祈りがすむと、院生たちはジェニーに土をかぶせた。亡骸がそう長く人間の形をたもつことはないはずだ。遠からずカビと線虫の餌食になり、そこらじゅうを這っている土壌性ダニに摂食され、バクテリアに消化されてしまうだろう。もうじき土中からは、ジェニー・リンの痕跡が完全に消えてしまう。遺体を構成していた要素は他の生物に取りこまれ、再利用され、他の生物の血肉となる。マイクロワールドにおいては、生命を失った生物は、すぐさまほかの生物のからだの一部となって息づくのだ。

埋葬をおえて、ピーターはほかのみんなに語りかけた。

いまは一同の士気を鼓舞しなくてはならない。

「ジェニーはぼくらがあきらめないことを望んでいると思う。事実、ジェニーも最後まであきらめてはいなかった。いまは生き延びることこそ、ジェニーの魂を慰めることになるはずだ」

一行は回収した荷物を一カ所にまとめた。バックパックがひとつに、ダッフルバッグがふたつだった。そういつまでもジェニーの墓の前でぐずぐずしてはいられない。駐車場に向かって、早く出発しなくては。

地図を記したノートは失われていなかった。カレンがバックパックに突っこんでおいたのだ。一行はそれを取りだし、中身をチェックした。ノートは濡れそぼり、ページ同士がへばりつき、しわくちゃになっていたが、それでも地図を読むことはできた。

ステーション・エコーからステーション・デルタを経由し、駐車場付近のアルファーのところまでは、小径で結ばれているようだった。しかし、先はまだまだ遠い。

ピーターはいった。

「ほかのステーションがまだ残っているのかどうかはわからない。しかし、とりあえず、小径づたいにたどってはいけそうだ」

「その小径が見つかればね」カレンがいった。

じっさい、道らしきものは、いっさい見つけることができなかった。そもそも、さっきの雨で地形が一変していた。〝岩〟がいたるところに散乱して、新たな溝が無数にできていたのである。

ピーターはコンパスを取りだし、手書きの地図と見くらべて、駐車場がある方向の見当をつけた。ついで、一行をうながし、マチェーテで道を伐り開きながら、その方向へ進みはじめた。全員が彼のあとにつづいて歩きだす。カレンは銛を肩にかけ、ピーターのすぐうしろにつづいている。最後尾にはリックが無言でつき、いつでもマチェーテをふるえる態勢をとって、周囲に油断なく目を配った。

だが、行軍は遅々として進まなかった。ダニーが頻繁に立ちどまり、休憩をとるからだ。

「足が痛むのか?」ピーターはたずねた。

「なんでそう思うんだよ」ダニーがつぶやくようにきいた。

「靴をこさえてやってもいいが」

「むだだって。どうせたどりつけっこない」

「でも、いくしかないわ」エリカがいった。

「ぼくはがんばったんだ。ジェニーを救うために」

ピーターは付近の枯れ草を切りとると、縦に細長く裂いて、粗雑な一枚皮のシューズを作りはじめた。そのかたわらでは、エリカがダニーの足に青草を巻きつけている。できた靴をダニーに履かせた。ここでアマール・シンが、ステーション・エコーの中で見つけたものを思いだし、ダッフルバッグをあけてダクトテープをとりだした。そして、ダニーが履いた枯れ草のモカシン・シューズの上から巻きつけ、簡単には脱げないようにした。

ダニーは立ちあがり、ダクトテープと枯れ草のモカシン・シューズで何歩か歩いてみた。驚くほど丈夫で、驚くほど歩きやすかった。

はるか上でバタバタバタという音が響きわたったのは、それからまもなくのことだった。

音には奇妙にヘリコプターを思わせるものがある。

音の主は一匹のカだった。樹々のあいだから出現したカは、すーっと下に降下してきて、院生たちの周囲を飛びまわった。本体の大きさだけでもマイクロヒューマンの半分ほどはあるというのに、カは小刻みに翅をはばたかせ、やすやすと宙に浮かんでいる。どうやら、こちらを観察しているようだ。胴体は黒と白の縞模様で、脚も同じ縞模様だった。頭からはかなり長い口吻が伸びている。昆虫学専攻のエリカは知っていた——この口吻は一本のようにも見えるが、内部には複雑な構造を持っており、吸血管、一対の鋭い大顎、先端に鋸歯を持つ一対の小顎などを内蔵していることを。口吻の先には乾いた血がこびりついていた。ノコギリのように皮膚を切り裂く吸血器官をもってすれば、マイクロヒューマンの肉体くらい、やすやすと貫けるだろう。

ダニー・マイノットは動揺し、カに向かって叫んだ。

「あっちへいけ！」

そして、くるりと背を向けると、まだ痛むのだろう、モカシン・シューズを履いた足を引きずりつつ、両手をふりまわしながら逃げだした。

ダニーの行動に引きよせられたか、それとも体臭で嗅覚を刺激されたか、カはダニーの首のすぐ上に浮かんだまま、あとを追いかけだした。ややあって、なんの前触れもなく、いきなりすっと降下し、ダニーの首の付け根に口吻を突きたてようとした。口吻が触れるのを感じたダニーは、あわてて地面に身を投げ、すばやく仰向けになって脚をばたつかせながら、ヵを追い払おうとした。

「くるな！　くるな！」

ヵは羽音を響かせて上を飛びまわっている。

ふたたびダニーに飛びかかった。

危ういところでカレンが飛びこみ、ダニーをまたいで立つと、マチェーテをふりまわし、ヵを追い払おうとした。だが、ヵはいっこうに怯む気配を見せない。

「円陣だ！」ピーターが叫んだ。「円陣を作ってダニーをまもれ！」

院生たちはダニーをかばって円陣を組んだ。その内側で、ダニーは恐怖にすくみあがり、地面に横たわっている。五人はマチェーテや銛をかまえ、いつでも迎撃できる態勢をとり、周囲を飛ぶヵの動きを見つめた。ヵはまちがいなく、人間の汗の匂いを嗅ぎつけている。たぶん、人間の吐く二酸化炭素もとらえているだろう。長い口吻を突きだしたまま、ヵは巨大なゴーグルのような複眼を人間たちにすえ、飛びかかってきては引く、ということをくりかえしていた。

「このヵ……」エリカ・モルがいった。

「どうした？」

「メスのアエデス・アルボピクトゥスだわ」

「つまり、どういうことだ？」ひざ立ちになりながら、ダニーがきいた。

「アジア産の一条縞蚊よ。メスは攻撃的で、しかも病気を媒介するの」

リックがカレンの腕をつかんだ。

「おれにその銛を貸せ」

「あ、待って！」

カレンはあわててふりむいたが、そのときにはもう、リックに銛を奪われていた。

リックは銛を振りかぶり、カに向かって突進した。

「あせるな、リック！」ピーターは叫んだ。「チャンスを待て！」

カがリックに飛びかかった。これぞチャンスと見て、リックは銛を棍棒のように大きく振りまわし、カの頭に思いきりたたきつけ、怒鳴った。

「狙うんなら、普通サイズの人間を狙え！」

カはふらつき、バタバタと羽音を轟かせながら、空中を逃げていった。

カレンが笑いだした。

「なにが可笑しいんだ？」リックが咬みつかんばかりの声できいた。

「コスタリカじゃ、カの群れに悩まされてホテルに逃げ帰ったんでしょ？　やっとのことで仕返しができたわね、リック」

「あまりおもしろいジョークじゃないな」

「返して、それ」

カレンは銛をつかみ、取り返そうとした。が、リックは返そうとしない。引っぱりあいになった。勝ったのはカレンだった。強引に銛を奪いとったカレンに向かって、リックが痛烈な罵倒を投げかけた。

それはカレンが絶対にゆるせないたぐいの罵倒だった。かっとなったカレンは、リックに詰めより、顔の真ん前に銛の尖端を突きつけた。

「二度とわたしにそんなことばを使うな！」

「お、おう」リックは両手をあげてあとずさった。

カレンはリックの足もとに銛を放りだした。

「返してやるわよ」

ピーターがふたりのあいだに割ってはいった。

「なあ、ぼくらはチームだ。そうだろう？　喧嘩はもうそのへんにしようじゃないか」

なおも怒りが収まらないようすで、カレンはいった。

「リックと喧嘩なんかしちゃいないわよ。もしもしてたら、そいつ、いまごろブヨブヨの腹を押さえて、はらわたを引きずってるはずだから」

ピーター・ジャンセンは一行を先導し、飽くことなくマチェーテで草葉を払いながら、ルートを選んだ。たまに立ちどまり、進みをとめるのは、ダイヤモンド・シャープナーでマチェーテの刃を研ぐためだ。刃をきちんとメンテナンスしているかぎり、マチェーテはどんなものでも切ることができた。進むさいは、みんなの士気を高めようと努めることも忘れなかった。

「ロバート・ルイス・スティーヴンスンがさ、旅についてこんなことをいってるんだ」

うしろにつづく院生たちに向かって、ピーターは大声でいった。

「〝楽しいのは目的地に着くよりも前──期待に胸を躍らせて旅をしているあいだだ〟とね」

「希望なんかクソくらえだ。さっさと目的地に着いたほうがうれしい」

そうぼやいたのは、ダニー・マイノットだった。

最後尾についたリック・ハターは、うしろから一同のようすを観察していた。

カレン・キングのことを考える。

この女にはどうにもがまんならない。自信たっぷりで、傲慢で攻撃的で、クモをはじめとする蛛形類(ちゅけいるい)の専門家気どりだ。格闘技通気どりでもある。見た目はいい。しかし、顔がすべてじゃない。

そのいっぽうで、カレンがグループにいてくれることをありがたく思う気持ちもあった。

たしかに、戦いではたよりになる。その点だけはまちがいない。いまこのとき、カレンは抜き身の剣のように冷たく研ぎ澄まされ、神経をぴんと張りつめさせて、周囲への警戒も怠りなく、あらゆる動作に注意を払って進んでいるように見える。まるで命がけの戦場にきているようだが……しかし、もちろん、その態度は正しい。ここはまさに戦場なのだ。いまだにカレンのことは好きになれないが……カレンがそばにいてくれることはありがたかった。

つぎにリックは、エリカ・モルを観察した。

エリカはすっかり蒼ざめ、怯えきっている。両手でからだを抱きしめており、いまにもプツンと緊張の糸が切れてしまいそうなようすだ。ジェニーのからだを蝕んでいたカビの菌糸……あの光景が頭から離れないんだろう。ここで精神的に持ちこたえられなければ、エリカは終わりだ。とはいえ、ここにいる六人のうち、この小さな恐怖の王国から生きて脱出できるだけの強さとたくましさ――それをそなえた人間が、そもそも何人いる？

リックの見るところ、アマール・シンはこれも運命だとあきらめて、自分は死ぬものと決めてかかっているようだ。

ダニー・マイノットは、ダクトテープと枯れ草の靴を履いて、とぼとぼと歩いている。だが、この男を見るにつけ、リックは思う。こいつは見た目よりずっとずぶとい。こいつなら生き残るかもしれない。

つぎにリックは、ピーター・ジャンセンを見た。

ピーターはどんな感じでいる？　はなはだ冷静で、落ちつきはらっているように見える。リックには測り知れない深いレベルで、平静さをたもっているようでもある。通常世界で地味だったピーターは、ここにきて本物のリーダーになった。リーダーという役どころにみごとなほどはまっている。まるで、マイクロワールドにきてはじめて、本来の姿に脱皮したような感じだった。

あとは――リック自身だ。

リックはあまり思慮深いほうではなく、自分自身について考えることはめったにない。しかしいま、リックは自身を顧みていた。自分にもなにか奇妙な変化が起こりつつある。それがなんなのかはよくわからないが、悪い気分ではない。しかし――なぜ悪い気分じゃないんだろう？

（ほんとうなら、おれは震えあがっていてもいいはずじゃないか？　ジェニーは死んだ。キンスキーはアリにバラバラにされた。つぎはだれの番だ？）

だが、そう思ういっぽうで、自分がいつも夢見てきた、しかし可能と思ったことはない探険行に、ついに出られたという思いもあった。自然の隠された奥地への旅――ふだんはけっしてお目にかかれない、驚異の世界への旅に、自分はとうとう出ることができたのだ。

十中八九、自分はこの冒険（クエスト）の旅で死ぬだろう。自然はやさしくもなければ、好意的でもない。自然界に慈悲というものは存在しない。努力したからといって、かならず報われるわけでもない。生きるか死ぬか、ふたつにひとつだ。この六人が六人とも、ひとりとして生き延びられないかもしれない。自分はこんな場所で消えてしまうんだろうか。ホノルル近郊の小さな渓谷で、脅威にあふれた迷宮に呑まれて消えてしまうだなんて、とても信じられなかった。

だが——なんにせよ、進みつづけるしかない。

リックは思った。頭を使え。知恵を絞れ。どんな困難をも切りぬけて、とにもかくにも生き延びるんだ。

何キロも歩いたかと思われるころ、リックは奇妙な匂いに気づいた。どこか甘ったるい刺激臭が空中にただよっている。これは……なんの匂いだ？

ふとふりあおぐと、頭上に小さな白い花がびっしりと咲き乱れていた。銀灰色の樹皮におおわれた幹や表面のなめらかな細長い枝には、全体に無数の白い花が散らばって、一見、星々のようにも見える。花の匂いは精液のそれを思わせるものがあったが、どこか危険を感じさせる毒々しさをはらんでもいた。

まちがいない。

これはヌックス・ウォミカだ。

リックはほかの者たちに呼びかけた。

「ちょっと待ってくれ、みんな。いいものを見つけた」

地面から露出しているねじくれた根のそばに片ひざをつく。

「これは馬銭（マチン）だよ。ストリキニーネの樹だ」

リックはみんなに説明し、マチェーテで根の外樹皮を削ぎはじめた。内樹皮があらわになると、それを刃で用心深く削りとる。

「この木部（もくぶ）にも」とリックは説明をつづけた。「ストリキニーネとブルシンが含まれる。ブルシンという薬物には麻痺の効果があるんだ。ほんとうは種子の馬銭子（マチンシ）のほうがずっと毒性が強いんだが……まあ、木部でも充分だろう」

手にわずかな樹液もつかないよう、慎重に内樹皮をあつかい、ロープを結わえた。こうすることで、うしろに引きずっていくつもりだった。

「さすがに、バックパックに入れていくわけにはいかないからな。毒でぜんぶ汚染されてしまう」

「樹皮だけでも危険なんじゃないの？」カレンがいった。

「まあそういうなって、カレン。こいつがあれば獲物を仕留められる。おれは腹がへってるんだ」

そばに立って見ていたエリカが周囲を見まわし、空気の匂いを嗅いだ。アリの刺激臭がしないかと、つねに気を配っているのだ。

肺を出入りする空気は、この世界ではすこし重く、ねっとりして感じられる。そして、どこを見ても、地面のありとあらゆる裂け目や隙間にも、草の葉という草の葉にも、地を這う小植物という小植物にも、微小な生物が――昆虫、ダニ、線虫などがひしめいていた。さらには、土壌バクテリアまでもが、微小な点の塊となって無数に見えた。なにもかもが息づいている。なにもかもが別の生物を摂食している。そのようすを見ているうちに……

エリカにもひしひしと空腹が感じられてきた。

エリカだけではない。全員が強い空腹をおぼえていたが、食べるものはなにもなかった。やむをえず、樹の根の洞(うろ)にたまっていた水を飲んで飢えをしのぎ、先へと進みはじめた。

リックはいま削いだ樹皮を引きずっている。

「これでストリキニーネは手に入った。センダンもある」リックはいった。「だが、これだけじゃまだ足りない。すくなくとも、あと一種類は成分がいる」

歩きながら、リックはあたりを見まわして、ほかの毒物はないかと、識別できる植物をさがしはじめた。そのうちに、とうとう求めるものが見つかった。匂いでわかる。とある低木から、鼻を刺す刺激臭がただよっていたのだ。

「西洋夾竹桃(オレアンダー)があるぞ」リックはある植物の茂みを指さした。それは長くて先のとがった、光沢のある葉を持つ植物だった。「こいつの樹液に凶悪な毒性があるんだ」

落葉を踏みしめながら、低木の巨大な幹に歩みよっていく。マチェーテを鞘から抜き、刃を研いでから、幹に切りつけた。白くて透きとおった乳状液が大量にあふれでてきた。

リックは急いであとずさった。

「この樹液が皮膚に触れたら、通常サイズの人間でもひどくかぶれる。いまのおれたちのサイズなら即死だろう。経口摂取すれば、通常サイズの人間だって命が危ない。致死性のオレアンドリンやカルデノリドなど、複数の有毒性分を含んでいて、不運な人間の心臓を、バン！——あっさり停めてしまう。焼いた煙も吸わないほうがいい。吸ったら心臓麻痺を起こしかねない」

じくじくと白い樹液を流すオレアンダーからやや離れたところで、リックはアマールにマチェーテを預け、おもむろにダッフルバッグをあさり、実験用のエプロンと、ゴム手袋、ゴーグルを取りだした。いずれもステーション・エコーで見つけたものだ。

防護装備を着用するリックを眺めながら、アマールが苦笑した。

「リック——その格好、まるでマッド・サイエンティストだぞ」

「マッドなのがおれのスタイルなんだよ」

リックはプラスティック・ボトルを一本取りだし、ふたをねじってあけ、樹液あふれる幹の切れ目にあてがった。やがてボトルはいっぱいになり、樹液が手袋からしたたった。ボトルのふたを閉め、外側を雨水のしずくで洗う。ついで、二本めのボトルも同じように満たし、周囲を洗ってから、勝ち誇った顔で二本をかかげてみせた。

「あとは手に入れた毒物一式を料理するだけでいい。そのためには火を起こさないとな」

だが、雨のあとだけに、森はじっとりと濡れていた。こんな状態ではなにひとつ燃やせはしない。

だれかがそれを指摘すると、リックはこう答えた。

「問題ない。アレウリテス・モルッカヌスがありさえすれば」

「いったい、それはなに、リック？」カレンがたずねた。

「キャンドルナッツの樹だよ。ハワイではククイの樹という。この森にはそこらじゅうにククイの樹が生えている」

リックはことばを切り、顔をあげて周囲の高みを見まわした。

「あった！　あれがククイだ。あそこにある」

指さした先に、淡い緑の大きな葉をつけた樹が見えた。マイクロヒューマンの距離感覚で一〇〇メートルほど離れたところに、小さな白い花を大量につけた樹があり、白っぽい入道雲となってそそりたっていたのだ。枝々には緑色の球果がたわわに実っていた。

マッド・サイエンティストの衣装を脱いだリックに導かれ、一行はぞろぞろとククイのそばへ移動した。樹の根元までたどりつくと、樹下のあちこちに、熟して変色した球果がいくつも落ちているのが見えた。大きさは院生たちの背丈の倍以上はあるだろう。

「マチェーテを返してくれ」リックはいった。「さあて、ごろうじろ」

マチェーテをふるって球果を切り裂き、果汁の多い果肉を切りだしていく。奥から出てきたのは硬い種だった。直径は院生たちの背丈よりも大きい。

「これが有名なククイ・ナッツだ。油分が非常に多い。むかしのハワイ人は、このククイ・ナッツのオイルでストーン・ランプを灯していた。光源として非常に重宝する。ハワイ人は棒の先にこのナッツをつけて松明にもしていた。それほどによく燃えるんだ」

ククイ・ナッツは光沢のある硬い殻でおおわれていて、ちょっとやそっとでは割れないことがわかった。一行は交替でマチェーテをふるい、殻に切りつけた。マチェーテの刃は重く、きわめて鋭利だ。おかげで、さしもの硬い殻にも徐々に切れ目がはいりはじめた。何分間か切りつづけるうちに、やっと殻が割れ、油分の多い仁があらわになった。

その仁をほじくりだし、地面に積んでいく。ひと山積みあがったところで、火口にするため、乾いた草の束を差しこんだ。これはピーターが枯れた草の茎を切り裂き、芯の部分を取りだしてきたものだ。雨に降られても、芯までは濡れておらず、乾いたままだった。

この仁の山の上に、リックは持ってきたアルミ鍋を載せた。ついで、改めて化学実験用エプロンと手袋をつけ、最後にゴーグルをはめてから、鍋の中にクラーレの材料を入れた。ストリキニーネの樹の根からとった木部に、センダンのかけら、プラスティック・ボトル二本ぶんのオレアンダーの樹液。そこへさらに、手近の葉っぱの上にたまっていた雨水を加える。

防風ライターで着火した。

火口に火がつき、油分が多いククイの仁に火がまわり、明るい黄色の炎が燃えあがった。通常世界の基準からすればちっぽけな火でしかなく、蠟燭の炎よりもまだ小さいほどだが、院生たちにとっては大きな篝火(かがりび)も同然だった。炎で顔を暖められた院生たちは、まばゆさに目を細め、顔をそむけた。火勢は強く、ものの数秒で鍋の水が沸騰しだした。しばらく煮たてると、沸騰していた水と材料は煮詰まって、あとにタールのようなねばっこい塊が残った。

「できたてのクラーレだ」リックがいった。「効き目があるといいが」

リックはゴム手袋をはめた手で手近の小さな木片を拾い、息をとめたまま、その木片の先端で慎重にクラーレをすくっては、未使用のプラスティック・ボトルに詰めていった。吹矢の尖端にこれを塗れば毒矢に仕立てられる。どろどろしたこの塊が、毒として効いてくれればありがたい。もっとも、じっさいにハンティングで使ってみるまで、その効果のほどは未知数だ。リックはボトルのふたをねじって閉め、かけていたゴーグルを額の上にずらした。

ピーターがプラスティック・ボトルに収められた茶褐色のどろどろした物質を見つめ、たずねた。

「それで大物を仕留められると考えているわけだ。獲物はバッタかなにかか？」

リックは歪んだ笑みを浮かべた。

「いやいや。まだ完成してないからな」

「まだなのか？」

「もう一種類、成分を加えなきゃならない」

「もう一種類——？」

「シアン化物だよ」

「なんだって？」ピーターは眉根を寄せた。

ほかの者たちはまわりに集まり、やりとりを聞いている。

「聞こえただろう？　シアン化物だ」リックは答えた。「どこにいけば手に入るか、それもわかってる」

「どこだ？」

ことばで答えるかわりに、リックはゆっくりと周囲を見まわした。

「シアン化水素——いわゆる青酸の匂いがただよっているからな。このアーモンドに似た刺激的な匂い……わからないのか、この匂いが？　シアン化物——それは万能の毒物だ。事実上、どんな生物も即死させられる。シアン化物——それは冷戦時代にスパイが好んで用いた毒物だ。さあて、よく聞いてくれ。この近辺にシアン化物を生成する動物がいる。

そいつはたぶん、落葉の下に隠れているはずだ。きっと眠っているだろう」

ほかの者たちが見まもる前で、リックはスーパージャングルの中に入りこんでいった。ときどき立ちどまっては空気の匂いを嗅ぎ、自分の鼻をたよりに奥へ進んでいく。やがて、落葉を両手でつかんではひっくり返しはじめた。匂いはだんだん強くなってくる。リック以外の院生たちにもはっきりとわかるようになってきた。

やがてリックは、ある落葉を指さし、その縁に手をかけ、そうっと下を覗きこんだ。

「いた！」

落葉の下には、いくつもの体節からなる、細長い生物がいた。各節は茶色で、オイルを塗ったようにつやつやと光沢があり、からだの下には湾曲した肢（あし）が何本も生えている。

「ヤスデだよ」とリックが説明した。「おれは一介の無知な植物学者だがな、この連中がシアン化物を分泌することは知っている」

エリカがいった。

「だめよ！　わたしたちから見れば、かなり大物だもの。この大きさだけでも危険だわ」

リックはくっくっと笑い、

「たかがヤスデがかい？」といって、カレンに顔を向けた。「なあ、カレン。脅威に直面したとき、この手の動物がとる行動はどんなものだっけ？」

カレンはにやりと笑った。

「ヤスデの行動？　ネコがすくみあがったときとおんなじね」
「待った！」ダニーが口をはさんだ。声が震えている。「これ、ほんとにヤスデなのか？
ムカデじゃないだろうな？」

ダニーが怯えるのもむりはないな、とピーターは思った。これがムカデだったら、通常サイズの人間でも、咬まれたらたいへんなことになる。マイクロサイズなら死はまぬがれない。

「それはないわね、この子がムカデってことはありえないわ」地面にひざをつき、落葉の下を覗きこみながら、カレンは答えた。「ムカデは捕食動物でしょう？　それに対して、ヤスデは動物を食べないの。腐植性なのよ。ごくおとなしいものだわ。毒爪だって持っていないし」

「おれも同じ考えだ」

いうなり、リックは勢いよく、落葉を剝ぎとった。ヤスデの姿があらわになった。長いからだを丸めて眠っているようだ。ヤスデは円筒形の動物で、硬い外骨格の環節がいくつもつながっており、脚はすくなくとも百本はありそうだった。体長は五センチほどもある。マイクロヒューマンにとって、これは五メートルに相当する大きさ——通常世界での大型ヘビ、ボア・コンストリクターにも匹敵する大きさだった。ヤスデは各環節にある小さな孔、気門を通じて呼吸しており、小さくヒューヒューという呼吸音をたてていた。ヤスデのいびきだ。

リックがマチェーテの鞘を払い、叫んだ。

「起きろ！」

そして、刃の側面でヤスデを引っぱたいた。

ヤスデがいきなり、びくっと動いた。院生たちがあとずさる。例の匂いが一段ときつくなるなかで、ヤスデはすばやく緊密な渦巻き状に身を丸めた。防御の姿勢をとったのだ。

リックは鼻をつまみつつ、ヤスデに駆けよると、もういちど引っぱたいた。傷つけたいのではない。怯えさせたいだけだ。ことは思惑どおりに運んだ。アーモンドに似た刺激臭混じりの、鼻を刺す不快な臭気をともなって、ヤスデの外骨格の各所に開く微小な孔から、オイルのようにねっとりした液体がにじみ出てきたのである。リックは化学実験用の手袋、エプロン、ゴーグルをつけたまま、急いで未使用のプラスティック・ボトルを取りだし、ふたをあけた。

ヤスデはどこへも逃げる気配を見せない。固く身を丸めてじっとしている。怯えているのだろう。

リックはヤスデのそばに歩みより、臭腺から分泌される液体をすくいとって、マイクロヒューマンにとってはカップ一杯ぶんにあたる量をボトルに収めた。

「このオイル状のものが臭液だ。青酸をたっぷり含んでいる」

採れたオイルは、別のボトルのどろどろしたクラーレに加え、木片を使ってかきまぜた。

「あのあわれなヤスデちゃんを脅かして、まんまと青酸をせしめたというわけさ」

リックはクラーレのボトルを高くかかげた。ボトルの中からは致死性化学物質の強烈な匂いが立ち昇っていた。

「さあて――では、狩りをはじめるとしますか」

20

Nanigen本社

10月29日

4:00 PM

ヴィン・ドレイクは制御室で観察窓の前に立ち、〈テンソル・コア〉の中を眺めていた。観察窓には防弾ガラスがはめてあり、向こうが魚の水槽のように見えている。〈テンソル・コア〉のプラスティックの床には六角形のパネルがぎっしりならんでいた。各パネルの下に垂直に埋めこんであるのは、サイズ変換チューブだ。〈コア〉内部にはふたりの人間――ティリアスとジョンストンが歩きまわっていた。

ふたりは出発の準備をしているところだった。すでに軽量ケヴラー繊維の防護スーツは着用しおえている。防護スーツの上からは、胸、腕、脚をカバーするため、強化樹脂製のアーマープレートも取りつけてあった。スーツは強靭で、兵隊アリの大顎すら通さない。武器は各自、六〇口径のエクスプレス・ガスライフルを携行していた。このライフルはタンクに詰めた圧縮ガスの力で銃弾を発射するものである。発射する銃弾は太い鋼鉄製の炸裂針で、その先端には広範囲の生物種に効く超強力な毒物（スーパートキシン）が仕込んである。射程も長く、ストッピング・パワーは絶大だ。このスーパートキシンは、昆虫だけでなく、鳥や哺乳類にも威力を発揮する。ガスライフル自体も、マイクロワールドで人間が自衛するために、特別に開発されたものだった。

ドレイクは制御室から〈テンソル・コア〉へ出ていき、ふたりに歩みよって指示した。

「待っていてくれ。いま六脚類型ウォーカー（ヘクサポッド）を持ってくる」

ティリアスはうなずき、床に視線を落とした。まるで、落としたコインをさがしてでもいるかのようだ。返事はしない。口数のすくないのがティリアスの特徴なのである。

ドレイクは〈立入禁止〉と記されたドアの前にいった。その下には、バイオハザード・マークに似たマークが記されており、こんな文字が付されていた。

マイクロハザード

これは〈テンソル・コア〉から〈プロジェクト・オミクロン〉の中核部へと通じる直通ドアだ。むろん、ドアにはそんなことをほのめかす文字などいっさい書かれていない。

ドレイクの手には、ゲーム・コントローラーに似た小型のリモコン装置が握られていた。そのリモコンにコードを入力する。これで〈オミクロン〉のセキュリティ・ボットたちに攻撃される恐れはなくなった。

ドアを開き、向こうの部屋へはいる。そこは標準的な大きさの研究室で、〈テンソル・コア〉に面して防弾ガラスの大きな窓があるが、これはふだん〈コア〉から覗きこめないようにされている。研究室には小さな研究ブースがいくつもあり、それぞれが〈コア〉に独自の形でアクセスする仕組みになっていた。ドレイクを除けば、この〈オミクロン〉の研究室に入室できるのは、Ｎａｎｉｇｅｎでもひとにぎりの幹部技術者だけだ。そもそも〈オミクロン〉の部屋が存在することを知っている職員自体、ほとんどいない。室内には数脚の作業台があり、それぞれの上にはさまざまな大きさの物体がずらりとならんでいた。いずれも黒い布がかけられている。

各物体を完全に覆い隠す黒い布は、それらが秘密の存在であることを物語っていた。〈オミクロン〉の部屋に入室をゆるされている技術者たちでさえ、この布をめくることはゆるされていない。布の下の物体を見たことがあるのは、ごく少数の技術者と、野外調査に出たことがある者だけだ。

ドレイクは物体のひとつに歩みより、黒い布をはぎとった。

現われたのは六脚の機械だった。

どことなくＮＡＳＡの火星探査車に似ているが、車輪の代わりには三対の歩脚があり、金属でできた昆虫という趣（おもむき）がある。大きくはない。全長は三〇センチほどだ。

ドレイクは六脚類型(ヘクサポッド)ウォーカーをかかえて〈テンソル・コア〉にもどり、ジョンストンに手わたした。

「おまえたちの足だ。フル充電してある。マイクロ化対応のリチウム電池四本にな」

「ありがとうございます」とジョンストンは答えた。だが、声がはっきりしない。見ると、口をもぐもぐさせている。

「なんだ、それは!」ドレイクは怒鳴った。「口になにを入れている!」

「エナジー・バーです。マイクロワールドでは、すぐ空腹になりますので、ぎりぎりまでカロリー補給を――」

「決まりは知っているはずだ。〈コア〉での飲食は禁止されている。〈ジェネレーター〉が汚染されたらどうする」

「申しわけありません」

「まあいい。早く嚥(の)みこんでしまえ」

ドレイクは鷹揚にジョンストンの肩をたたいた。ほんのすこし寛大な態度を示してやるだけで、部下の忠誠心は長持ちする。

ティリアスが六脚(ヘクサポッド)の機械をジョンストンから受けとり、ヘクサゴン3に置いた。ついで、みずからもヘクサゴン2に立った。ジョンストンはすでにヘクサゴン1に立っている。

ドレイクは制御室に引き返した。縮小操作は自分でやらねばならない。〈コア〉の周辺からはすでに全職員を追いだしてある。例外はセキュリティ関係者だけだ。このふたりとヘクサポッドを縮小する場面は、だれにも見られてはならない。それはディテールが流出することを意味する。

ヘクサゴン3に置かれたヘクサポッドの縮小率は、人間ふたりの縮小率に比してかなり控えめにした。そして各種の調整をおえ、縮小シークェンスを開始しようとしたとき――背後のドアが開き、ドン・マケレが制御室にはいってきた。

ドレイクとマケレは観察窓の前に立ち、縮小過程を見まもった。〈ジェネレーター〉がうなりをあげ、床下の縮小機構が起動し、三つのヘクサゴンが床下に沈んでいく。

ほどなく、縮小シークェンスは完了した。ドレイクは制御室から〈コア〉内にはいっていき、ふたりのマイクロヒューマンを運搬ボックスの内部に収め、縮んだヘクサポッドを別のボックスに入れた。

ふたつの箱をドン・マケレに差しだして、ドレイクはいった。

「スパイの捕捉がうまくいくことを祈っている」

「おまかせください」とマケレが答えた。

ドレイクはエリックを殺した。ピーターと院生たちにそれを知られただけでも、充分に危険だ。

だが、ドレイクの懸念はもうひとつあった。じつはドレイクは、けっして公にできない活動を行なっている。それに関するデリケートな真実をエリックが弟のピーターに話していたら――そして、ピーターがそれをほかの院生にも話していたら――やっかいなことになる。あの活動のことが外に漏れようものなら、それだけでNanigenのビジネスは破滅するだろう。

だが、ビジネスはビジネスだ。個人的な感情が立ちいる余地はない。経営者は企業論理だけで動く。ビジネスを継続するために必要なことは、どんなことであろうとなされねばならない。

ドン・マケレはこのビジネスの裏をどこまで知っているのだろう？　このセキュリティ・チーフがなにを考え、どこまでを知っているのかは、どうもよくわからない。

横目で鋭くマケレを見て、ドレイクはたずねた。

「きみは創業時株をどれだけ持っている？」

「二株です」

「もう二株やろう」

「ありがとうございます」

その表情に変化はなかった。

だが、この短いやりとりで、ドン・マケレはもう二百万ドルを手に入れたことになる。なにを知っているにせよ、この男は以後も固く口を閉ざしているだろう。

21

〈シダの小谷〉

10月29日

4:00 PM

「静かに、動かないで。視力もいいし、聴力もすぐれているから」

しゃべっているのはエリカ・モルだ。一行の頭の上にはマーマキの枝がせりだしている。枝についているのは大きな浅裂（せんれつ）形の葉で、縁が円鋸歯（えんきょし）状になっていた。その葉の一枚に、巨大な動物が乗っている。大きな翅（はね）を持った昆虫だった。

巨大動物の体色は鮮やかな緑色で、全体に光沢があった。からだの大半をおおう翅には細かい葉脈状の筋模様がはいっており、見た目は草の葉にそっくりだ。二本の触角は長く、複眼は横に飛びだしていて、いくつかの節に分かれた脚も長い。膨れた腹部にはいかにもたっぷりと脂肪がつまっていそうに見える。かすかなシュー、フシュー、シュー、という音は呼吸音だろう。胴体にならぶ気門から空気が出入りしているのだ。

動物はキリギリスの仲間だった。

リックが手製の吹筒の一本を取りだし、いったん肩で支え、吹口から吹矢を装塡した。ステンレスの矢尻に塗りつけたねばつく茶色の塊は、独特の悪臭を放っており、刺激的なアーモンド臭と不快な臭気がつんと鼻を刺す。これはリック特製のクラーレだ。矢の尾端には、吹いた息を漏らさずに受けとめるための風受けとして、ステーション・エコーから持ってきたマットレスの詰め物をくりつけてある。

リックが片ひざをつき、吹筒の吹口を口もとに近づけた。動作がきわめて用心深いのは、クラーレの成分を吸いこまないようにするためだ。青酸が目にしみるし、のどもひりひり痛む。

その状態で、リックはエリカ・モルにささやきかけた。

「心臓はどこだ？」

エリカがすぐそばにしゃがみこんでいるのは、狙うべき場所を示すためだった。昆虫の体構造をいちばんよく知っているのはエリカだからだ。

「背脈管ね？」昆虫の体液は、哺乳類などとは異なり、血管の中ではなく、全身の体腔を通って循環する仕組みになっている。そのポンプの役目をするのが背脈管だ。「後胸よりうしろ、背面正中線上の表皮寄りを走っているわ」

「は？　なんだって？」リックは眉根を寄せてエリカを見た。

エリカはほほえんだ。

「キリギリスの背中、皮膚のすぐ下ということよ」

リックはかぶりをふった。

「それじゃ狙えないな。そのあたりは翅でおおわれてるから」

リックは吹筒の先端をあちこちに向けたのち、腹部を狙うことに決めた。腹部の下側を狙いすまし、大きく息を吸いこんで、ぷっと吹く。

吹矢はキリギリスの腹部に命中し、深々と突き刺さった。キリギリスはびくっと動き、翅を広げて震わせた。院生たちはつかのま、そのまま飛びたつのではないかと思ったが、かわりにキリギリスは左右の前翅をすりあわせ、耳を聾するすさまじい鳴き声を発した。これは警戒の鳴き声だろうか、それとも苦痛の鳴き声だろうか。気門を出入りする空気の流れも、さっきより速く、荒くなっている。ふいにキリギリスがよろめいた。ついで葉の上からすべり落ち、かろうじて葉の縁にしがみついた。

その苦しみぶりを見ているだけで、アマールの胸は痛んだ。まさか、昆虫が苦しむ姿に、こんなにも心を乱されようとは思ってもみなかった。リックのクラーレはおそろしく強力らしい。

一同は待った。キリギリスはもう逆さまになり、後脚だけでぶらさがっている。呼吸音がゆっくりになってきた。シュー、フシュー、シュー……呼吸音が間延びし、かすれがちになっていく。とうとう呼吸がとまった。その直後、キリギリスは葉から落下し、地面にぽとんと落ちた。

「やったわ、リック！」

「〈狩人リック〉だな！」

はじめのうち、死んだキリギリスに食指を動かしているのは、エリカ・モルだけだった。

「以前、タンザニアでシロアリを食べたことがあるの。すごくおいしかったわ。アフリカの人たちは虫をごちそうだと思っているのよ」

ダニー・マイノットは小枝にすわりこんだ。ひどく気分が悪かった。死んだ昆虫を見ただけで吐き気がこみあげてくる。ジョークで気をまぎらそうとして、ダニーはいった。

「そこいらに〈バーガー・ジョイント〉でもないかな」

「ハンバーガーが昆虫の肉よりましとは思えないがね」アマール・シンがいった。「ウシ科の哺乳類の筋肉、血、結合組織を挽いたものなんて、考えただけでもぞっとする。ぼくはウシなど食べない。だが、キリギリスとなると……そうだな……食べられるかもしれない」

死んだ動物の姿を見つめているうちに、院生たちの空腹はしだいに強く、胃をぎゅっと責めさいなむほど鋭くなってきた。マイクロヒューマンの小さな肉体はカロリーをすごい勢いで消費する。食わないともたない。食わざるをえないのだ。空腹はとうとう不快感に打ち勝った。

院生たちはマチェーテでキリギリスの解体にかかった。解体はエリカ主導で行なわれた。外骨格を切り開くたびに、そこから透き通った黄緑の液体がしたたったが、これは昆虫にとっての血液にあたるもので、血リンパという。肉と組織を切りだすさいに、食べる部位はすべて水で洗うべきだとエリカは主張した。したたる血リンパが矢毒に汚染されていた場合の用心だ。狩猟に使うクラーレは、傷口から吸収された場合にのみ有効で、クラーレで死んだ動物の肉を食べても問題ないのがふつうだが、リック特製のクラーレは経口毒も含んでいるから、いっそう用心しなくてはならない。

院生たちはまず脚を切りとり、丈夫なキチン質の殻を切り開いて、中の肉を取りだした。後脚を構成する複数の節のうち、いちばん根元側にある腿節（たいせつ）を切り開いてみると、細くて白い筋肉がぎっしりと詰まっていた。そのいちばん太い部分をスライスし、葉にたまった露につけ、しっかりと洗った。とくに不快な匂いはしなかったので、一同、おそるおそる食べてみた。もちろん、生のままだ。旨かった。ほんのり甘い香りもした。

「悪くないな」リックがいった。「スシみたいだ」

「新鮮そのものだしね」これはカレンだ。

ダニーでさえ肉を食べはじめた。最初はおっかなびっくりだったのが、しだいに勢いがつきはじめ、最後にはがつがつと食うまでになっていた。

「塩があるとよかったのにな」もぐもぐしながら、ダニーがいった。

腹部を切り開くと、柔らかくて黄色い、どろりとしたものが出てきた。脂肪だった。

「腹部の脂肪はからだにいいはずよ」

エリカはそういったものの、だれも手を出そうとしなかったので、みずから両手で脂肪をすくいとり、生のまま口に運んだ。

「甘いわ」エリカはいった。「ちょっぴり木の実のような味がする」

院生たちのからだは脂肪に飢えていたので、全員、すぐさまキリギリスの腹の中に手をつっこみ、脂肪をすくっては食べ、指を舐めてはまた手をつっこむことをくりかえした。

「倒した獲物に群がるライオンみたいな気がしてきたよ」ピーターがいった。

キリギリス一匹からとれる肉の量は、院生たちが一度に食べられる量を超えていた。といって、捨てていくのももったいなかったので、切り分けた肉をゼニゴケのような平たいコケの湿った葉状体でくるみ、持てるだけの包みを作って、ダッフルバッグにめいっぱい詰めた。たらふく肉を食べておいたので、しばらくは問題なく動けそうだった。

ずっと気分がよくなった一行は、みんなで手書きの地図をあらためた。地図を携行しているのも、コンパスで一同を導くのも、もっぱらピーターの役目だ。

地図の一カ所を指さして、ピーターはいった。

「ぼくらはいま、このあたりにいると思う」

指さしたのは、地図に描かれた木生シダの茂みだった。

「ステーション・ブラヴォーまでかなり近づいた。日没までにはブラヴォーに着けるかもしれない」

いったんことばを切り、頭上を見あげる。陽はだいぶ陰りつつあった。もう日没も遠くはない。

「ステーションがぶじであることを祈るばかりだな」

コンパスにしたがって進行方向を定める。当面の目標は、遠くに見えるヤシの樹幹だ。

一行はダッフルバッグやほかの荷物をかかえて出発した。ときどき立ちどまっては付近の匂いを嗅ぎ、耳をすます。これはアリを警戒してのことである。アリが一匹いれば、近くにかならず仲間がいると思ってまちがいない。しかし、急いでその場を離れれば、アリもそれほど興奮することはないだろう。ほんとうに危険なのは巣のそばだけなのだ。

太陽が沈みかけ、森の地面をおおう影が深まりだすと、先頭をゆくピーターはいっそうアリに対する警戒を強めた。うっかりアリの巣に遭遇しようものなら、たいへんなことになる。さいわいなことに、いまのところ、そんな事態には陥らずにすんでいたが……。

「ストップ!」

だしぬけに、ピーターは一同の歩みを停めさせた。

すぐそばに、草本植物のイリヒアがそそりたっている。院生たちのサイズからすると、ちょっとした樹並みの大きさだ。その茎に三つのV字の刻み目があり、さらにその上には、オレンジ色のペイントでXの字が描かれていた。

これは道しるべだ。

一行は森の小径にたどりついたのである。

ピーターは先へ進んだ。院生たちにとっては巨大な〝小石〟に、またひとつオレンジ色でXの字が描かれているのが見えた。小径はずっと彼方までつづいており、ところどころ道しるべが残されて、かすかな誘導ラインができあがっている。

そのラインをたどりだして数分のち、ピーターは立ちどまった。目の前の地面に大きな穴が口をあけていたのだ。穴の縁はでこぼこだった。周囲には土をほじくって抉りだしたあとがある。付近には巨大な足跡がいくつも残っており、そこに雨水がたまってプールのような状態になっていた。

ピーターは地図をたしかめた。

「ステーション・ブラヴォーの位置はここのはずなんだが――ステーションはなくなっている」

なにがあったのかは巨大な足跡が物語っていた。何者かがこの場所からステーションを掘りだし、運び去ったのだ。

「最悪の事態を想定しなくてはいけないようね」カレン・キングがバックパックを地面に降ろし、穴のそばにすわりこんで額の汗をぬぐった。「これはヴィン・ドレイクのしわざでしょう。ということは、あの男、わたしたちが生きていることを知っているか、生きているといいうことになるわ。だから、わたしたちが生き延びる手段を奪ったのよ」

「とすると、ドレイクがぼくらを狩りにくることも考えられるな」ピーターはいった。

「だけど、どうやっておれたちを見つけるっていうんだ？」リックが問いかけた。

これはいい質問だった。院生たちの身長は二センチとない。通常サイズの人間がさがしだすのは、簡単なことではないだろう。

「無線の使用は、以後は厳禁だな」とピーターはいった。

ステーション・ブラヴォーの消滅は、夜を迎えるこれから何時間かのあいだ、どこにも避難する場所がないことを意味している。太陽はいまにも沈もうとしており、夜のとばりは急速に降りつつあった。熱帯地方ではいつもこうだ。

暮色が深まるにつれて、エリカの不安は急激に膨れあがっていった。

「これはいっておいたほうがいいだろうと思うんだけど――」ほかの院生たちに向かって、エリカはいった。「昆虫の大半は、昼ではなく、夜になると活発に動きだすのよ。そして、その多くが捕食動物なの」

「なんとかして夜営しないといけないな」ピーターがいった。「よし、砦を造ろう」

院生たちからさほど離れていないところでは、六脚類型(ヘクサポッド)ウォーカーが高速で森の地面を移動していた。巨大な小石を乗り越え、草の葉を押しのけて、どんな障害もものともせず、ぐんぐん進んでいく。六本の歩脚には、無限のエネルギーが秘められているかのようだ。歩脚を動かすたびに、内蔵されたモーターがうなりをあげる。

　操縦を担当しているのはジョンストンだった。片手に装着した手袋型(グローブ)コントローラーで操縦しながら、目はコントロールパネルの数値をチェックしている。数値が伝えるのは、ヘクサポッドの六本脚を駆動するサーボモーターの出力レベルだ。ティリアスは、開放型(オープン)コックピットの助手席にすわり、上下左右に目を配っていた。全身をおおう防護スーツを着用している点は、ふたりともまったく変わらない。

　ヘクサポッドの動力源はナノ薄層構造型(ラミネート)マイクロ化対応リチウム電池だ。大容量なので持ちがよく、出力電圧も高い。歩脚移動式なのは、通常の車輪式車両がマイクロワールドでは通用しないためだった。不整地のきわみなので、車輪はたちまち泥地にはまり、空転してしまう。それに、車輪式では障害物を乗り越えられない。そこで、Ｎａｎｉｇｅｎの技術陣は昆虫のデザインを模することにしたのである。結果は大成功で、六脚式は不整地走行にきわめて有効であることがわかった。

　やがてヘクサポッドは、地面にあいた大きな穴のそばにたどりついた。

「ストップ」ティリアスがいった。

ジョンストンはヘクサポッドを停め、大穴を覗きこんだ。

「これはエコーだな」

「だったところだ」ティリアスが訂正した。

ふたりはヘクサポッドのコックピットを飛びおり、軽々と降下して、アーマープレートの各部分が触れあう音を響かせながら、ふわりと着地した。ふたりともマイクロワールドでの動きかたについては経験豊富で、筋肉の使いかたを熟知している。すぐさま、慣れた動きで穴の周辺を歩きまわり、コケの状態を調べ、土に残った痕跡をあらためた。昼間の雨のせいで、院生たちが地面に残した足跡はきれいに洗い流されていたが、経験を通じてジョンストンは知っている。それでもかならず、なんらかの痕跡は消え残っているものだ。相手がだれであれ、場所がどこであれ、ジョンストンはかならずその行跡をたどり、追いつめることができる。

岩の上にコケの〝茂み〟があった。そこに気になる部分があったので、そばに歩みより、じっと目をこらしてみた。コケの茂みの上端は腰の高さほどだ。細い茎が何本か、とくに長く伸びているなかで、一本だけ、九〇度横に折れ曲がっている茎があった。茎はコケの胞子体で、先端の胞子嚢は壊れており、中身の胞子がこぼれている。こぼれた微小な胞子は、一部が糊状に固まり、下の葉状体にへばりついた状態だった。

その糊状の部分に、人間の手形が残っていた。つまり、だれかがつまずいたかなにかでこの胞子体をつかみ、へし折ってしまい、胞子をこぼれさせ、こぼれた胞子に手をついたということだ。

もうすこし先に進むと、地面の一ヵ所に人間の足跡が集中している部分が見つかった。その上には大きな葉が広がっていた。この葉が雨よけとなり、足跡を消さずにおいたのだ。院生たちはここで雨宿りをしたにちがいない。

ジョンストンはしゃがみこみ、足跡に目をこらした。

「相手は五人、いや、六人か。一列縦隊になって歩いていたようだな」足跡の向から先を眺めやる。「南東に向かったらしい」

「南東にあるのは？」ティリアスがたずねた。

「駐車場だ」ジョンストンはすっと目を細め、薄く笑った。

そんなジョンストンを、ティリアスはけげんな顔で眺めている。

ジョンストンはショルダー・プレートにへばりついたダニを剝ぎとり、ぐしゃっと握りつぶして放り投げた。

「うっとうしいダニどもめ。ともあれ――やつらのもくろみはわかった」

「それは？」

「Ｎａｎｉｇｅｎにもどるトラックに乗りこむつもりなんだ」

もちろんだ。それ以外に考えようがない。

ティリアスはうなずき、足跡が向かう方角へ足早に歩きだした。

ジョンストンは宙にジャンプし、コックピットに乗りこむと、ティリアスのうしろからヘクサポッドを前進させた。ティリアスは障害物を軽々と飛び越えながら、ハイペースで前を進んでいく。進みの速さは小走りと全力疾走の中間くらいだ。ときおり足をとめて、やわらかい地面に残った足跡を調べている。目標の院生たちは足跡を隠す努力をまったくしていない。自分たちが追われているとは夢にも思っていないのだろう。

だが、そろそろあたりは暗くなりかけていた。ティリアスもジョンストンも身をもって知っている。このマイクロワールドでは、夜間はじっと息をひそめていなくてはならない。暗くなってから移動することは不可能だ。動けば確実に死を招く。

ジョンストンはヘクサポッドを停め、地上に降下し、車体周辺の地面に円を描くようにして電気柵の金網を設置しだした。金網の高さは胸ほどまでだ。その間に、ティリアスは車体の真下に掩蔽壕（えんぺいごう）を掘った。設置が完了した電気柵には、リチウム電池から引っぱったケーブルをつなぐ。こうすることで、電気柵に触れた動物はちょっとした電気ショックを受けることになる。

夜営準備がすむと、ふたりは掩蔽壕に横ならびで潜りこみ、それぞれ反対方向を向いて穴の底にすわりこんだ。手にした六〇口径のエクスプレス・ガスライフルは装塡ずみで、いつでも撃てる状態にしてある。ヘクサポッド内で夜営できればいいが、まだ森の危険を想定していない時期の設計なので、コックピットには屋根がない。したがって、こうして地面の穴に潜りこんでいるのが、夜間はいちばん安全なのである。

ティリアスが穴の土壁に背中をあずけ、噛みタバコを口に入れた。

ジョンストンのほうは、穴の中に電波探知機を持ちこんできている。これさえあれば、夜間に院生たちが無線で通信したときはすぐにわかるし、会話を傍受することもできる。今後の首尾はすこしも心配していなかった。マイクロワールドへくるのはこれで十回めだ。自分がしていることはちゃんと心得ている。

ジョンストンは探知スイッチをいれ、モニター画面をチェックした。Ｎａｎｉｇｅｎの無線ヘッドセットは七〇ギガヘルツ帯を使っている。院生たちが半径三〇メートル以内でヘッドセットを使えば、ただちに反応があるはずだ。いまのところ、無線で通信している徴候は見当たらなかった。

ジョンストンはティリアスにいった。

「連中が無線機を持っていない可能性もあるな」

ティリアスはのどの奥でうめくように返事をし、噛みタバコをぺっと吐いた。

まもなく、糧食パックをあけ、腹ごしらえをした。小用は交替ですませた。片方が穴を出て数歩離れ、用を足しているあいだ、もうひとりがガスライフルをかまえて掩護する。なにかが電気柵ごしに襲ってきた場合の用心だ。柵外にうようよしている怪物どものなかには、小便の匂いを嗅ぎつけて寄ってくる種類がいるかもしれない。

そのあとは、交替で見張りについた。ひとりがまどろんでいるあいだは、もうひとりが不寝番を務め、周囲に目を光らせる。見張りは赤外線ゴーグルをつけて、目から上だけを穴の上に覗かせる。

それにしても、夜のこの世界は、いやになるほど大量の生物であふれかえってやがるな——と、最初の見張りについたジョンストンは思った。

赤外線ゴーグルを通して見えるのは、それぞれが固有の活動にふける小生物たちの絶えざる動きだ。おびただしい虫けら——近隣だけでも百万匹もの虫けらが、いたるところで這いまわっている。それがどういう種類の生物かをジョンストンは知らないし、虫けらであるかぎり、一匹でも百万匹でもなんら変わりはない。捕食動物でさえなければなんでもよかった。なによりも注意を払わなければならないのはネズミだ。もっとも、今夜は大物ハンティングをしたい気分でもある。このマイクロワールドで六〇口径のエクスプレスを使い、ネズミを仕留めるのは、通常世界でケープ・バッファローを仕留めるのと同じく、豪快なハンティングになるだろう。あの野獣なら、アフリカで何度か仕留めたことがあった。

「ネズミでも吹っとばしてやりたい気分だぜ」とジョンストンはいった。「さぞかし楽しかろう」

ティリアスがうめき声で答える。

ジョンストンはさらにつけくわえた。

「ただし——オオムカデにだけは遭遇したくないがな」

生き残った六人の院生は、小さな樹の根元に盛りあがった高台を夜営地として選んだ。この高さなら、夜のうちに雨が降っても水没する恐れはなさそうだ。樹はオーヒアで、枝々には小さな赤い花が無数に咲いており——この花には、樹の名前とは別に、レフアという名前がある——残照のもとで、それらが淡く燃えたって見えた。

「防柵を作るべきだな」ピーターがいった。

六人は乾いた小枝や枯れ草の茎を集めてきた。それを山刀(マチエーテ)で縦に裂いて、両端の尖った長い杭に仕立てあげる。できた杭は地中深くななめに打ちこんで、隙間なく立てならべ、逆茂木(さかもぎ)にした。尖端はすべて外側に向けて突きださせてある。こうして夜営地を取りまく防柵ができあがった。防柵中の一カ所には、マイクロヒューマンひとりがかろうじてすりぬけられる程度のせまい出入口を設け、その出入口の外側にはジグザグに杭を打ちこんで、

22 ステーション・ブラヴォー付近

10月29日

6:00 PM

外敵が侵入しにくいようにした。

その後も、夕空に残照が宿り、ものがよく見えるうちは、せっせと砦作りにはげんだ。防柵の内側には落葉を何枚も持ちこんで防柵の上に掛けわたし、簡易屋根とした。屋根があれば雨露をしのげるし、空を飛ぶ捕食者からも見つかりにくくなる。

地面の上にも枯れ葉を敷きつめた。地面には微小な蠕虫(ぜんちゅう)がひしめいていたが、枯れ葉を敷いておけば虫に悩まされることもない。まだステーション・エコーにいたとき、一行は軽量テントを大きく切りとり、たたんで持ってきていた。それを防水シート代わりにして枯れ葉の上に敷きつめた。これで地面の水分が染み透ってくることもなく、多少は快適に眠れる状態になった。

かくして、砦は完成した。

ここでカレンがスプレー容器を取りだした。だが、中身はもう少量しかはいっていない。アリとの戦いで大半を使ってしまったからである。

「中身はベンゾキノンよ。なにかが襲ってきたら、一、二回スプレーできるくらいの量は残ってるわ」

「たのもしいことだね」ダニーが皮肉たっぷりにいった。

リックは銛(もり)を手にとり、尖端をクラーレのボトルにつっこんで、いつでも使えるよう、防柵に立てかけた。

「見張りを立てないといけないな」ピーターがいった。「二時間おきに交替しよう」

決めなくてはならないのは、あとはもう火を起こすかどうかということだけだ。これが通常サイズの世界であれば、夜間、大自然のただなかで野営する場合、暖をとるのと捕食動物を追いはらう目的から、焚火を起こすべきところだが、マイクロワールドでは事情が異なる。

エリカ・モルは、それをこのように要約してみせた。

「昆虫は光に集まる習性があるでしょう。焚火を焚こうものなら、わたしたちの感覚では数百メートルに相当する遠方から捕食動物が集まってくることになるわ。ヘッドライトも使わないほうがいいでしょうね」

それはすなわち、真っ暗闇の中で夜を明かさねばならないことを意味する。

黄昏（たそがれ）は宵へと移り変わった。世界から色が失われていき、灰色を経て黒へと沈んでいく。あたりがすっかり暗くなるまぎわ、パタパタという妙な音が聞こえてきた。音は徐々に近づいてくる。多数の脚が地面をつつきながら歩いているような、奇妙な音だ。

「あれは……なんだろう？」ダニーがうわずった声でたずねた。

やがて、防柵の出入口の向こうに音の正体が見えた。砦の外に、ひどく華奢で不気味な生物の集団が現われ、つぎつぎに前を通過しだしたのだ。八本の脚を持ったその生物は、英語では〈足長おじさん〉や〈刈り入れ男〉などとも呼ばれる、特異な形をした節足動物だった。各々の脚は針金のようにかぼそく、異様に長い。マイクロヒューマンの視点では、一本一本の脚の長さは五メートルもありそうに見える。八本脚の根元が集まる中心部には、周囲から長い脚で吊りさげられる格好で、小さな長球形の胴体がぶらさがっていた。胴体には一対の、光をよく反射する単眼があった。

奇妙な生物の集団はすべるように地面を進んでいく。長い歩脚の先で地面をとんとんとたたき、探るさまからすると、どうやら獲物をさがしているらしい。

「なんてでっかいクモなんだ……」ダニーが慄然とした声でいった。

「あれはクモじゃないわ」カレンが訂正した。「ザトウムシよ」

「なんだ、それは？」

「クモの仲間。だいじょうぶ、害はないから」

「毒があるんじゃないか？」

「毒なんかないわ！」カレンが声を荒らげた。「毒なんてね、持ってないの。基本的には肉食だけれど、食べるのは小さな昆虫のたぐいだし。キノコや腐敗物、人間の食べこぼしなどを食べる種類もいるわ。わたしはザトウムシが美しいと思うな。わたしの感覚だと、マイクロワールドにおけるキリンみたいな存在ね」

「そんなことをいうのはクモ屋だけだ」リックが馬鹿にした口調でいった。

ザトウムシの集団はそのまま進みつづけ、パタパタという足音は薄れていった。やがて暗闇は一段と濃さを増し、暗黒の上げ潮となって森にあふれた。それに合わせて、森から聞こえてくる音にも変化が表われた。いままで鳴りをひそめていた無数の生物が、活動を開始したのだ。

「昼番から夜番にシフトが替わろうとしてるんだわ」暗闇の中で、カレンの声がいった。「そして、交替したばかりの夜番は、みんな腹ぺこなのよ」

闇がひどく濃い。もうたがいの顔もよく見えない。

夜が深まるにつれて、森に充満する活動の音は大きく、力強く、継続的になっていき、砦のまわりに渦巻いた。近くから、遠くから、多様な音が聞こえてくる。かんだかい音、低く轟く音、すすり泣きに似た音、なにかをたたくような音、口笛のような音、なにかを引き延ばすような音、うなるような音、脈動する音——。

地面を通じて、さまざまな震動も伝わってきた。いずれかの種類の昆虫たちが、地面をたたくことで意思の疎通でもしているかのようだ。それが意思の疎通であったとしても、院生たちにはむろん、理解できるはずもない。

一同はたがいに寄りそい、身を丸めて眠った。

最初の見張りについたのはアマール・シンだった。銛を持って砦の屋根に登り、背筋をまっすぐに伸ばしてあぐらをかく。その姿勢で、あたりの音に耳をすまし、空気の匂いを嗅いだ。森の空気にはさまざまなフェロモンが濃厚にただよっていた。

「なんの匂いか、さっぱりだな」アマールはつぶやいた。「どれもこれも、知らない匂いだ」

やがてアマールは考えにふけりだした。

そもそも、なぜマイクロヒューマンは匂いが嗅げるのだろう？　自分たちは一〇〇分の一サイズに縮小されている。ということは、原子も一〇〇分の一に縮小されているということか？　いや、それはむろん、物理学的にはありえない。だが、かりにそうだと考えた場合……小さな原子が体外の大きな原子とどうやって相互作用できるのだろう？　匂いを嗅げるはずがない。それをいうなら、味だってわからないはずだ。そもそも、どうやって呼吸ができる？　小さくなった肺にはいってくる巨大な酸素分子を、赤血球の中の微小なヘモグロビン分子が取りこめるものか？

「パラドックスだな」アマールは屋根の下の仲間に語りかけた。「われわれの肉体を構成する原子が縮小されたとする。その場合、体内の微小な原子は、どうやって周囲の世界にある通常サイズの原子と相互作用をするのか？　どうやって匂いが嗅げるのか？　ものの味がわかるのか？　血液はどうやって酸素を取りこむ？　理屈のうえでは、死んでいてもおかしくないところなのに」

「原子は縮小できる性質のものじゃないぜ」屋根の下から、リックがいった。

「わかってる。思考実験さ」

結局、アマールの問いに答えられる者はいなかった。

「キンスキーが生きていたら、答えがわかったかもしれないな」リックがいった。

「いや、たぶん、むりだろう」ピーターがいった。「どうやらNanigenには、自分たちが開発したテクノロジーのことがよくわかっていないみたいだから」

気になるのはマイクロ酔いの件だ、とリックがいった。じっさいリックは、これまでにたびたび、内出血の徴候はないか、腕や手をチェックしてきているという。いまのところ異常は出ていなかった。すくなくとも、暗くなる前に見たときはそうだったらしい。

「マイクロ酔いの原因というのは、きっと原子のサイズの差によるものなのさ」リックがジョークをいった。「おれたちのからだを作る微小な原子と、まわりの大きな原子。この両方の相互作用がうまくいかなくて、そんなことになるんだ」

一匹のダニがアマールのからだを這いあがってきた。アマールはシャツからダニを払い落とした。殺生はできるだけしたくなかった。だが、そこでふと、あることに思いあたり、アマールは問いかけた。

「腸内バクテリアはどうなんだろう？　人間の腸内には何兆ものバクテリアがいる。そのバクテリアも縮んでしまったんだろうか」

だれにも答えられなかった。

アマールは問いをつづけた。

「縮んだとして、その超微小なバクテリアが生態系に解き放たれたら、どうなってしまうだろう？」

「さあ……マイクロ酔いで死んじまうんじゃないのかね」とリックはいった。

銀色の光が射しこんできて、森をわずかに明るく染めた。月が昇ったのだ。満月間近の月はぐんぐん高く夜空へと昇っていく。それにともなって、不気味な鳴き声が轟き、夜の森に響きわたった。

ボオオ……オオオ……オオウ……。

「うわ……なんだ、これ？」だれかがいった。

「フクロウだろう。低周波側に振れるんで、あんなふうに聞こえるんだ」だれかが答えた。

ふたたび、フクロウの鳴き声が轟いた。付近の樹上から聞こえてくるその声は、どこか悲しげな響きをともないながらも、死刑宣告のようでもあった。頭上のどこかで死の脅威を感じさせるフクロウは、どうやら院生たちを狙っているらしい。

エリカがいった。

「ネズミの気持ちがわかりかけてきたわ」

と——フクロウの鳴き声が急にやんだ。ついで、一対の恐ろしげな翼が、まったく音をたてることとなく、頭上に広がる森の天蓋をよぎっていった。どこかにもっと大きな動物を見つけて、マイクロヒューマンのようにちっぽけな獲物には興味をなくしたのだろう。ほっとしたのもつかのま、こんどは大地が急にぎしぎしと鳴りだし、一行は大きく揺り動かされた。つづいて、足の下の地面が盛りあがってきた。

「下になにかいる！」

ダニーが大声で叫び、勢いよく立ちあがった。が、足もとの地面が割れだしたために、バランスを崩し、大揺れする船の甲板に立った人間のように危なっかしくふらつきだした。ほかの者たちも飛び起きて、それぞれにマチェーテを引き抜き、枯れ葉のベッドの縁へ、防柵の内側ぎりぎりのところへ避難した。足もとの大地は依然として鳴動をつづけている。

屋根の上で大きく揺さぶられながら、アマールは銛を振りかぶり、いつでも投げられる体勢をとった。心臓が早鐘のように鳴っている。もう不殺生を貫ける状況ではない。仲間を護るためなら外敵を殺す覚悟だ。四方に散ったみんなは防柵のまぎわまで退避し、外に飛びだすべきか、脅威が姿を現わすまで待つか、どちらとも決めかねているらしい。

だしぬけに、脅威の源が姿を現わした。ピンクがかった茶色の巨体を持つ、愕然とするほど大きな円筒形の生きものが、土を押しのけ、地中からぬっと現われたのだ。ダニーが悲鳴をあげた。

アマールは銛を投擲（とうてき）しようとして——すんでのところで思いとどまった。

「みんな——。これはただのミミズだ」

アマールは一同に呼びかけ、銛を下におろした。殺生をせずにすむなら、それに越したことはない。あえてミミズを突き殺す必要がどこにあるだろう。相手は土を食って生きるおとなしい生きものだ。マイクロヒューマンの脅威にはならない。

出た場所が気にいらなかったと見えて、ミミズはあとずさるように土中へ潜っていき、ブルドーザーのようにしゃにむに土をかきわけて、いずこかへ掘り進みだした。それからもうしばらくのあいだ、防柵は打ち震え、震動しつづけていた。


月が高く昇ると、こんどはコウモリが出てきた。

樹冠のあいだや頭上の広大な空間を舞い飛びながら、コウモリたちはかんだかい叫び声、小刻みな音、ブオーッという轟音を響かせている。コウモリはいわばアクティブ・ソナーを持っており、反響定位（エコーロケーション）を行なう。空中を飛びながら超音波のビームを発射し、飛行中の獲物にあたって返ってきた反響でその位置をとらえ、捕食するのだ。コウモリの超音波は、本来なら高周波すぎて人間の耳に聞こえない。しかしマイクロワールドでは、コウモリの超音波も人間の可聴域でとらえることができ、水中で潜水艦のアクティブ・ソナーが出す探信音（ピン）のような音として聞きとれる。

一匹のコウモリが特定のガを標的に定め、捕食行動にはいった。

最初期の行動は、ゆったりとした間隔でピンを放つことだった。標的に向けて超音波のパルスを放ち、ガであることを把握して、ガまでの距離とその進行方向を特定する。この段階から、ピンの間隔は短くなり、音も大きくなっていく。

エリカ・モルが状況を説明した。

「コウモリはね、ソナーをガにあてることで〝視覚化〟しているのよ。超音波のビームをガにぶつけて、反響する音を聞いているの。その反響によって、ガの位置、大きさ、形状、飛ぶ方向がわかる仕組み。コウモリがガに接近するにつれて、だんだんピンの間隔は短くなっていくわ」

ただしガのなかには、コウモリのピンにさらされると、大きな連続音を出して自衛する種類もいる。

「ガの聴力はとてもすぐれているのよ」とエリカは説明した。

コウモリの探信音を受けたガは、身を護るために妨害音を出しはじめる。この妨害音は、ガの腹部にある振動膜から発せられるものだ。コウモリがガに接近し、ピンの回数が急激に増えると、ガは相手のソナーを撹乱しようとして、いっそう大きな妨害音を放つ。ピン、ピン、ピン、とコウモリが打てば、ポン、ポン、ポン、ポン、とガが返す。だが、妨害がいつもうまくいくとはかぎらない。ときどき、ガの妨害音がいきなり途絶えることもある。

「それはつまり、コウモリに食われたということなのよ」とエリカはいった。

頭上を飛びかうコウモリたちの探信音に、一同は魅せられたように聞きほれた。やがて、コウモリの一匹がベルベットの翼を羽ばたかせ、凄まじい轟音とともに砦の上を通過していった。そのさい、コウモリが発した探信音を浴びて、一同の耳はつぶれそうになった。しばらくは耳の奥がガンガン鳴りつづけていたほどだった。

「身の毛がよだつわね、この世界には」カレン・キングがいった。「でも、なんとなく、ここにこれてうれしい気持ちもあるの。わたし、すこしおかしいのかもしれない」

「すくなくとも、おもしろくはあるぜ」リックがいった。

「火があればいいのにな」エリカがつぶやいた。

「だめだよ。そこらじゅうの捕食者に、ここに餌があると宣伝するようなものだから」

ピーターに否定されるまでもなく、エリカにもむろん、それはわかっている。そもそもエリカは、火を使わないほうがいいと忠告した当人なのである。しかし、そうはいっても、エリカの身内の穴居人は火をもとめていた。ほんの小さな火があるだけでも、ぬくもりと明かりとなぐさめが得られる。火が与えてくれるのは安全と食べものと安らぎだ。だが、まわりを取りかこむのは暗黒、寒さ、不気味な音ばかり。エリカには自分の鼓動音が感じられるようになってきた。心臓がのどから飛びだしそうなほどはげしく鳴っている。口の中もすっかりからからだ。

自分が怯えていることにエリカは気づいた。物心ついて以来、こんなにもひどく怯えたことはない。エリカの心の中の原始的な部分は、悲鳴をあげながらあてどなく走りまわりそうになっている。夜間にこのスーパージャングルの中をやみくもに駆けまわれば、死を招くことは確実だ。心の合理的な部分は、ちゃんとそれを承知していた。静かにしていろ、動くな、と合理的な部分はいう。とはいえエリカは、この暗黒がもたらす原初的な恐怖に、いまにも心を押しつぶされそうになっていた。

暗闇はマイクロヒューマンを取りかこみ、じっと監視しているかのようだ。

「光をともせるなら、なんでもするのにな」エリカはつぶやいた。「ほんの小さな光でもあったら、ずっと気分がよくなるのに」

ピーターの手が自分の手を握るのが感じられた。

「怖がることはないよ、エリカ」やさしい声だった。

エリカはピーターの手を握り返し、声を殺して泣いた。

いっぽうアマール・シンは、あいかわらず屋根の上にあぐらをかいたまま、ひざに銛をのせていた。細心の注意を払い、銛の尖端で自分を傷つけないよう注意しながら、新たに毒を塗りつける。

ピーターはピーターで、ダイヤモンド・シャープナーを使い、自分のマチェーテを研ぎだした。刃にそってシャープナーを前後させるのに合わせて、シャッ、シャッ、シャッという音が暗闇に響く。

アマールとピーター以外はみな眠りについた。すくなくとも、眠ろうとしていた。

唐突に、すべての音がやんだ。

静寂のとばりが院生たちを包みこむ。あまりの静けさに驚いて、眠っていた者さえ起きだした。

神経を張りつめさせ、耳をすます。

どんなに不気味な音よりも、いっさい音がしないほうが、ずっと不安をかきたてた。

「どうしたんだ？」リックが問いかけた。

「武器をとれ」ピーターが切迫した口調で答えた。

金属の触れあう音が響く。各人がマチェーテを手にとり、かまえようとしている音だ。

奇妙な音がしだしたのはそのときだった。

静かな音、呼吸音のような音。それが特定の位置からいくつも聞こえてくる。

呼吸音らしき音はだんだん大きくなってきた。なにかが近づいてきつつあるのだ。

「これは……なに？」

「呼吸音のようだが」

「ネズミかもしれない」

「いや、ネズミじゃない」

「いずれにしても、肺を持ったなにかだ」

「肺があるなら、やけにたくさん肺を持ったやつだぞ」

「いつでもヘッドライトをつけられる準備をしてくれ」ピーターはみんなにうながした。

「ぼくの合図で、いっせいに点灯する」

「これ、なんの匂い？」

おそろしくえぐい、カビのような匂いが、あたりの空気にただよいだした。その匂いがいっそう強く、濃厚になってくる。まもなく臭気は、院生たちの肌をオイルのように包みこんだ。

「毒物の匂いだ……」ピーターがいった。

「どんな毒、ピーター？」カレンが警戒した声でたずねた。

ピーターは記憶をあさり、さまざまな毒の匂いを思いだした。だが、この匂いは嗅いだことがない。

「正体はわからないが――」

いいかけたとき、なにかが猛然と突進してくるのが見えた。

巨大でごつい動物の影――それが地面の枯れ葉をバキバキと踏みしだき、猛烈な勢いで近づいてくる。

「点灯！」ピーターは叫んだ。

ヘッドライトがいっせいにともり、三本のビームが空中を交錯して、接近してくる影を照らしだした。細長いからだを波打たせながら、ぐんぐん迫ってくるのは――

巨大なムカデだった。

頭部は鮮血のように赤い。頭部前側の両側面には、飛び出た二対の単眼がある。頭部の下面側には複雑な口器があり、頭部のひとつうしろの、ほとんど頭部と一体化して見える第一体節からは、一対の巨大な毒爪が突きだしていた。くわっと開いた毒爪は真っ赤で、その尖端だけがどす黒い。

ムカデは四十本の歩肢を波のようにざわざわと動かし、急速に近づいてきつつあった。長大な巨軀は多数の体節からなり、硬い甲殻はマホガニー色をしている。

ムカデはスコロペンドラ・スブスピニペス――世界最大のムカデであるオオムカデ目の一種だった。ハワイへは人為的に持ちこまれてきた種で、世界最大種にはおよばないが、それでも体長は二〇センチ近い。マイクロヒューマンの視点では二〇メートルにも思える巨大さだ。

23

〈シダの小谷〉

10月30日

2:00 AM

オオムカデは周囲に立てならべた防柵を軽々と蹴散らし、木片を飛び散らせ、砦の中に飛びこんできた。院生たちが悲鳴をあげ、あるいはわめきちらしながら、脇に飛びのき、横に倒れこむ。

ムカデは嗅覚が鋭い。遠くから人間の体臭を嗅ぎつけて、餌食にしようと襲ってきたにちがいない。

が、防水シートと枯れ葉の寝床を獲物と勘ちがいしたのか、ムカデはまわりに散らばる人間になど目もくれず、一見、大顎（おおあご）に見える巨大な毒爪（どくそう）をシートに突きたて、それと同時に巨体を螺旋状に丸めて、シートと枯れ葉に巻きついた。ついで、飛沫をあちこちに飛び散らせつつ、毒爪と各歩肢（ほし）の尖端から、何キロリットルにも思える毒液を注入しだした。あたりに強烈な悪臭がただよいだす。

ムカデの毒爪は第一体節の歩肢が変化したものだ。これを顎肢（がくし）といい、主な毒腺はこの顎肢の中にある。ただし、オオムカデの場合、ほかのムカデとは異なり、各歩肢の付け根にも小さな毒腺があって、そこから分泌される毒液を歩肢の鋭い尖端で獲物につけた傷に注ぎこむ。オオムカデはいま、四十本の歩肢をぞわぞわと動かして、各尖端から枯れ葉に毒を注入していた。

よく見ると、その巨体が作る螺旋の中心にアマールの姿があった。ムカデが飛びこんできた衝撃で枯れ葉の屋根が崩れ落ち、その上で片ひざをついていたアマールもいっしょに落ちたのだ。アマールはすぐさま歩肢の隙間をすりぬけ、地面に飛びおりると、そのまま前のめりにつっぷした。

ムカデの構造を多少とも知っているカレンは、大声でアマールに叫んだ。

「肢（あし）に気をつけて！　どの肢も毒爪よ！」

アマールはさっと横へ身をひねった。その直後、それまでいた場所に歩肢の鋭い尖端が突き刺さった。毒をしたたらせつつ、歩肢がつぎつぎに襲いかかる。アマールは右に左に身をひねり、攻撃をかわしつづけた。が、このままでは、歩肢の一本にからだを貫かれてしまうことはまちがいない。

「アマール！」

ピーターが叫んで駆けより、マチェーテでムカデの硬い殻に斬りつけた。アマールから注意をそらすためだ。だが、マチェーテは硬い装甲にまったく歯が立たず、むなしく跳ね返されるばかりだった。叫び声とヘッドライトのビームが交錯するなか、ムカデの注意をそらし、アマールに逃げる機会を与えようと、ほかの者たちもマチェーテを振りかぶって甲殻に斬りつけだす。

カレンがベンゾキノンのスプレーを吹きかけた。ムカデは気づいてさえいないようだ。

ここでムカデがふいに枯れ葉のベッドを放し、螺旋状に丸めていた身をぐっと伸ばすと、頭部を左右に振り動かしはじめた。獲物をもとめて、口器の巨大な大顎と小顎(こあご)が閉じたり開いたりしている。

ムカデの視力は弱い。かわりに触角で匂いを探知する。獲物の位置をつきとめるべく、オオムカデは太い触角を勢いよく振りまわしだした。

その片方が運悪くあたり、カレンは撥(は)ね飛ばされ、防柵にたたきつけられた。

ムカデがくるりと頭部を振り向ける。向いた先はカレンの方向だ。

あおむけに横たわっていたアマールは、ムカデがカレンに注意を向けたことに気づき、横に半回転して——手にはいまも鉈を持っている——よろよろと立ちあがると、ムカデに叫んだ。

「ヘイ! こっちだ!」

だが、ムカデがこちらを向く気配はない。やむなくアマールはムカデの背中に飛び乗り、うねる巨体の上で背甲に立って、危なっかしくバランスをとった。手にした銛を突き刺すつもりだった。だが、どこを狙えばいいのかわからない。

「背脈管を——心臓を狙って！」カレンが叫んだ。

そういわれても、心臓がどこにあるのかわからない。ムカデの巨体はいくつもの体節に分かれているのだ。

「どこだ！」アマールは叫び返した。

「第四体節なら確実！」

アマールは頭部のすぐあとの体節から数え、四番めを特定すると、銛を振りかぶり——そこでためらった。ムカデの偉容に気圧されたのだ。

ためらったその瞬間、ムカデが大きく背中を突きあげた。アマールは反射的に毒の銛を振りおろし、硬い背甲に深々と突きたてた。が、その直後、巨体の上から跳ね飛ばされ、ごろごろと地に転がった。銛はムカデの背中に突き立ったままだ。

ムカデはのたうち、身をくねらせつつ、アマールにくるりと頭部をふりむけた。そして、頭部を突きだしざま、大きく開いた巨大な毒爪をガチッと勢いよく閉じた。毒爪の尖端がアマールの胸元をかすめ、シャツを切り裂く。同時に、毒腺から大量の毒液が噴きだし、アマールの胸を濡れそぼらせた。

アマールは悲鳴をあげ、激痛に身を丸めた。胸を炎で炙られているようだ。

ムカデは狂ったようにもがき、その動きで背中の銛が振りまわされ、周囲にぶつかって金属音を響かせた。リックとカレンが急いで駆けより、アマールを脇へ引っぱっていく。気門から荒い呼吸音をふりまきつつ、ムカデは身を丸め、また伸ばした。銛は依然として背中に突き刺さったままだ。

「樹の上へ！」カレンが叫んだ。「樹の上ならムカデが暴れても巻きこまれない！」

一行が砦を作った場所は樹木の根元で、その樹皮はコケにおおわれていた。院生たちは樹に飛びつくと、コケをつかみ、あるいはコケに足をかけつつ、必死に上へ登りはじめた。マイクロヒューマンの質量はうんと小さいので、みんな軽々と、敏捷に登ることができた。アマールもすぐあとから登ろうとしたが、激痛の波が全身を走りぬけ、なにもつかめる状態ではない。見かねたピーターがうしろから両腋の下に手をつっこみ、胸には触れないように注意しながら、樹上へ引きあげはじめた。その状態でも進みは速く、またたく間に一〇センチ上まで登ることができた。そこの樹皮に、コケむした洞のような部分があったので、みんなでその中に潜りこんだ。それから、ふりかえって眼下を見おろし、ムカデのようすをさぐった。

背中に銛が突き刺さったまま、オオムカデは砦の残骸から這い出ていこうとしていた。気門からは苦しげな息づかいが聞こえている。ムカデはもうすこし先まで進んだが、そう遠くまではいけなかった。さほど離れていないところで動かなくなり、とうとう呼吸音も聞こえなくなった。アマールが突き立てた銛が致命傷を与えたのだ。リックのクラーレが効いたにちがいない。

樹の根元から一〇センチほど上――マイクロヒューマンの感覚では一〇メートルも上の、コケにおおわれた洞の中で、一行はひとかたまりになって寄りそっていた。ここなら別のムカデに襲われる心配はない。ヘッドライトは切ってある。

アマール・シンは熱に浮かされたような状態にあった。ピーターとカレンはアマールを寝かせ、しきりになだめて落ちつかせようとした。アマールはショック状態に陥っているようだ。だらだらと汗を流しているが、体温はむしろ下りぎみで、肌は冷たく、じっとりしている。ピーターたちはスペース・ブランケットでアマールをくるんでやった。

ピーターは一瞬だけヘッドライトを点灯し、アマールの容態を調べた。ムカデの毒爪がかすめた胸の傷は骨にまでも達しており、著しく失血しているのは明らかだった。胸には大量の毒液を浴びており、それが傷口をべっとりおおっている。どれほどの毒液が体内にはいりこんだのかはわからない。また、どんな作用があるのかもわからない。

アマールは必死にムカデ毒と戦っており、うわごとを口走るようになっていた。呼吸が小刻みになり、浅くなってきている。

「からだが熱い。焼けるようだ……」

「アマール、よく聞いてくれ。きみは毒にやられたんだ」

「ここから逃げないと！」

「まだじっとしていなきゃだめだ」

「いけない！」からだを押さえて落ちつかせようとするピーターたちに抗い、アマールはいった。うめくような声だった。「あれがくる！　すぐそこにいる！」

「なにがだ？」

「死ぬんだ、みんな！」アマールは叫び、外へ出ようともがいた。

ピーターたちは暴れるアマールを懸命に押さえつけ、寝かせようとした。

ムカデ毒はあまり研究が進んでいない。ピーターはそれを知っている。どんなムカデ毒についても、抗血清や解毒剤はまったくない。ピーターが心配しているのは、アマールが呼吸困難に陥ることだった。ムカデ毒の症状のなかには、恐水病のそれに似たものがあるのだ。すでにアマールは知覚過敏らしき症状を呈している。ありとあらゆる感覚がひどく敏感になっているらしい。音という音が極端に大きく聞こえているのだろう。触覚も過敏になっていて、なにかがほんのすこし皮膚に接触しただけでも、びくっとすくみあがった。

そして、

「暑い、暑い」

とくりかえしながら、つねにスペース・ブランケットを引きはがそうとした。

ピーターはふたたび、ごく短いあいだだけヘッドライトをつけて、アマールの顔を覗きこんだ。

「消せ!」

アマールは怒鳴り、両手をはげしくふりまわした。よほど光が目に突き刺さるのだろう。目から涙があふれ、ぼろぼろと頬を流れ落ちていく。もちろん、悲しくて泣いているわけではない。なによりもアマールの精神をむしばんでいるのは、圧倒的な破滅感のようだ。いまにもなにか恐ろしいことが起こる――そう思いこんでいるような感じだった。

「ここから逃げなくては!」アマールがうめくようにいった。「あれがくる! 近づいてきてる!」

だが、その〝あれ〟がなにかを、アマールはけっしていおうとしない。

「走れ!」

アマールが金切り声をあげ、コケの洞から出ていこう、下へ飛びだそうとしてもがいた。ピーターたちは渾身の力をこめてアマールの両腕と両脚を押さえつけた。いまのところは安全なこの洞から夜の森へ飛びだせば、たいへんなことになる。

長いあいだ、アマール・シンはもがき、うわごとを口走っていたが、夜明けが近づいてくると、だいぶ静かになり、興奮も収まってきた。あるいは、疲労でぐったりしたのかもしれない。ピーターはそれをよい徴候だと受けとった。毒の作用が峠を越えてくれたのであればいいんだが……。

「ぼくは死ぬんだ」アマールがつぶやいた。

「そんなことはないよ。もうじきよくなる」

「ぼくは信仰を失った。幼いころは輪廻を信じていたものなのに、いまではもう、死ねば無になることを知っている」

「毒がまわって気弱になってるんだ、アマール」

「いままでの人生で、ぼくはおおぜいの人々を傷つけてきた。それをつぐなう機会はもうない」

「しっかりしろ、アマール。きみはだれも傷つけちゃいない」

自分の声に説得力があればいいんだが、とピーターは思った。こんな慰めではげましてやれていればいいんだが……。

周囲は闇に閉ざされている。明かりをつけられる状況ではないからだ。

エリカ・モルは小さな子供のように、暗闇が恐ろしくてしかたがなかった。アマールの恐ろしいうわごとを聞くにつけ、暗闇に対する恐怖はますます大きく膨れあがっていく。アマールの苦しみぶりからだれよりも精神的なダメージを受けていたのは、このエリカ・モルだった。じきに、たまりかねて泣きだした。こらえようとしても、どうしても嗚咽を抑えることができなかった。

「だれか、その女の口を封じてくれないか」ダニー・マイノットがいった。「ただでさえ、アマールのうわごとでうんざりなのに、この状況でめそめそされてみろ。気が変になる」いいながら、ダニーは指先で小鼻をこすり、顔をなでた。むろん、その動作はだれにも見えない。

ダニーもそうとう参ってるんだろうな、とピーターは思った。だが、いまはダニーよりもエリカのケアをしてやるのが先決だ。ピーターはエリカを両手で抱きしめて、髪の毛をなでてやった。まるで恋人同士のようだが、これはけして恋愛感情に基づく行為ではない。サバイバルのためだ。だれも死なないように——生きぬくようにしてやらなければならない。

「だいじょうぶだよ、なにもかもうまくいくから」

ピーターはエリカにやさしく語りかけ、ぎゅっと手を握りしめてやった。

それを受けて、エリカはドイツ語で〈主の祈り〉を唱えはじめた。

「天にましますわれらの父よ(ファーター・ウンザー・イム・ヒンメル)……」

「科学にたよれなくなったら、神さまにたよるんだ」ダニーがいった。

「おまえが神のなにを知ってるっていうんだよ?」リックが険のある声でいった。

「きみと同じ程度には知ってるさ、リック」

ダニーとリック以外の者は眠ろうと努めた。コケはあたたかく、やわらかい。そして、オオムカデとの熾烈な戦いで、みんな心底疲れはてていた。眠りたいと思う者はひとりもいなかったが、それでも眠りは、院生たちをやさしくその腕に包みこんだ。

本書は二〇一二年四月に早川書房より単行本として刊行された作品を文庫化したものです。

①全滅領域
②監視機構
③世界受容

〈サザーン・リーチ〉シリーズ
ジェフ・ヴァンダミア
酒井昭伸訳

突如として世界に出現した謎の領域〈エリアX〉では生態系が異様な変化を遂げ、拡大を続けていた。監視機構〈サザーン・リーチ〉に派遣された調査隊は領域奥深く侵入し、地図にない構造物を発見、そこに棲む未知の存在を感知する。大型エンタテインメント三部作！

緊急速報（上・中・下）

Breaking News

フランク・シェッツィング

㊤㊥北川和代訳

㊦田中順子・岡本朋子訳

国際ジャーナリストのハーゲンは、かつての相棒からイスラエルに関する極秘情報を入手した。その瞬間から、彼は姿なき襲撃者に追われる身に……国際政治の狭間で悶え苦しむイスラエルで生き抜いてきた一族の姿と、国の歴史に潜む闇をめぐる争奪戦を通して、現代のホットゾーンの真実をダイナミックに描いた巨篇

鷲は舞い降りた〔完全版〕

The Eagle Has Landed

ジャック・ヒギンズ

菊池 光訳

〔**映画化原作**〕チャーチル首相を誘拐せよ！　ヒトラーの密命を帯びて、歴戦の勇士シュタイナ中佐ひきいるドイツ落下傘部隊の精鋭はイギリスの片田舎に降り立つ。使命達成に命を賭ける男たちの勇気と闘志を謳う戦争冒険小説の最高傑作――初版刊行時に削除されていたエピソードが追加された完全版！　解説／佐々木譲

ハヤカワ文庫

不屈の弾道

ジャック・コグリン&ドナルド・A・デイヴィス

Kill Zone

公手成幸訳

アメリカ海兵隊の准将が謎の傭兵たちに誘拐され、即座に海兵隊チームが救出に赴いた。第一級のスナイパー、カイル・スワンソン海兵隊一等軍曹は「救出失敗の際、准将を射殺せよ」との密命を帯びて同行する。だが彼はその時から巨大な陰謀の渦中に。元アメリカ海兵隊スナイパーが放つ、臨場感溢れる冒険アクション

スカウト52

The Troop

ニック・カッター
澁谷正子訳

沖に浮かぶ小さな島へ、指導員に率いられたボーイスカウトの五人の少年たちがキャンプにやってきた。だが無人だったはずの島に、一人の男が現われる。奇怪なまでに痩せ細ったその男は、異常な食欲に取り憑かれ、食糧ばかりか草や土までを貪り食うが……十四歳の少年たちを襲った恐怖を描く、正統派ホラーの傑作

ハヤカワ文庫

極秘偵察

Black Site

ドルトン・フュアリー
熊谷千寿訳

デルタ・フォース少佐のコルトは作戦行動中に致命的なミスを犯し、親友のT・Jたちを失った。軍から追放され酒におぼれていたが、ある日司令官から極秘の依頼を受ける。T・Jたちがパキスタンで監禁されているというのだ。救出作戦のためコルトは過酷な訓練を受けて出発する！　元・指揮官が描く傑作冒険小説

ハヤカワ文庫

古書店主

The Bookseller

マーク・プライヤー
澁谷正子訳

パリのセーヌ河岸で露天の古書店を営む年配の男マックスが悪漢に拉致された。アメリカ大使館の外交保安部長ヒューゴーは独自に調査を始め、マックスがナチ・ハンターだったことを知る。さらに別の古書店主たちにも次々と異変が起き、やがて驚くべき事実が浮かび上がる。有名な作品の古書を絡めて描く極上の小説

ハヤカワ文庫

誰よりも狙われた男

A Most Wanted Man

ジョン・ル・カレ
加賀山卓朗訳

弁護士のアナベルは、ハンブルクに密入国した痩せぎすの若者イッサを救おうと奔走する。だがイッサは過激派として国際指名手配されていた。練達のスパイ、バッハマンの率いるチームが、イッサに迫る。命懸けでイッサを救おうとするアナベルは、非情な世界へと巻きこまれてゆく……映画化され注目を浴びた話題作

ハヤカワ文庫

パインズ

—美しい地獄—

Pines

ブレイク・クラウチ

東野さやか訳

川沿いの芝生で目覚めた男は所持品の大半を失い、自分の名前さえ言えなかった。しかも全身がやけに痛む。事故にでも遭ったのか……。やがて自分が任務を帯びた捜査官だったと思い出すが、保安官や住民は男が町から出ようとするのをなぜか執拗に阻み続ける。この美しい町はどこか狂っている……。衝撃のスリラー

ハヤカワ文庫

訳者略歴　1956年生，1980年早稲田大学政治経済学部卒，英米文学翻訳家　訳書『全滅領域』ヴァンダミア，〈ハイペリオン四部作〉シモンズ，『乱鴉の饗宴』マーティン，『ジュラシック・パーク』クライトン（以上早川書房刊）他多数

HM=Hayakawa Mystery
SF=Science Fiction
JA=Japanese Author
NV=Novel
NF=Nonfiction
FT=Fantasy

マイクロワールド
〔上〕

〈NV1335〉

二〇一五年三月十日　印刷
二〇一五年三月十五日　発行
（定価はカバーに表示してあります）

著者　マイクル・クライトン／リチャード・プレストン
訳者　酒井昭伸
発行者　早川浩
発行所　株式会社早川書房
郵便番号　一〇一 - 〇〇四六
東京都千代田区神田多町二ノ二
電話　〇三 - 三二五二 - 三一一一（大代表）
振替　〇〇一六〇 - 三 - 四七七九九
http://www.hayakawa-online.co.jp

乱丁・落丁本は小社制作部宛お送り下さい。
送料小社負担にてお取りかえいたします。

印刷・三松堂株式会社　製本・株式会社明光社
Printed and bound in Japan
ISBN978-4-15-041335-4 C0197

本書は活字が大きく読みやすい〈トールサイズ〉です。